AGATHA CHRISTIE (
'koningin van de misdaad' ger
de hele wereld meer dan 50
Al even beroemd als zij z
de Belgische detective *He*
Miss Marple en het speurderspaar *Tommy en Tuppence*.

Van Agatha Christie zijn verschenen:

1. Moord uit het verleden
2. Trein 16.50
3. Moord in de pastorie
4. Poirot speelt bridge
5. Zoek de moordenaar
6. De giftige pen
7. Een kat tussen de duiven
8. De vier klokken
9. Wie adverteert een moord!
10. De werken van Hercules
11. Lord Edgeware sterft
12. De Laagte
13. De wraakgodin
14. Na de begrafenis
15. De versierde bezemsteel
16. Overal is de duivel
17. De man in het bruine pak
18. Een olifant vergeet niet gauw
19. Het mysterie van Sittaford
20. Het vale paard
21. Moord in het studentenhuis
22. Doem der verdenking
23. Rally naar Bagdad
24. Sprankelend blauwzuur
25. Schuldig in eigen ogen
26. De moordenaar droeg blauw
27. Een goochelaarstruc
28. Het derde meisje
29. Een handvol rogge
30. De geheime tegenstander
31. Dood van een huistiran
32. Het kromme huis
33. Het mysterieuze manuscript
34. Drama in drie bedrijven
35. De moordenaar waagt een gok
36. Moord in Mesopotamië
37. Moord in de Oriënt-expres
38. Waarom Evans niet?
39. Vijf kleine biggetjes
40. Moord op de golflinks
41. Tien kleine negertjes
42. In hotel Bertram
43. Uit Poirots praktijk
44. Moord is kinderspel
45. Moord op de Nijl
46. Miss Marple en haar 13 problemen
47. Mr. Parker Pyne, detective
48. Het wespennest
49. Het Listerdale-mysterie
50. Moord onder vuurwerk
51. Passagier voor Frankfurt
52. Miss Marple met vakantie
53. De moord op Roger Ackroyd
54. De spiegel barstte
55. Brief van een dode
56. De geheimzinnige Mr. Quin
57. Poirot komt terug
58. Het ABC-mysterie
59. Dood van een danseres
60. En het einde is de dood
61. Kerstmis van Poirot
62. Het doek valt
63. De muizeval
64. De grote vier
65. Getuige à charge
66. De zaak Styles
67. De zeven wijzerplaten
68. N of M
69. Moord in het vliegtuig
70. Moord in de martelstoel
71. Met onbekende bestemming
72. De pop in de schoorsteen
73. Het geheim van de blauwe trein
74. Moord in de bibliotheek
75. De eindeloze nacht

Zwarte Koffie*
Zolang het licht is*
De onverwachte gast*
Het spinnenweb
Speuren naar het verleden

*In POEMA-POCKET verschenen

Agatha Christie

Een kat tussen de duiven

POEMA POCKET

Voor meer informatie: kijk op **www.boekenwereld.com**

Twaalfde druk
All rights reserved
© 1959 Agatha Christie Limited
© 1980, 2002 Nederlandse vertaling
Uitgeverij Luitingh ~ Sijthoff B.V., Amsterdam
Alle rechten voorbehouden
Oorspronkelijke titel: *Cat among the Pigeons*
Geautoriseerde vertaling
Omslagontwerp: Roelof Mulder en Annemarie van Pruyssen
Omslagfotografie: Photonica

CIP/ISBN 90 245 4445 9

Proloog

Zomersemester

Het was de eerste schooldag van het zomersemester op het Meisjesinternaat Meadowbank. De late namiddagzon goot haar stralen over de begrinte oprit voor het gebouw. De voordeur stond uitnodigend wijd open en in de deuropening stond miss Vansittart in een onberispelijk mantelpak. Ieder haartje van haar kapsel zat op zijn plaats en haar hele verschijning paste wonderwel bij het ongeveer twee eeuwen oude landhuis.

Enkele ouders die niet beter wisten, hadden haar aangezien voor de directrice, miss Bulstrode. Ze wisten niet dat miss Bulstrode gewoon was zich bij die gelegenheid terug te trekken in een soort van heilige der heiligen, waartoe slechts enkele bevoorrechte uitverkorenen toegang kregen.

Naast miss Vansittart stond, enigszins op het tweede plan, miss Chadwick, volkomen op haar gemak en op de hoogte van alles. Ze was zodanig vergroeid met de school dat men zich Meadowbank zonder haar eenvoudig niet kon voorstellen. Ze was er altijd geweest. Miss Bulstrode en zij hadden het internaat samen opgericht. Miss Chadwick droeg een pince-nez, was wat hoog in de schouders, sjofel gekleed, beminnelijk vaag in haar spreken maar briljant in wiskunde.

Allerlei woorden en zinnetjes van welkom, die minzaam door miss Vansittart werden rondgestrooid, zweefden door het gebouw.

'Hoe maakt u het, Mrs. Arnold? O, Lydia, heb je genoten van je Griekse reis? Wat een enig buitenkansje voor je! Heb je nog mooie foto's gemaakt?'

'O zeker, Lady Garnett, miss Bulstrode heeft uw brief over de lessen in kunstgeschiedenis gekregen, daar is helemaal voor gezorgd.'

'Goedemiddag, Mrs. Bird... Nee, ik denk niet dat miss

Bulstrode daarover *vandaag* met u zal kunnen praten. Maar miss Rowan is ergens in de buurt, als u er met haar over wilt spreken?'

'Je hebt een andere slaapkamer, Pamela. In de verste vleugel bij de appelboom.'

'Jazeker, Lady Violet, het weer dit voorjaar is tot nu verschrikkelijk slecht geweest. Is dit uw jongste? Hoe heet hij? Hector? Wat heb je een mooi vliegtuig bij je, Hector.'

'Très heureuse de vous voir, madame... Ah, je regrette, ce ne serait pas possible, cette après-midi, mademoiselle Bulstrode est tellement occupée.'

'Goedemiddag, professor. Hebt u weer interessante opgravingen gedaan?'

In een kamertje op de eerste verdieping zat Ann Shapland, de secretaresse van miss Bulstrode, razend vlug maar accuraat te tikken. Ann was een knappe jonge vrouw van vijfendertig met ravenzwart haar dat als een satijnen kapje haar hoofd omsloot. Als ze wilde kon ze charmant zijn, maar het leven had haar geleerd dat ze meer bereikte met bekwaamheid en hard werken en dat vermeed pijnlijke complicaties. Op dit ogenblik stond haar slechts één doel voor ogen: te zijn wat men van de secretaresse van de directrice van een eersteklas meisjesschool mocht verwachten. Van tijd tot tijd, wanneer ze een nieuw vel papier in haar machine deed, keek ze eens uit het raam en zag dan wie er allemaal aankwamen.

Hemeltje! dacht Ann vol ontzag. Ik wist niet dat er in Engeland nog zoveel particuliere chauffeurs waren!

Zij moest onwillekeurig glimlachen toen een vorstelijke Rolls Royce wegreed en een kleine Austin, die lang geleden betere dagen had gekend, kwam aanrijden. Een bezorgd kijkende vader dook eruit op, met een dochter die er heel wat rustiger uitzag dan hij.

Toen hij weifelend bleef staan, trad miss Vansittart naar buiten om de leiding in handen te nemen. 'Majoor Hargreaves? En dit is Alison? Komt u toch binnen. Ik zou het prettig vinden als u zelf Alisons kamer zag...'

Ann grinnikte en begon weer te tikken. Die brave, ouwe Vansittart, alleen maar een heel goede invalster. Ze imiteerde gewoon alle trucjes van Bulstrode. Ze was werkelijk volmaakt in haar rol!

Een enorme en ongelofelijk dure Cadillac, in twee kleuren gelakt, frambozenrood en hemelsblauw, zwaaide met moeite (vanwege zijn lengte) de oprit in en kwam achter de antieke Austin van majoor Hargreaves tot stilstand.

De chauffeur sprong eruit om het portier open te doen en een donkerkleurige man met een enorme baard, in loshangend oosters gewaad, stapte uit, gevolgd door een modeplaat van de Parijse haute couture en een slank, donker meisje.

Dat is waarschijnlijk prinses Hoe-heet-ze-ook-weer, dacht Ann. Kan me haar niet goed voorstellen in schooluniform, maar dat wonder zullen we morgen beleven...

Nu verschenen miss Vansittart en miss Chadwick tegelijkertijd. Ze worden tot Hare Hoogheid toegelaten! wist Ann.

Maar daarna bedacht ze hoe vreemd het eigenlijk was dat niemand ooit grapjes over miss Bulstrode maakte. Miss Bulstrode was echt een persoonlijkheid. Je zult verstandig doen op je tellen te passen, meisje! sprak ze tot zichzelf.

Niet dat Ann de gewoonte had fouten te maken. Ze had bij de crème de la crème gewerkt. Ze was de rechterhand geweest van de president van een oliemaatschappij, de privésecretaresse van Sir Mervyn Todhunter, even vermaard om zijn geleerdheid als om zijn opvliegend karakter en de onleesbaarheid van zijn handschrift. Ze telde onder haar werkgevers twee ministers en een hoge ambtenaar. Over het geheel genomen had ze in haar werk altijd met mannen te maken gehad. Daarom was ze benieuwd hoe ze het zou vinden onder vrouwen te worden bedolven, zoals ze zelf zei. Enfin, een ervaring te meer... En ze had toch altijd nog Denis! Die trouwe Denis, die uit Malakka, uit Burma, en uit alle mogelijke uithoeken van de wereld terugkwam, steeds aan haar verknocht, haar iedere keer weer ten huwelijk vragend... Die goeie Denis! Wat zou het saai zijn om met hem getrouwd te wezen.

Ze zou anders de eerste tijd het contact met mannen wel

erg missen. Schooljuffrouwen waren altijd zulke stijve types... en de enige man in de buurt was een tuinman van tegen de tachtig.

Maar op dat moment wachtte Ann een verrassing. Ze keek uit het raam en zag iemand de heg snoeien, vlak aan de overkant van de oprit... beslist een tuinman, maar nog lang geen tachtig! Jong, gebruind, knap om te zien. Ann zou wel eens willen weten... ja, er was sprake geweest van een hulpje... maar dit was volstrekt geen boerenpummel. Och ja, tegenwoordig nam iedereen de gekste baantjes aan. Sommige jonge mannen probeerden iets extra te verdienen voor een speciaal plan, of alleen maar om in leven te blijven. Maar dat snoeien was het werk van een vakman, dat kon je zien. Vermoedelijk was het toch wel een echte tuinman!

Hij ziet eruit, dacht Ann, hij ziet eruit alsof hij best leuk zou kunnen zijn...

Gelukkig, ze had nog maar één brief en dan kon ze even een wandelingetje door de tuin gaan maken...

Het hoofd van de huishouding, miss Johnson, was boven druk bezig kamers aan te wijzen, nieuwelingen welkom te heten, en met oude leerlingen een gezellig praatje aan te knopen.

Ze vond het echt prettig dat de school weer begon. Ze wist in de vakantie eigenlijk nooit goed raad met zichzelf. Ze had twee getrouwde zusters, bij wie ze om beurten mocht logeren, maar die stelden meer belang in hun eigen gezin dan in het schoolleven op Meadowbank. En al toonde miss Johnson altijd een hartelijke belangstelling voor haar zusters, echte toewijding bezat ze toch alleen voor Meadowbank.

Ja, het was fijn dat het semester weer begonnen was.

'Miss Johnson?'

'Wat is er, Pamela?'

'Moet u kijken, miss, ik geloof dat er iets in mijn koffertje gebroken is. Alles lijkt wel doorweekt! Ik denk dat het mijn fles shampoo is.'

'Kind, kind!' riep miss Johnson uit, onmiddellijk te hulp snellend.

Op het grasveld naast de oprit wandelde mademoiselle Blanche, de nieuwe lerares Frans. Zij wierp waarderende blikken op de atletische gestalte van de jonge tuinman die met de heg bezig was.

Assez bien! dacht mademoiselle Blanche.

Mademoiselle Blanche was heel tenger en leek wel een muisje. Wel iemand om over 't hoofd te zien, maar zelf zag ze niets over 't hoofd.

Haar ogen richtten zich op de stoet auto's die de oprit naar de voordeur op zwenkten. Ze taxeerde ze op hun geldswaarde. Dit internaat was werkelijk *formidable*!

Ze maakte bij zichzelf een optelsommetje van hetgeen miss Bulstrode wel zou verdienen.

Ja heus. *Formidable*!

Miss Rich, die Engels en aardrijkskunde doceerde, kwam met snelle pas op het huis toegelopen, zo nu en dan haast struikelend, omdat zij zoals gewoonlijk niet keek waar ze liep. Haar haren piekten, eveneens zoals gewoonlijk, uit haar knot. Ze had een levendig, maar lelijk gezicht.

Ze praatte in zichzelf. 'Stel je voor, nou ben je weer híér! Het lijkt wel jaren geleden...'

Ze struikelde over een hark, maar de jonge tuinman stak direct behulpzaam een arm uit.

'Kalmpjes aan, miss!' zei hij.

Eileen Rich zei: 'Dank je wel!', maar keek hem niet eens aan.

Miss Rowan en miss Blake, de jongste twee leerkrachten, wandelden op hun gemak naar de sporthal. Miss Rowan was mager en donker, een emotioneel type, miss Blake daarentegen blond en mollig. Ze waren in een levendig gesprek gewikkeld over hun recente indrukken van Florence dat ze kort geleden hadden bezocht. Over allerlei schilderijen en beeldhouwwerken die ze hadden bewonderd, de bloeiende vruchtbomen en de versierpogingen van twee jeugdige Italianen, met – naar ze hoopten – minder eerbare bedoelingen.

'Iedereen weet hoe die Italianen zijn,' zei miss Blake.

'Ongeremd zijn ze,' vulde miss Rowan aan. Ze had behalve psychologie ook staathuishoudkunde gestudeerd. 'Warmbloedig, dat voel je zo. En helemaal geen complexen.'

'Maar Giuseppe was toch wel geïmponeerd toen hij hoorde dat ik lerares was op Meadowbank,' vertelde miss Blake. 'Toen toonde hij ineens respect. Hij heeft een nichtje dat hier wilde komen, maar miss Bulstrode wist nog niet of er wel plaats was.'

'Meadowbank is ook een school die prima staat aangeschreven,' verklaarde miss Rowan opgewekt. 'En deze nieuwe sporthal mag ook gezien worden. Imposant. Ik had nooit gedacht dat die op tijd klaar zou zijn.'

'Miss Bulstrode had dat afgesproken,' zei miss Blake, op een toon alsof daarmee het laatste woord was gezegd.

'O...!' liet ze er wat onthutst op volgen.

De deur van de sporthal was onverwacht opengegaan en een broodmagere jonge vrouw met roodachtig haar kwam naar buiten. Ze keek hen scherp en onvriendelijk aan en maakte toen dat ze wegkwam.

'Dat zal onze nieuwe sportlerares zijn,' veronderstelde miss Blake. 'Wat een raar mens!'

'Niet bepaald een aanwinst voor het docentenkorps!' zei miss Rowan. 'Miss Jones was altijd zo vriendelijk en collegiaal.'

'Deze keek ons bepaald vijandig aan!' sprak miss Blake enigszins gebelgd. Ze waren beiden uit hun humeur geraakt.

De kamer van miss Bulstrode bood uitzicht naar twee kanten, naar de oprit en het daarnaast liggende grasveld, en naar een haag van rododendrons achter het huis. Het vertrek was beslist indrukwekkend en miss Bulstrode zelf was nog iets meer dan dat. Ze was lang, had een nobel gezicht, keurig gekapt grijs haar, grijze ogen vol humor en een vastberaden trek om de mond.

Het grote succes van haar school – en Meadowbank was een van de beste meisjesscholen van het gehele land – was uitsluitend te danken aan de persoonlijkheid van de directrice. Het was een dure school, maar dat was niet de hoofdzaak. Men kon beter zeggen dat men wel ongelofelijk veel betaalde, maar ook ongelofelijk veel waar voor zijn geld kreeg.

De dochter kreeg daar precies de opleiding die de ouders voor haar wensten, en eveneens die welke miss Bulstrode wenselijk achte, en het resultaat van deze combinatie bleek altijd hoogst bevredigend te zijn. Dankzij het hoge schoolgeld beschikte miss Bulstrode steeds over goede leerkrachten. Haar school kende geen massaproductie. Ze verenigde individueel onderwijs met goede discipline. Discipline maar geen drilsysteem, was miss Bulstrodes lijfspreuk. Discipline, luidde haar oordeel, gaf jonge mensen een steun in het leven en een gevoel van zekerheid. Een drilsysteem prikkelde slechts tot opstandigheid.

Haar leerlingen waren zeer verschillend. Er waren heel wat buitenlandse meisjes bij van zeer goede familie, vaak zelfs van vorstelijken bloede. De Engelse meisjes waren eveneens van goede familie of van welgestelde ouders die hun kinderen een goede opvoeding wilden geven, algemene ontwikkeling en enig inzicht in kunst en cultuur. Ze werden conform de wensen afgeleverd en waren dan in staat deel te nemen aan een intelligent gesprek over ieder gewenst onderwerp.

Er waren meisjes bij die hard wilden werken voor een bepaald examen om daarna verder te kunnen studeren aan een universiteit, en die voor dat doel grondig onderricht en bijzondere aandacht nodig hadden. Ook waren er meisjes onder die moeite hadden gehad op scholen van het normale type. Maar miss Bulstrode hield er vaste stelregels op na. Zij nam geen achterlijken of jeugdige misdadigers aan en bij voorkeur alleen meisjes wier ouders zij sympathiek vond, of meisjes van wie ze zelf de verwachting koesterde dat zij zich goed zouden ontwikkelen. De leeftijd van haar leerlingen varieerde in sterke mate. Er waren meisjes bij van wie men in vroeger jaren zou hebben gezegd dat hun opvoeding voltooid was, en daarnaast jonge kinderen wier ouders buitenlands vertoefden, en voor wie miss Bulstrode plannetjes opstelde voor een interessante vakantie. In laatste instantie bleef de beslissing altijd aan miss Bulstrode.

Op dit moment stond ze bij de schoorsteen te luisteren naar de ietwat zeurende stem van Mrs. Gerald Hope. Ze was zo verstandig geweest mevrouw geen stoel aan te bieden.

'Henrietta is heel fijngevoelig, overgevoelig zelfs, weet u. Onze huisdokter zegt...'

Miss Bulstrode knikte, vriendelijk geruststellend. Ze onderdrukte een sarcastische opmerking, al kwam ze bijna in verzoeking die uit te spreken. (Dom mens, weet je niet dat iedere dwaze moeder dat van haar eigen kind zegt?)

Integendeel, ze zei met warm medegevoel: 'U hoeft zich niet bezorgd te maken, Mrs. Hope. Miss Rowan, een van onze leerkrachten, is een bekwaam psychologe. Ik weet zeker dat u sprakeloos zult zijn over de verandering ten goede die u bij Henrietta zult kunnen constateren (het is een aardig, verstandig meisje, veel te goed voor jou!) als ze een paar semesters hier is geweest.'

'Ja, ik weet dat u wonderen hebt verricht met dat kind van Lambeth... ik vind het ook een heerlijke gedachte. Maar, o ja... dat vergat ik nog. We gaan over zes weken naar het zuiden van Frankrijk. Ik dacht Henrietta mee te nemen. Dat zou een aardig verzetje voor haar zijn.'

'Het spijt me, maar dat is onmogelijk,' gaf miss Bulstrode monter en met een charmant lachje ten antwoord, als verleende ze een gunst, in plaats van er een te weigeren.

'O, maar,' – het slappe, zeurderige gezicht van Mrs. Hope aarzelde of het boos zou kijken – 'heus, daar sta ik op. Per slot van rekening is het míjn kind.'

'Inderdaad. Maar het is míjn school,' zei miss Bulstrode.

'Maar ik kan toch het kind van school nemen wanneer ík dat wil?'

'O, zeker,' zei miss Bulstrode. 'Dat kan. Natuurlijk kunt u dat. Maar ík neem haar dan niet meer terug.'

Nu werd Mrs. Hope toch echt boos. 'Wanneer ik het schoolgeld dat ik hier betaal, in aanmerking neem...'

'Precies,' zei miss Bulstrode. 'U heeft mijn school voor uw dochter gewenst, nietwaar? Maar u dient de school te nemen zoals zij is, of anders niet. Net zoals bijvoorbeeld dat verrukkelijke model van Balenciaga dat u draagt. Het is toch van Balenciaga, nietwaar? Het is zo prettig een vrouw te ontmoeten met smaak voor kleding.'

Haar hand drukte die van Mrs. Hope, die daarmee ongemerkt naar de deur werd geleid.

'Maakt u zich niet bezorgd. Aha, daar staat Henrietta al op u te wachten.' Ze keek daarbij goedkeurend naar Henrietta, een aardig, evenwichtig en intelligent kind dat een betere moeder verdiende. 'Margaret, wil je Henrietta Hope naar miss Johnson brengen?'

Miss Bulstrode verdween in haar kamer en converseerde enkele ogenblikken later in het Frans.

'O, zeker, excellentie, uw nichtje kan hier op dansles alle moderne dansen leren. Dat is zeer belangrijk in het gezelschapsleven. En talen ook, die zijn absoluut noodzakelijk.'

Het bezoek dat daarna bij haar werd binnengelaten bracht zo'n wolk van dure parfum mee dat miss Bulstrode bijna achteruit deinsde.

Die stort zeker iedere dag een hele fles van dat spul over zich uit, dacht ze toen ze een chic geklede vrouw met donkere huidkleur welkom heette. *'Enchantée, madame.'*

Madame giechelde erg liefjes. De grote, gebaarde man in oosterse kledij boog zich over miss Bulstrodes hand en zei in voortreffelijk Engels: 'Ik heb de eer prinses Shaista bij u te brengen.'

Miss Bulstrode wist alles van haar nieuwe leerlinge die pas van een school in Zwitserland was gekomen, maar weifelde met betrekking tot haar begeleiders. Het was niet de emir in hoogst eigen persoon, besloot ze; waarschijnlijk de gezant of de *chargé d'affaires*. Zoals gewoonlijk in twijfelgevallen bediende ze zich van de gemakkelijke titel *'Excellentie'* en gaf hem de verzekering dat aan prinses Shaista de uiterste zorg zou worden besteed.

Shaista glimlachte beleefd. Ook zij was modieus gekleed

en sterk geparfumeerd. Miss Bulstrode wist dat ze vijftien jaar was, maar zoals zovele oosterse en uit zuidelijke landen afkomstige meisjes leek ze veel ouder – geheel volwassen. Miss Bulstrode sprak met haar over de voor haar gekozen studievakken en merkte tot haar opluchting op, dat ze vlot antwoordde in uitstekend Engels en zonder gegiechel. Feitelijk staken haar manieren gunstig af bij de onhandigheid van vele Engelse schoolmeisjes van vijftien. Miss Bulstrode dacht vaak dat het een goed idee zou zijn om Engelse meisjes eens naar een land in het Nabije Oosten te sturen om wat beleefdheid en manieren te leren.

Er werden wederzijds verdere complimentjes uitgewisseld en daarna was de kamer leeg, maar nog zo vervuld van een zwoele parfumgeur dat miss Bulstrode de ramen wijd opende, om de bedwelmende lucht zo gauw mogelijk weer kwijt te raken.

De volgende bezoeksters waren Mrs. Upjohn en haar dochtertje Julia.

Mrs. Upjohn was een aardige jonge vrouw, achter in de dertig, met rossig haar, sproeten en een weinig flatteuze hoed, die ze blijkbaar voor deze officiële gelegenheid had opgezet. Zij hoorde kennelijk tot het type vrouw dat gewoonlijk geen hoed draagt.

Julia had een vrij alledaags gezichtje, veel sproetjes, maar een intelligent voorhoofd en duidelijk een prettig humeur.

De inleidende besprekingen hadden er toe geleid Julia vlug via Margaret naar miss Johnson te sturen. Bij het afscheid zei ze nog opgewekt: 'Tot kijk, mam. Wees vooral voorzichtig met het gasgeisertje, nu ik er niet ben om het aan te steken!'

Miss Bulstrode wendde zich glimlachend tot Mrs. Upjohn, maar bood haar geen stoel aan. De mogelijkheid bleef bestaan dat, ondanks de verstandige, opgeruimde indruk die Julia maakte, ook deze moeder een litanie zou aanheffen over de gevoeligheid van haar dochtertje.

'Wilt u mij misschien nog enige bijzonderheden omtrent Julia meedelen?' vroeg zij.

Opgewekt klonk het antwoord: 'O, nee, dat is geloof ik niet nodig. Julia is een heel gewoon meisje. Volmaakt gezond en zo. Ik geloof dat ze een heel behoorlijk stel hersens heeft, maar dat zullen alle moeders wel van hun kinderen zeggen, of niet?'

'Er bestaan allerlei soorten moeders!' zei miss Bulstrode streng.

'Het is heerlijk voor haar hier te mogen komen,' ging Mrs. Upjohn voort. 'Een tante van mij betaalt het, helpt althans financieel. Zelf zou ik het mij niet hebben kunnen veroorloven. Maar ik ben er vreselijk blij om. En Julia ook.' Ze liep naar het raam en riep een beetje afgunstig: 'Wat een pracht van een tuin hebt u! En zo keurig onderhouden. U hebt zeker een heel stel tuinlieden.'

'We hadden er drie,' vertelde miss Bulstrode, 'maar op het ogenblik zitten we wat onthand. Er zijn alleen enkele plaatselijke werkkrachten.'

'Ja, wat zich tegenwoordig als tuinman aandient is lang niet altijd een echte tuinman, maar bijvoorbeeld een melkboer die er in zijn vrije tijd wat bij wil verdienen of een oude baas van tachtig. Ik denk soms... Hé!' viel Mrs. Upjohn die nog steeds uit het raam keek, zichzelf in de rede. 'Dat is wel heel merkwaardig!'

Miss Bulstrode schonk aan deze onverwachte uitroep minder aandacht dan ze eigenlijk had moeten doen. Maar ze keek op dat ogenblik uit het andere raam naar het hoge rododendronbosje, waar ze een hoogst onwelkome bezoekster ontwaarde, niemand minder dan Lady Veronica Carlton-Sandways, die langs het voetpad kwam aanwaggelen. Zij droeg een grote zwartfluwelen hoed op één oor, mompelde in zichzelf en verkeerde duidelijk in beschonken toestand.

Lady Veronica was hier geen onbekend gevaar. Ze was een charmante vrouw, bijzonder gehecht aan haar tweelingdochters, een aardig mens wanneer ze 'zichzelf' was, zoals men het uitdrukte. Maar helaas was ze op onvoorspelbare momenten níét zichzelf. Haar man, majoor Carlton-Sandways, wist dit vrij goed op te vangen. Zij hadden een nicht in huis genomen die meestal een oogje in het zeil hield en Lady Veronica, zo nodig, de pas afsneed.

Bij de schoolwedstrijden verscheen Lady Veronica met majoor Carlton-Sandways en haar nicht, bij wijze van gevolg. Dan was ze volkomen nuchter, modieus gekleed en bepaald een modelmoeder. Maar er waren ook ogenblikken dat Lady Veronica aan degenen die het zo goed met haar voor hadden, wist te ontglippen. Dan bedronk ze zich flink en stevende op haar dochters af om hun een blijk van haar moederlijke genegenheid te geven. De tweeling was pas die ochtend met de trein aangekomen, zodat niemand Lady Veronica vandaag reeds had verwacht.

Mrs. Upjohn praatte maar aan één stuk door, doch miss Bulstrode lette daar niet op. Ze overlegde hoe ze Lady Veronica zou aanpakken, want het leek wel of die in een strijdlustige stemming verkeerde. Maar toen zag ze, gelukkig, miss Chadwick snel en enigszins buiten adem te voorschijn komen. Die trouwe Chaddy, dacht Bulstrode vertederd. Op haar kon je altijd rekenen, of het nu ging om een slagaderlijke bloeding of een dronken vader of moeder.

'Schandelijk!' riep Lady Veronica haar reeds van verre toe. 'Ze hebben geprobeerd mij hier vandaan te houden... ze wilden niet dat ik zou gaan... maar ik heb Edith prachtig voor de gek gehouden. Die gekke ouwe vrijster... geen man zou een oogje aan haar wagen... ben zogenaamd gaan rusten... maar heb de auto gepakt en ben weggereden... heb onderweg nog ruzie gehad met een agent. Die beweerde namelijk dat ik niet capabel was om achter het stuur te zitten... Stel je voor, wat 'n onzin!... Ik ga miss Bulstrode vertellen dat ik de meisjes mee naar huis neem... wil ze thuis hebben. Dat is moederliefde. Het is iets heerlijks... moederliefde!'

'Dat is uitstekend, Lady Veronica,' gaf miss Chadwick haar ten antwoord. 'We vinden het bijzonder aardig van u dat u komt. Ik zou u graag de nieuwe sporthal eens willen laten zien. U zult er vast verrukt van zijn!'

Handig loodste ze de tamelijk onvast lopende Lady Veronica in tegenovergestelde richting, weg van het huis.

'We zullen uw meisjes daar ook wel aantreffen, denk ik,' babbelde ze vrolijk verder. 'Het is een prachtige sporthal... met nieuwe kastjes... een droogkamer voor de zwempakken...' Hun stemmen stierven weg.

Miss Bulstrode lette aandachtig op. Eenmaal probeerde Lady Veronica nog aan de greep te ontkomen en naar het huis terug te keren, maar miss Chadwick bleek tegen haar te zijn opgewassen. Zij verdwenen samen achter het rododendronbosje en koersten naar de afgelegen nieuwe sporthal.

Miss Bulstrode herademde. Chaddy was schitterend. Je kon altijd op haar aan. Ze was wat ouderwets. Niet briljant – behalve dan in wiskunde. Maar in tijd van nood een oerbetrouwbare hulp.

Met een zucht en enig schuldbesef schonk ze daarna weer aandacht aan Mrs. Upjohn, die al die tijd had staan praten... 'hoewel ik natuurlijk,' vertelde deze op dit ogenblik, 'nooit het echt-melodramatische werk heb hoeven doen. Geen parachutesprongen, sabotagedaden of koeriersdiensten. Dat zou ik nooit hebben gedurfd. Het was meestal stomvervelend kantoorwerk, situatietekeningen maken en in kaart brengen. Maar zoals ik al zei, soms was het natuurlijk weleens grappig of opwindend... wanneer alle geheime agenten elkaar in Genève achternazaten, omdat ze elkaar van gezicht kenden en ook wel in dezelfde kroeg terechtkwamen. Ik was toen natuurlijk nog niet getrouwd. Ja, het was een fijne tijd.'

Ze zweeg plotseling met een verontschuldigend, vriendelijk lachje.

'Het spijt me dat ik zo lang aan het woord ben geweest en beslag heb gelegd op uw tijd op een moment dat u nog meer mensen moet ontvangen.' Mrs. Upjohn stak haar hand uit, nam afscheid en vertrok.

Miss Bulstrode bleef een ogenblik in gedachten staan. Zonder precies te kunnen zeggen waarom, had ze een onbehaaglijk gevoel. Er was iets in haar dat haar zei dat ze iets gemist had dat van belang zou kunnen zijn.

Maar ze zette deze gedachte uit haar hoofd. Het was de opening van het zomersemester en ze moest nog heel wat ouders ontvangen. Nooit had haar school grotere populariteit genoten. Meadowbank had zijn hoogtepunt bereikt!

Niets kon haar doen vermoeden dat Meadowbank binnen een paar weken in een poel van ellende zou storten, dat wanorde, verwarring en moord hoogtij zouden vieren en dat er al enkele dingen gebeurd waren die het voorspel daarvan vormden...

Revolutie in Ramat

Ongeveer twee maanden tevoren hadden er enige gebeurtenissen plaatsgevonden die een onverwachte invloed zouden doen gelden op de beroemde meisjesschool van Meadowbank.

In het paleis te Ramat zaten twee jongemannen te roken en zich in de mogelijkheden van de naaste toekomst te verdiepen. De ene was een donker type, met een glad, olijfkleurig gezicht en grote, droefgeestige ogen. Dat was prins Ali Yusuf, de erfsjeik van Ramat, een klein gebied, maar een van de rijkste landen van het Midden-Oosten. De andere jongeman was rossig en had sproeten. Hij bezat geen cent, behalve het hoge salaris dat hij als piloot van Zijne Hoogheid prins Ali Yusuf genoot. Ondanks dit verschil in maatschappelijke rang verkeerden ze op voet van volkomen gelijkheid. Ze waren samen op dezelfde kostschool geweest en waren daar vrienden voor het leven geworden.

'We zijn, geloof ik, beschoten, Bob!' zei prins Ali een tikje ongelovig.

'En óf we beschoten zijn!' verzekerde Bob Rawlinson. 'En ze deden het in alle ernst. Ze wilden ons neerschieten. En of die schoften het meenden,' zei Bob grimmig.

Ali dacht even na. 'Zouden we eigenlijk nog wel een tweede poging wagen?'

'Dan zouden we weleens minder gelukkig kunnen zijn. Het is een feit, Ali, dat we hier veel te lang zijn gebleven. Je had hier twee weken geleden al moeten weggaan. Dat heb ik je trouwens direct gezegd.'

'Men vlucht niet zo gauw,' zei de vorst van Ramat.

'Nee, maar bedenk wat Shakespeare of zo'n andere dichter gezegd heeft: "zij, die op tijd hun heil in de vlucht zoeken, zijn later weer in staat slag te leveren."'

'Als ik dan bedenk,' sprak de jonge prins met gevoel, 'hoe ontzettend veel geld en inspanning het gekost heeft om hier de zegeningen van een verzorgingsstaat te brengen, ziekenhuizen, scholen, geneeskundige verzorging...'

Bob Rawlinson onderbrak de opsomming. 'Zou onze ambassade uitkomst kunnen brengen?'

Ali Yusuf kreeg een kleur van drift. 'Uitwijken naar jullie ambassade? Dat nooit! De extremisten zouden waarschijnlijk het gebouw bestormen. Ze respecteren diplomatieke immuniteit niet. Bovendien zou een dergelijke stap mij hier finaal onmogelijk maken. Hun voornaamste beschuldiging is nu toch immers al dat ik te westers georiënteerd ben?'

Hij slaakte een zucht. 'Ik begrijp er niets van.' Hij klonk melancholiek, jonger dan zijn vijfentwintig jaar. 'Mijn grootvader is een wreedaard geweest, een echte tiran. Hij hield er honderden slaven op na die hij genadeloos mishandelde. Tijdens stammenoorlogen heeft hij al zijn vijanden op afschuwelijke wijze ter dood laten brengen. Iedereen werd bleek wanneer zijn naam alleen maar werd gefluisterd! Maar toch... hij is een vereerde mythe geworden, en wordt nog altijd geprezen en bewonderd. De grote Achmed Abdullah! En ik? Wat heb ik gedaan? Ik heb ziekenhuizen en scholen gebouwd, sociale zorg opgezet, huizen laten neerzetten... allemaal dingen waarvan men zegt dat het volk ze wenst. Willen ze ze niet hebben? Zouden ze liever een schrikbewind hebben gezien, zoals dat van mijn grootvader?'

'Het begint er wel op te lijken,' zei Bob Rawlinson. 'Het is in hoge mate onredelijk, maar zo is 't nu eenmaal.'

'Maar waarom, Bob? Waarom?'

Bob Rawlinson zuchtte en draaide heen en weer op zijn stoel bij zijn poging om zijn gevoelens onder woorden te brengen. 'Nou...' sprak hij, 'die man heeft gezorgd voor meer uiterlijk vertoon... dát is 't, geloof ik. Hij had... een soort gevoel voor theater, als je begrijpt wat ik bedoel.'

Hij keek zijn vriend eens aan, die er beslist geen toneelallures op na hield. Het was een behoorlijke kerel, oprecht en nu onthutst, en juist daarom was Bob zo op hem gesteld. Hij was niet schilderachtig of gewelddadig, en al maken deze eigenschappen Engelsen verlegen, in een oosterse omgeving had je ze beslist nodig, daarvan was Bob overtuigd.

'Maar democratie...' begon Ali.

'Och, dat is een woord dat overal weer een andere betekenis heeft.' Bob zwaaide met zijn pijp. 'Eén ding is zeker, het heeft niet meer dezelfde betekenis die het oorspronkelijk in Hellas heeft gehad. Ik wil wedden om wat je maar wilt dat er, als ze jou hier wippen, een of andere gladde jongen aan het bewind komt die zijn eigen roem uitbazuint, zich tot een almachtige godheid weet op te blazen en iedereen die hem een strobreed in de weg legt naar de galg of het schavot laat slepen. En, let op, dan noemt hij dat een democratisch bewind. Van het volk, voor het volk. Ik denk dat het volk dat dan ook prachtig zal vinden. Opwindend. Want dan vloeit er weer bloed.'

'Maar we zijn toch geen wilden! We zijn tegenwoordig beschaafd.'

'Er bestaan verschillende soorten beschaving...' zei Bob vaag. 'Bovendien denk ik dat we allemaal iets van een wilde in ons meedragen... als we een goed excuus kunnen bedenken om dat op zijn beloop te laten gaan.'

'Misschien heb je gelijk!' stemde Ali somber toe.

'Wat de mensen tegenwoordig nergens schijnen te willen is iemand met een beetje gezond verstand,' zei Bob. 'Ik ben nooit erg slim geweest – en dat weet jij ook heel goed, Ali – maar ik denk vaak dat dat het enige is dat de wereld echt nodig heeft: een beetje gezond verstand.' Hij legde zijn pijp neer en ging rechter op zijn stoel zitten. 'Maar laat maar zitten. Hoofdzaak blijft op het ogenblik: hoe krijgen we jou hier veilig vandaan? Is er bij het leger iemand die je werkelijk kunt vertrouwen?'

Langzaam schudde prins Ali het hoofd. 'Veertien dagen geleden nog wel. Maar nu weet ik het niet meer. Ik ben er in ieder geval niet zéker van.'

Bob knikte. 'Dat is 't hem juist. Wat dit paleis van jou betreft, dat bezorgt me kippenvel!'

Ali toonde geen emotie. 'Ja, in een paleis heb je overal spionnen om je heen. Ze horen alles... ze weten ook alles.'

'Zelfs in onze hangars...' Bob voltooide de zin niet. 'De ouwe Achmed is volkomen te vertrouwen. Hij houdt er een soort zesde zintuig op na. Betrapte een van de mecaniciens toen hij aan het vliegtuig zat te knoeien... nog wel een van de kerels van wie we zouden hebben gezworen dat ze ons trouw waren. Luister eens, Ali, als we nog een poging willen wagen jou hier veilig weg te krijgen, dan moet dat deksels gauw gebeuren!'

'Dat weet ik... dat weet ik. Ik geloof... nee, ik weet zeker dat het mijn dood is als ik blijf.'

Hij zei dit zonder bewogenheid of teken van paniek, maar rustig en onbevangen.

'We lopen gevaar er toch in elk geval ons leven bij in te schieten,' klonk het waarschuwend uit de mond van Rawlinson, 'want we moeten in noordelijke richting zien weg te komen. Daar kunnen ze ons niet onderscheppen. Maar dat betekent dat we de bergen over moeten... en dat in deze tijd van het jaar...' Hij haalde zijn schouders op. 'Je moet goed begrijpen dat het verdraaid riskant blijft.'

Ali Yusuf keek bedroefd zijn vriend aan. 'Als jou iets zou overkomen, Bob...'

'O, maak je over mij niet benauwd. Zo bedoelde ik het niet. Ik ben van geen enkel belang. Hoe het zij, ik ben nu eenmaal een type dat vroeg of laat doodvalt. Ik haal altijd de gekste dingen uit. Neen, ik bedoelde het voor jou. Maar ik wil je mijn mening niet opdringen. Als je nog op een deel van het leger kunt vertrouwen...'

'Het idee om te vluchten ligt me niet,' zei Ali eenvoudigweg. 'Maar ik voel ook hoegenaamd niets voor het martelaarschap... om door een woedende menigte in stukken te worden gescheurd.'

Hij zweeg enkele ogenblikken.

'Vooruit. Goed dan,' sprak hij ten slotte met een zucht. 'Laten we een poging wagen. Wanneer?'

Bob haalde zijn schouders op. 'Hoe eerder hoe beter. We moeten je op een heel natuurlijke manier naar het vliegveldje zien te krijgen... Als we eens zeiden dat je de aanleg van de nieuwe weg bij Al Jasar in ogenschouw wilt nemen? Een plotselinge opwelling! En dat doen we dan vanmiddag nog. Wanneer je auto dan voorbij het vliegveld komt stop je... Ik heb de kist dan opgetuigd en startklaar gereedstaan. Jouw idee is dan de aanleg van de weg eens uit de lucht te bekijken, snap je? We stijgen op... en daar gaan we! Dan kunnen we natuurlijk geen bagage meenemen. Het moet helemaal een geïmproviseerd geval blijven.'

'Er is niets dat ik zou willen meenemen... behalve één ding.'

Hij glimlachte en die glimlach op zijn gezicht maakte opeens een ander mens van hem. Nu was hij niet meer de moderne, scrupuleuze, op het westen georiënteerde jongeman... die glimlach onthulde de sluwheid die een lange reeks van voorvaderen in staat had gesteld het er levend af te brengen.

'Jij bent mijn enige vriend, Bob, jij mag het zien!'

Hij stak zijn hand in zijn hemd en zocht daar iets. Toen toonde hij hem een zeemleren zakje.

'Wat is dat?' vroeg Bob, verbaasd het voorhoofd fronsend.

Ali maakte het zakje los en stortte de inhoud voor Bobs verbaasde ogen op tafel. Bob hield even de adem in en floot daarna zachtjes.

'Grote goden! Zijn die allemaal écht?'

Ali had er plezier in. 'Natuurlijk zijn ze echt. De meeste had mijn vader al. Ieder jaar kocht hij er nieuwe bij. Ik ook. Ze komen overal vandaan en zijn voor mijn familie opgekocht door lieden die we konden vertrouwen... in Londen, Calcutta en Zuid-Afrika. Het is een familietraditie om deze stenen beschikbaar te houden voor geval van nood.' Heel zakelijk liet hij erop volgen: 'Ze vertegenwoordigen op het ogenblik een marktwaarde van driekwart miljoen.'

'Driekwart miljoen pond!' Bob floot weer even, pakte enkele edelstenen op en liet ze door zijn vingers glijden. 'Het is ongelofelijk! Iets als in een sprookje. Daar raakt een mens ondersteboven van.'

'Ja.' De donkerkleurige jongeman knikte bevestigend. Weer gleed diezelfde eeuwenoude, vermoeide trek over zijn gelaat. 'Bij juwelen blijven de mensen nooit zoals zij waren. Die dingen laten altijd een spoor van geweld achter. Bloedige gevechten, moord en doodslag. En vrouwen zijn daarbij nog het ergste. Want bij vrouwen gaat het niet alleen om de geldwaarde. Het gaat om de juwelen zelf. Prachtige juwelen kunnen vrouwen stapelgek maken. Ze willen ze hebben om ze om hun hals en op hun boezem te dragen. Ik zou deze nooit aan een vrouw toevertrouwen. Maar ik vertrouw ze jou toe.'

'Mij?' Bob zette grote ogen op.

'Ja. Ik wil niet dat deze juwelen in handen vallen van mijn vijanden. Ik weet niet wanneer ze tegen mij in opstand zullen komen. Het plan kan voor vandaag zijn vastgesteld. Misschien kom ik niet eens levend op het vliegveld. Neem die stenen dus en handel ermee zo goed je kunt.'

'Maar luister eens even. Ik begrijp het niet. Wat moet ik ermee beginnen?'

'Zorg dat ze veilig het land uitkomen.'

Ali keek zijn verbouwereerde vriend rustig en onbewogen aan.

'Je bedoelt dat ik ze bij me moet steken in jouw plaats?'

'Zo kun je het zeggen. Maar ik denk heus dat je nog wel een betere oplossing zult weten te bedenken om ze veilig naar Europa te krijgen.'

'Maar luister eens, Ali, ik heb niet het flauwste idee hoe ik dat zou kunnen doen.'

Ali leunde achterover in zijn stoel. Hij glimlachte bijna vrolijk.

'Je hebt je gezonde verstand. En je bent eerlijk. Ik herinner me uit onze schooljaren hoe vindingrijk jij altijd bent geweest... Ik zal je trouwens naam en adres opgeven van iemand die dergelijke zaken voor mij opknapt... dat wil zeggen... voor het geval dat ik het leven erbij inschiet. Kijk niet zo bezorgd, Bob. Doe je uiterste best. Meer vraag ik niet van je. Ik zal je heus niets verwijten, wanneer het je niet lukken mocht. Het zal gaan zoals Allah wil. Dat maakt voor mij alles zo eenvoudig. Ik wil alleen niet dat deze edelstenen geroofd worden van mijn ontzielde lichaam. Overigens...' Hij trok de schouders op. 'Het is zoals ik zei. Alles gaat toch zoals Allah wil.'

'Je bent gek.'

'Nee, ik ben fatalist.'

'Maar je moet eens luisteren, Ali. Je zei daarnet dat ik eerlijk ben. Maar driekwart miljoen... Geloof je niet dat er een grens is aan iemands eerlijkheid?'

Ali Yusuf keek zijn vriend vol genegenheid aan. 'Hoe vreemd het ook is, ik heb op dit punt niet de minste twijfel,' verklaarde hij.

De vrouw op het balkon

Bob Rawlinson had zich zijn leven lang nog nooit zo ongelukkig gevoeld als toen hij wegwandelde door de hol klinkende gangen van het paleis. De wetenschap dat hij driekwart miljoen pond in zijn broekzak bij zich droeg, stemde hem miserabel. Hij had het gevoel dat iedere hofdignitaris die hij tegenkwam op de hoogte was van het feit. Hij dacht zelfs dat ze het aan zijn gezicht konden zien. Het zou hem hebben opgelucht te horen dat zijn sproetengezicht even opgewekt stond als altijd.

De schildwachten buiten presenteerden het geweer. Bob wandelde de drukke hoofdstraat van Ramat af, maar zijn geest was versuft. Waar ging hij eigenlijk naar toe? Wat waren zijn plannen? Hij wist het zelf niet. Hij had bovendien niet veel tijd.

De hoofdstraat verschilde in niets van de meeste hoofdstraten in het Midden-Oosten. Een mengelmoes van vuil en pracht. Gloednieuwe bankgebouwen rezen pralend omhoog. In talloze winkeltjes lagen goedkope plastic voorwerpen uitgestald. Babysokjes lagen in de etalages in wonderlijke combinatie met goedkope sigarettenaanstekers en dure Zwitserse horloges. Naaimachines stonden naast auto-onderdelen opgesteld. In apotheken lagen merk-geneesmiddelen vol vliegenpoep en er hingen plakkaten over penicilline die in elke vorm en in overvloed te koop was, evenals antibiotica. In maar weinig winkels was er iets van je gading, afgezien van de nieuwste Zwitserse horloges; daarvan lagen er honderden door en op elkaar in een kleine etalage. De keus was zo groot dat je zelfs daar terugschrok van een koop, omdat je door die massa overweldigd werd.

Bob liep in een soort van verdoving voort en botste tegen lieden op in oosterse of Europese kledij. Daardoor kwam hij tot bezinning. Waar liep hij heen, vroeg hij zich af. Hij ging eerst maar een inlands cafeetje binnen, waar hij een *thé-citron* bestelde. Terwijl hij deze met kleine teugjes opdronk, kwam hij langzamerhand tot zichzelf. De sfeer in het cafeetje was weldadig rustig. Aan een tafeltje tegenover het zijne liet een Arabier een snoer barnstenen kralen door zijn vingers glijden. Achter hem speelden twee mannen triktrak. Hier kon je op je gemak zitten nadenken.

En dat had Rawlinson hard nodig. Er waren hem juwelen ter waarde van driekwart miljoen pond ter hand gesteld en nu moest hij een plan bedenken om ze het land uit te krijgen. En er was geen tijd te verliezen. Ieder ogenblik zou de bom kunnen barsten...

Ali was stapel, dat sprak vanzelf! Een dergelijk bedrag aan juwelen luchthartig een vriend toe te vertrouwen. Vang... En dan maar rustig de rest aan Allah over te laten. Een dergelijk godsgeloof hield Bob er niet op na. Zijn God verwachtte van Zijn dienstknechten dat zij Zijn opdracht naar hun uiterste vermogen in daden zouden omzetten.

Maar wat moest hij met die beroerde stenen doen?

Bob dacht aan de ambassade. Nee, die kon hij er niet in betrekken. Het was ook zo goed als zeker dat zij zouden weigeren zich hiermee in te laten.

Wat hij nodig had was iemand, een doodgewoon iemand, die op een doodgewone manier het land uitging. Een zakenman of een toerist leek hem het beste. Iemand zonder politieke relaties, wiens bagage op zijn hoogst aan een oppervlakkig onderzoek... of aan generlei onderzoek zou worden onderworpen. Maar je moest ook nog aan de andere kant denken...

de douane in Engeland. Stel je voor, wat een sensatie... een poging om clandestien juwelen binnen te smokkelen... ter waarde van driekwart miljoen. Nou ja, dat risico moest je dan maar nemen...

Een doodgewoon iemand, een 'bonafide' reiziger dus. En opeens had Bob zich wel voor het hoofd kunnen slaan. Joan, natuurlijk! Zijn zuster Joan Sutcliffe. Joan, die hier twee maanden had gelogeerd met haar dochtertje Jennifer, die na een ernstige longontsteking de zon had moeten opzoeken in een kurkdroog klimaat. Ze zouden over een dag of vier de terugreis aanvaarden... over zee.

Ja, Joan was de ideale figuur. Maar wat had Ali ook weer gezegd over vrouwen en juwelen? Bob glimlachte. Die goeie, brave Joan. *Zij* zou de kluts heus niet kwijtraken. Zij stond met beide benen stevig op de grond. Ja, Joan kon hij vertrouwen.

Maar wacht eens even... kon hij Joan eigenlijk wel vertrouwen? Haar eerlijkheid ongetwijfeld. Maar ook haar discretie? Teleurgesteld schudde Bob het hoofd. Joan zou vast haar mond niet houden. Zoiets belangrijks zou ze onmogelijk kunnen verzwijgen. Erger nog, ze zou er toespelingen op maken... 'Ik heb iets geweldig belangrijks bij me... Ik mag er met geen mens over praten! Het is werkelijk hoogst opwindend!'

Joan had nooit haar mond kunnen houden, al was ze altijd razend geweest indien iemand haar dit naderhand verweet. Joan mocht dus niet weten wat ze bij zich had. Dat zou voor haarzelf ook het veiligste zijn. Hij moest van die juwelen een pakje maken, een onschuldig uitziend pakje. En haar dan iets op de mouw spelden. Dat het een cadeautje voor iemand was? Of een monsterzending? Hij zou er nog eens over denken.

Bob keek op zijn horloge en stond op van zijn stoel. Het werd tijd. Met grote stappen liep hij over straat, zich niet bekommerend om de hitte van de middag. Alles leek zo normaal. Oppervlakkig gezien was er ook niets aan de hand. Alleen ten paleize werd je het gefluister en gespioneer gewaar. Het leger... alles draaide om het leger. Wie waren er trouw gebleven? Wie niet? Er zou stellig een poging worden ondernomen tot een staatsgreep. Zou die slagen of mislukken?

Bob had een rimpel in zijn voorhoofd toen hij het voornaamste hotel van Ramat betrad. Het noemde zich bescheidenlijk het Ritz Savoy en pronkte met een grootse, modern aandoende voorgevel. Drie jaar geleden was het feestelijk geopend en er was een Zwitserse directeur, een Weense kok en een Italiaanse *maître d' hôtel*. Het was allemaal even prachtig geweest. Maar de Weense kok was eerst weggegaan, vervolgens de Zwitserse directeur. De Italiaanse ober was nu ook verdwenen. Het voedsel klonk nog duur, maar was slecht. De bediening was abominabel geworden en het sanitair was defect.

De bediende achter de toonbank kende Bob goed en lachte stralend tegen hem. 'Goedemorgen, commandant! U zoekt uw zuster? Ze is een uitstapje gaan maken met haar dochtertje...'

'Een uitstapje?' Bob stond beteuterd te kijken. Wie haalde dit nu nog in zijn hoofd?

'Met Mr. en Mrs. Hurst van de oliemaatschappij,' wist de bediende hem in te lichten. Iedereen wist hier altijd alles. 'Ze zijn naar de dam van Kalat Diwa.'

Bob vloekte binnensmonds. Het zou dus uren duren voordat Joan terugkwam.

'Dan ga ik maar naar haar kamer,' zei hij en hield zijn hand op om de sleutel in ontvangst te nemen. Daarmee ontsloot hij haar kamer, die, zoals gewoonlijk, in de grootste wanorde was achtergelaten. Joan was toch wel erg slordig. Golfclubs lagen op een stoel, tennisrackets op bed, en overal lagen kledingstukken verspreid. De tafel was bedolven onder filmrollen, prentbriefkaarten, pocketboekjes en plaatselijke souvenirs die meestal in Birmingham of Japan waren gefabriceerd.

Bob keek eens om zich heen naar de koffers en reistassen. Hij stond voor een probleem. Hij zou Joan niet meer zien voor hij met Ali zou vertrekken. Er was geen tijd om even heen en weer naar de dam te gaan. Hij kon van de spullen een pakje maken en een briefje erbij achterlaten... Maar die gedachte liet hij onmiddellijk weer varen. Hij wist veel te goed dat hij bijna overal werd geschaduwd. Waarschijnlijk van het paleis naar het café en vandaar naar hier. Hij had weliswaar niemand bespeurd... maar hij wist dat ze de kunst van schaduwen uitstekend verstonden. Het was niet verdacht dat hij naar het hotel was gegaan om zijn zuster te bezoeken, maar als hij hier een pakje achterliet met een briefje, zou het briefje worden gelezen en het pakje geopend.

Maar de tijd... hij had geen tijd!

Driekwart miljoen pond aan juwelen in zijn broekzak. Weer keek hij de kamer rond. Toen grinnikte hij. Hij diepte uit zijn zak een gereedschapsdoosje op dat hij altijd bij zich droeg. Zijn nichtje Jennifer werkte met klei, had hij gezien; dat zou hem prachtig van pas komen.

Hij ging handig en vlug te werk. Eenmaal keek hij op, argwanend, zijn ogen gericht naar het open raam. Nee, er was geen balkon. Het waren zeker zijn zenuwen die hem parten speelden en hem het gevoel hadden gegeven dat iemand hem bespiedde.

Toen hij klaar was knikte hij, tevreden over het resultaat. Geen mens zou merken wat hij had gedaan, daarvan was hij overtuigd. Joan niet, en Jennifer zeker niet, een egocentrisch kind dat alleen maar belangstelling had voor zichzelf.

Hij veegde alle sporen van zijn werk bij elkaar en liet ze in zijn zak verdwijnen.

Toen keek hij aarzelend rond. Daarna trok hij het schrijfblok van Joan naar zich toe. Hij moest een briefje achterlaten. Maar wat zou hij schrijven? Hij moest alle aandacht van Joan zien af te leiden door een heel alledaags briefje achter te laten, dat een ander echter niets zei.

En dat was onmogelijk! In de detectiveverhalen die Bob graag in zijn vrije tijd las, liet je dan een soort cryptogram achter en dat werd dan altijd feilloos opgelost. Maar Joan was iemand voor wie je alles altijd moest uitspellen.

Maar plotseling keek hij opgelucht. Er was nóg een manier. De aandacht van Joan afleiden – een doodgewoon briefje achterlaten. En dan iemand anders op de hoogte brengen, die op zijn beurt Joan kon inlichten als ze veilig en wel weer thuis was.

Vlug schreef hij:

Beste Joan,
Ben even langs gekomen om te horen of je ook zin had in een rondje golf vanavond. Maar nu je helemaal naar de dam bent geweest, zul je wel bekaf zijn. Wat denk je van morgen? Om 5 uur op de club.

Je Bob

Wel een erg nonchalant briefje, vond hij, vooral als je misschien je zuster nooit zou terugzien... maar hoe onverschilliger hoe beter in dit geval. Joan moest niet verwikkeld raken in dit vreemde avontuur; ze mocht zelfs geen vermoeden van iets ongewoons krijgen. Joan kon nu eenmaal niets verborgen houden. Ze moest tegen zichzelf worden beschermd. Door onwetendheid.

Dit briefje vervulde bovendien tweeërlei doel. Er bleek namelijk uit dat Bob niet het minste plan had zelf weg te gaan. Hij dacht nog even na, liep toen naar de telefoon en vroeg het nummer van de Britse ambassade aan. Even later werd hij doorverbonden met Edmundson, de derde secretaris met wie hij bevriend was.

'John, ben jij daar? Met Bob. Kunnen we elkaar straks ergens ontmoeten, na kantoortijd?... Kun je nog iets vroeger misschien?... Doe het maar, ouwe jongen. Het is verdraaid belangrijk. Nou ja, je snapt wel, een meisje.' Hij kuchte verlegen. 'Haast niet te geloven, zo'n snoesje! Het is alleen een beetje gewaagd.'

Edmundsons stem aan de andere kant klonk afkeurend, vermanend. 'Heus, Bob, jij eeuwig en altijd met je meisjes!... Nou, vooruit, om 2 uur dan maar.' Hij belde af. Bob hoorde een tikje alsof de een of ander die meegeluisterd had ook de hoorn op de haak legde.

Die goeie Edmundson! Nu alle telefoongesprekken in Ramat afgeluisterd werden, hadden Bob en hij een soort code ingevoerd. 'Een snoes van een meisje, haast niet te geloven!' betekende zoveel als dringend en belangrijk nieuws waarvan ze elkaar op de hoogte moesten brengen.

Edmundson zou hem met zijn auto ophalen, vlak voor de nieuwe Beurs om 2 uur. Dan zou hij Edmundson kunnen vertellen waar hij de juwelen had verstopt. Maar erbij zeggen dat Joan zelf van niets wist en er pas van weten mocht ingeval hem iets overkwam. Aangezien ze over zee terugkeerden, zouden Joan en Jennifer pas over een week of zes thuis zijn. Tegen die tijd was de revolutie hier stellig achter de rug, al of niet geslaagd. Dan zouden Ali Yusuf en hij in Europa zitten – of ze zouden beiden om het leven zijn gekomen. Hij zou Edmundson net genoeg, maar niet te veel vertellen...

Rawlinson keek het vertrek nog eens rond. Het zag er weer net zo uit als toen hij was binnengekomen, vredig, slordig, echt huiselijk. Het enige nieuwe element erin was zijn volkomen onschuldige briefje, gericht aan Joan.

Hij zette het op tafel, rechtop tegen iets aan en liep naar de deur. Er viel geen mens in de lange gang te bekennen.

De vrouw in de kamer vlak naast die van Joan Sutcliffe stapte van haar balkon weer naar binnen. Zij hield een spiegel in de hand.

Oorspronkelijk was ze op het balkon verschenen om een haartje aan haar kin dat de brutaliteit had gehad daar te ontspruiten, beter te kunnen bekijken. Ze had het uitgetrokken met een pincet en vervolgens haar gezicht in het zonlicht aan een verder nauwkeurig onderzoek onderworpen.

Toen ze daarmee klaar was, deed ze een heel merkwaardige ontdekking. De hoek waarin ze haar handspiegel vasthield was zodanig, dat daarin de spiegel van de klerenkast in de kamer naast de hare helder werd weerkaatst. En in die spiegel zag ze iemand, die met iets bijzonder eigenaardigs bezig was. Zo eigenaardig en zo onverwacht dat ze roerloos bleef staan kijken.

De man kon haar onmogelijk zien vanaf de plaats waar hij zat. Zij zag hem alleen door middel van die dubbele weerspiegeling. Had hij achterom gekeken, dan zou hij haar spiegeltje weerkaatst hebben gezien in de grote spiegel van de klerenkast. Maar de man was zozeer in beslag genomen door hetgeen waarmee hij bezig was, dat hij geen moment achterom keek. Wel had hij eenmaal zijn hoofd opgeheven en door het open raam naar buiten gekeken, maar omdat hij daar niets had gezien, was hij rustig door gegaan met zijn werk.

De vrouw zag precies wat hij deed. Na een poosje had hij een briefje geschreven en op tafel achtergelaten. Toen was hij uit haar gezichtskring verdwenen, maar ze had hem nog net horen telefoneren, zonder precies te verstaan wat hij zei, maar hij sprak op luchtige toon. Daarna hoorde ze hem de deur sluiten.

De vrouw wachtte nog enige ogenblikken. Toen deed zij de deur van haar kamer open. Aan het eind van de gang zag ze een Arabier die met een plumeau bezig was stof af te nemen. De man verdween om de hoek uit het gezicht.

De vrouw liep vlug naar de kamerdeur naast de hare. Die deur zat op slot, maar daarop had ze gerekend. Met een haarspeld die ze bij zich had en met behulp van het lemmet van een mesje bereikte ze, vlug en ervaren, haar doel. Ze trad binnen en deed de deur achter zich dicht. Eerst pakte ze het briefje. De envelop was maar vluchtig dichtgeplakt geweest, ging gemakkelijk open, en ze las het en fronste het voorhoofd. Daarin vond ze namelijk geen enkele verklaring voor hetgeen ze gezien had. Ze plakte de envelop weer dicht, legde het briefje neer en liep het vertrek door. Op het moment dat ze haar hand uitstak, werd ze echter gestoord door het geluid van stemmen. Van het terras beneden drongen ze tot hier door.

Eén stem was erbij, die zij onmiddellijk herkende als die van de bewoonster van deze kamer. Een zeer zelfbewuste, docerende stem.

De vrouw wipte naar het venster. Beneden stond Joan Sutcliffe op het terras, in gezelschap van haar dochtertje Jennifer, een bleek, plomp kind van vijftien jaar. Joan vertelde aan ieder die het maar horen wilde, en in het bijzonder aan een ambtenaar van het Britse consulaat, wat ze dacht van de maatregelen die men te haren behoeve had getroffen.

'Maar dat is eenvoudig belachelijk! Ik heb nog nooit zoiets

onzinnigs gehoord. Alles is hier toch even rustig en vreedzaam... Wat een paniekerig gedoe.'

'Dat hopen we ook, mevrouw. Maar Zijne Excellentie acht het niet langer verantwoord...'

Mrs. Sutcliffe dacht er niet over enig ontzag tegenover een ambassadeur te tonen en viel hem in de rede. 'We hebben ontzettend veel bagage, moet u weten. We zouden aanstaande zondag rustig met de boot zijn gegaan, omdat de zeereis juist zo goed is voor Jennifer. Dat heeft de dokter ons aangeraden. Ik moet dus beslist weigeren ook maar enige wijziging in mijn plannen te brengen. Ik wens ook niet zo overhaast op een vliegtuig naar Engeland te worden gezet!'

De ambtenaar van het consulaat keek een beetje bedrukt, maar kreeg een goed idee. Hij stelde Mrs. Sutcliffe voor per vliegtuig naar Aden te vertrekken en dáár dan de boot te pakken.

'Met alle bagage?' vroeg mevrouw.

'Zeker, daar zorg ik voor. Daar heb ik een grote auto voor klaarstaan. We kunnen alles onmiddellijk inladen.'

'O... nou...' Mrs. Sutcliffe gaf zich gewonnen. 'Dan moesten we maar gaan inpakken.'

'Ja, dadelijk, als u zo vriendelijk wilt zijn.'

De vrouw die boven had staan luisteren, verliet haastig de slaapkamer waar ze niet thuishoorde. Eerst keek ze nog vlug naar het adres dat aan de koffers hing. Toen wipte ze haastig naar haar eigen kamer, juist toen Mrs. Sutcliffe de hoek van de gang om kwam.

De bediende van de receptie kwam achter haar aan. 'Mrs. Sutcliffe, uw broer de commandant is daarnet nog hier geweest. Hij heeft even op uw kamer zitten wachten. Maar ik geloof dat hij weer is weggegaan. U bent elkaar juist misgelopen.'

'Och, wat vervelend!' zuchtte Mrs. Sutcliffe. Tegen de bediende zei ze: 'Welbedankt!' En tegen Jennifer: 'Ik denk dat oom Bob zich ook bezorgd maakt. Maar er is op straat toch niets van onrust te merken! Hé, de deur zit niet op slot. Wat zijn de mensen hier toch nonchalant!'

'Misschien heeft oom Bob het vergeten,' merkte Jennifer op.

'Ik wou dat ik hem niet was misgelopen,' zei Joan Sutcliffe. 'O, daar ligt 'n briefje van hem!' Toen ze het gelezen had, riep zij triomfantelijk: 'Zie je wel, Bob maakt zich helemaal geen zorgen! Hij weet blijkbaar nergens van. Het is dus alleen maar diplomatieke onrust, anders niet. Wat vind ik dat verschrikkelijk, op het heetst van de middag je koffers te moeten gaan pakken. Deze kamer lijkt wel een oven! Vooruit, Jennifer, haal jij alle spullen eens uit de klerenkast. We stoppen alles maar bij elkaar. Dat pakken we later wel netjes over.'

'Ik heb nog nooit een revolutie meegemaakt,' zei Jennifer peinzend.

'Ik verwacht ook niet dat er nu sprake van zal zijn,' zei haar moeder op scherpe toon. 'Let op m'n woorden. Er komt niets van!'

Jennifer keek bepaald teleurgesteld.

Mr. Robinson

Een week of zes later klopte een jongmens bescheiden op een kamerdeur ergens in Bloomsbury en kreeg daarop te horen dat hij mocht binnenkomen.

Het was maar een klein kamertje. Achter een bureau zat een dikke man van middelbare leeftijd scheef weggezakt in zijn stoel. Hij had een verfomfaaid pak aan, waarvan de voorkant met sigarenas was besmeurd. De ramen zaten potdicht en er hing in het kamertje een ondraaglijke atmosfeer.

'Nou?' informeerde de dikke man op knorrige toon. Hij deed amper zijn ogen open. 'Wat is er nou weer?'

Men zei dat kolonel Pikeaway altijd zijn ogen half dicht had, omdat hij óf juist in slaap viel óf net wakker werd. Ook fluisterde men dat hij helemaal geen Pikeaway heette en evenmin kolonel was. Maar de mensen kletsten zoveel!

'Edmundson van Buitenlandse Zaken is hier voor u, kolonel.'

'O!' zei kolonel Pikeaway. Hij sloot zijn ogen alsof hij nu pas echt onder zeil wilde gaan. 'Derde secretaris van onze ambassade in Ramat ten tijde van de revolutie, als ik me niet vergis.'

'Juist, kolonel, zo is het.'

'Ik geloof dat het verstandig is hem maar eens aan te horen,' zei de kolonel zonder veel animo. Hij hees zich enigszins overeind en klopte de as van zijn vest.

Mr. Edmundson was een rijzige, blonde jongeman, met een zeer verzorgd uiterlijk en dienovereenkomstige manieren, waaruit niettemin een rustige, maar onmiskenbare kritiek viel op te maken.

'Kolonel Pikeaway, ik ben John Edmundson. Ik hoorde dat u mij wilde spreken.'

'Zo, heeft men dat gezegd? Enfin, ze zullen het wel weten,' zei de kolonel. 'Neemt u plaats!' liet hij erop volgen. Voordat zijn ogen weer helemaal dicht gingen stelde hij de vraag: 'U was in Ramat tijdens de revolutie?'

'Ja, dat was ik. Dat was een smerig zaakje.'

'Dat kan ik me voorstellen. U was een vriend van Bob Rawlinson, is 't niet?'

'Ik ken hem in elk geval vrij goed.'

'Verleden tijd. Hij is dood.'

'Zeker, kolonel. Dat weet ik. Maar ik was er niet zeker van of...' Hij aarzelde.

'U hoeft tegenover mij geen geheimhouding in acht te nemen,' verzekerde kolonel Pikeaway. 'Wij weten hier alles. En anders doen we alsof. Rawlinson heeft Ali Yusuf uit Ramat helpen ontvluchten op de dag dat de revolutie uitbrak. Van hun vliegtuig is sindsdien niets meer vernomen. Het kan in een of ander onherbergzaam oord zijn geland. Maar er zijn wrakstukken van een machine in het Arolezgebergte gevonden. Twee slachtoffers. Het bericht verschijnt morgen in de pers. Is dat juist?'

Edmundson bevestigde dat dit geheel juist was.

'We weten hier alles. Daarvoor zitten we hier,' zei kolonel Pikeaway. 'Het vliegtuig is tegen een bergwand te pletter geslagen,' ging kolonel Pikeaway voort. 'Dat kan natuurlijk veroorzaakt zijn door slecht weer. Maar we hebben alle reden om aan sabotage te denken. Een tijdbom bijvoorbeeld. We beschikken nog niet over uitvoerige rapporten. Het wrak ligt op een moeilijk bereikbare plek. Er was een beloning voor het vinden ervan uitgeloofd, maar het duurt even voordat zoiets overal doordringt. Toen moesten we er deskundigen heen laten vliegen om een onderzoek in te stellen. Allemaal bureaucratie, natuurlijk. Aanvragen indienen bij buitenlandse regeringen, toestemming van gezanten vragen, smeergelden... om niet te spreken van de streekbewoners, die erop uit zijn zich eerst alles van waarde toe te eigenen.'

Hij zweeg en keek Edmundson onderzoekend aan. Deze verklaarde: 'Het is een droevig geval. Prins Ali Yusuf zou een verlicht heerser zijn geweest, op hechte, democratische grondslag.'

'Dat heeft hem vermoedelijk juist de das omgedaan,' zei kolonel Pikeaway. 'Maar laten we geen tijd verknoeien met zielige verhalen over de dood van koningen. Er is ons gevraagd bepaalde inlichtingen in te winnen. Door belanghebbenden, met wie onze regering gaarne goede betrekkingen onderhoudt.' Hij keek de ander daarbij doordringend aan. 'Begrijpt u wat ik bedoel?'

'Och, ik heb wel iets gehoord,' antwoordde Edmundson aarzelend.

'U hebt misschien gehoord dat op de slachtoffers en tussen de wrakstukken geen enkel voorwerp van waarde is aangetroffen of door de plaatselijke bevolking is ingepikt. Hoewel je op de landelijke bevolking niet kunt vertrouwen. Ze zijn soms net zo gesloten als het ministerie van buitenlandse zaken. Hebt u nog iets anders gehoord?'

'Niets anders.'

'U hebt niet gehoord dat er misschien iets van waarde behoorde te zijn gevonden? Waarom hebben ze u dan naar mij toe gestuurd?'

'Men heeft mij gezegd dat u mij misschien enkele vragen wilde stellen,' antwoordde Edmundson vormelijk.

'Als ik vragen stel, verwacht ik ook antwoord,' bracht kolonel Pikeaway zijn bezoeker aan het verstand.

'Dat spreekt vanzelf.'

'Voor u toch blijkbaar niet, jongeman. Heeft Rawlinson u dan niets verteld voor hij uit Ramat wegvloog? Als er iemand was die het volle vertrouwen van Ali Yusuf genoot, dan was hij het wel. Kom, laat eens horen. Heeft hij u helemaal niets gezegd?'

'Waarover, kolonel?'

Kolonel Pikeaway keek hem strak aan en krabde zich achter het oor.

'Ook goed!' bromde hij. 'Dít houden wij vóór ons, en dát zeggen we niet. U overdrijft het volgens mij een beetje. Als u niet weet waarover ik het heb, dan weet u ook verder hoegenaamd niets!'

'Ik heb de indruk dat er wel iets moet zijn geweest.' Edmundson drukte het zeer voorzichtig uit. 'Iets belangrijks, dat Bob mij had willen meedelen.'

'Aha!' zei de kolonel, op de toon van iemand die eindelijk de kurk van de fles trekt. 'Dat is van belang. Vertel eens alles wat u weet!'

'Dat is bitter weinig, kolonel. Bob en ik hielden er een eenvoudige code op na, toen we door kregen dat alle telefoongesprekken werden afgeluisterd. Bob hoorde wel eens wat in hofkringen, en ik kon hem ook wel eens belangrijke inlichtingen verstrekken. Wanneer een van ons beiden de ander over een meisje of in het algemeen over meisjes opbelde, dan betekende de toevoeging: "een snoes van 'n meisje, haast niet te geloven" dat er iets ernstigs dringend te bespreken viel.'

'Een of ander belangrijk bericht?'

'Ja. Bob belde me en sprak in deze termen op de dag dat de zaak begon. Ik zou hem 's middags op ons vaste plekje voor een van de nieuwe bankgebouwen afhalen. Maar juist in dat stadsgedeelte is het oproer begonnen. Dat deel is onmiddellijk door de politie afgesloten. Toen hebben Bob en ik verder geen contact met elkaar kunnen krijgen. Diezelfde middag is hij met prins Ali weggevlogen.'

'Ik begrijp het,' sprak Pikeaway. 'Had u enig idee vanwaar hij u heeft opgebeld?'

'Nee, dat had overal vandaan kunnen zijn.'

'Jammer.' De kolonel wachtte even en vroeg daarna, als terloops: 'Kent u Mrs. Sutcliffe?'

'De getrouwde zuster van Bob? Ik heb haar in Ramat natuurlijk wel ontmoet. Ze logeerde daar met haar dochtertje. Maar goed kennen doe ik haar niet.'

'Waren zij en haar broer erg goed met elkaar?'

Edmundson dacht even na. 'Nee, dat geloof ik niet. Zij was jaren ouder en echt de oudere zuster. Hij was ook bepaald niet op zijn zwager gesteld. Hij noemde die een "verwaten ezel".'

'Wat hij ook is! Een van onze grootindustriëlen. En die zijn verwaten! U acht het dus niet waarschijnlijk dat Rawlinson zijn zuster een belangrijk geheim zou hebben toevertrouwd?'

'Het valt moeilijk te zeggen... maar nee, waarschijnlijk lijkt het mij niet.'

'Mij ook niet,' stemde Pikeaway in. Hij zuchtte eens. 'Hoe het zij, Mrs. Sutcliffe en haar dochtertje zijn op het ogenblik nog op zee. Morgen komt hun boot, de "Eastern Queen", in Tilbury aan.'

Hij zweeg enige ogenblikken terwijl hij de jongeman tegenover zich bedachtzaam opnam. Daarna stak hij zijn hand uit, omdat hij blijkbaar een beslissing had genomen. Enigszins bruusk sprak hij: 'Ik stel het bijzonder op prijs dat u bent gekomen.'

'Het spijt me dat ik u zo weinig heb kunnen helpen. Weet u zeker dat ik niets meer voor u kan doen?'

'Nee, ik geloof van niet.'

John Edmundson verliet daarop het vertrek. Het bescheiden jongmens kwam daarna weer binnen.

'Eerst was ik nog half van plan hem naar Tilbury te laten gaan om de zuster vast enigszins voor te bereiden,' zei Pikeaway. 'Omdat hij bevriend is geweest met haar broer. Maar het leek me ten slotte niet verstandig. Hij is een weinig vlotte

vent. Echt beïnvloed door Buitenlandse Zaken. Helemaal geen opportunist. Ik stuur liever hoe-heet-ie ook weer.'
'Derek?'
'Juist!' Kolonel Pikeaway knikte goedkeurend. 'Je begint langzamerhand te snappen wat ik bedoel, is 't niet?'
'Ik doe er mijn best voor, kolonel.'
'Dat is niet voldoende. Je moet het kunnen. Stuur eerst Ronnie even bij me. Ik heb een opdracht voor hem.'

Kolonel Pikeaway was duidelijk net van plan weer in te slapen toen de jongeman genaamd Ronnie het vertrek binnentrad. Hij was een lange, donkere, gespierde jonge kerel, opgewekt en nogal vrijmoedig in zijn optreden.

Kolonel Pikeaway keek hem eens aan en grinnikte. 'Hoe zou je het vinden bij een meisjeskostschool binnen te dringen?'
'Een meisjeskostschool?' De jongeman keek zeer verbaasd. 'Dat zou een heel nieuwe ervaring betekenen. Wat doen ze daar? Bommen fabriceren op scheikundeles?'
'Niets daarvan! Het is een eersterangs meisjesschool. Meadowbank.'
'Meadowbank?' De jongeman floot even. 'Niet te geloven!'
'Houd je brutale mond en luister liever. Prinses Shaista, nicht en naaste bloedverwante van de om het leven gekomen prins Ali Yusuf van Ramat, komt daar het eerstvolgende semester op school. Tot nu toe is ze in Zwitserland op kostschool geweest.'
'Wat moet ik doen? Haar ontvoeren?'
'Dat in geen geval! Het is niet ondenkbaar dat ze binnenkort in het middelpunt van de belangstelling komt te staan. Ik wil dat je een oogje houdt op eventuele ontwikkelingen. Ik kan het niet duidelijker omschrijven. Ik weet namelijk zelf niet wat daar zou kunnen gebeuren. Maar als blijkt dat onze minder geliefde vrienden belangstelling voor haar hebben, moet je me waarschuwen. Je ogen openhouden is mijn enige instructie.'

De jongeman knikte begrijpend. 'Maar hoe kom ik daar? Moet ik er soms tekenleraar worden?'

'De leerkrachten bestaan uitsluitend uit dames.' Kolonel Pikeaway taxeerde hem even en zei: 'Het lijkt me het beste dat je er tuinman wordt.'

'Tuinman?'

'Ja. Ik heb het toch goed, dat je wat van tuinieren afweet?'

'Ja, dat is volkomen juist. Ik heb zelfs in mijn jonge jaren eens een rubriekje "Onze Tuinen" geredigeerd in een zondagsblad.'

'Bah!' sprak kolonel Pikeaway. 'Da's niks. Dat zou ik ook in elkaar kunnen draaien, al heb ik nooit een tuin gezien. Dat neem je gewoon over uit een encyclopedie en een paar prijscouranten van kwekerijen. Dat ken ik. Zoiets als: *Waarom breekt u niet eens met de traditie? Breng dit jaar eens een tropische noot in uw border aan. De mooie Annabella Babbelaria, en een paar prachtige nieuwe Chinese hybriden van de Sinensis Belazeris. Probeer de weelderige kleuren van een dikke bos Sinistra Hopelozis, niet erg sterk, maar ze doen het prachtig tegen een muur op het westen.*' Hij zweeg even en grijnsde. 'Doodgemakkelijk! De gekken kopen die dingen en dan begint het te vriezen en alles gaat dood. En zij maar denken: hadden we ons maar aan de muurbloemen en de vergeet-mij-nietjes gehouden! Nee, beste jongen, ik bedoel het echte werk van de vakman, in je handen spugen, de grond omspitten, greppels graven voor de lathyrus en de snoeischaar hanteren!'

'O, dat heb ik van jongs af gedaan.'

'Dat dacht ik al. Daarvoor ken ik je moeder goed genoeg. Dat is dus in orde.'

'Is er een baantje als tuinman vrij op Meadowbank?'

'Reken maar,' verzekerde kolonel Pikeaway. 'Overal komt men tegenwoordig tuinlui te kort. Je snapt wel dat ik je prima getuigschriften zal meegeven. Dan zullen ze je met open armen ontvangen. Er valt geen tijd te verliezen. Het zomersemester begint de negenentwintigste.'

'Ik tuinier dus en houd onder de hand een oogje in het zeil.'

'En denk erom dat je niet ingaat op de avances van die overrijpe meisjes, want dan lig je er zó uit, en dat moeten we nu juist niet hebben!'

De kolonel haalde een vel papier naar zich toe. 'Welke naam zullen we je geven?'

'Adam, dat lijkt me in dit geval wel toepasselijk.'

'Achternaam?'

'Eden.'

'Het spijt me, maar je gedachtengang bevalt me niet. Adam Goodman lijkt me beter. Ga nu je levensbeschrijving uitwerken met Jenson en smeer 'm!' Hij keek op zijn horloge. 'Ik heb geen tijd meer voor je. Ik wil Mr. Robinson niet laten wachten. Hij had er al moeten zijn.'

Adam – om hem bij zijn nieuwe naam te noemen – bleef op weg naar de deur staan. 'Mr. Robinson?' vroeg hij nieuwsgierig. 'Is díé er?'

'Zoals ik zei.' Er klonk een zoemer op het bureau. 'Daar is hij al. Altijd precies op tijd, die Robinson.'

'Vertelt u eens,' vroeg Adam nieuwsgierig. 'Wie is hij eigenlijk? Hoe heet hij in werkelijkheid?'

'Hij heet Mr. Robinson,' antwoordde Pikeaway. 'Dat is het enige wat ik weet. En geen mens weet iets meer!'

De man die vervolgens het kamertje betrad, zag er niet naar uit dat zijn naam echt Robinson kon zijn. Hij had Demetrius of Isaacstein of Perenna kunnen heten... maar geen van die namen in 't bijzonder. Hij zag er niet bepaald joods uit, en ook niet als een Griek, een Portugees, een Spanjaard of een Zuid-Amerikaan. Het enige wat beslist onwaarschijnlijk leek, was dat hij een Engelsman genaamd Robinson zou zijn.

Hij was dik, keurig gekleed, had een geelachtig gezicht, droefgeestige donkere ogen, een breed voorhoofd en een grote mond die abnormaal grote en witte tanden liet zien. Zijn welgevormde handen zagen er keurig verzorgd uit. Zijn Engels sprak hij zonder accent.

Hij en kolonel Pikeaway begroetten elkaar bijna op de manier van twee regerende vorsten. Beleefdheden werden uitgewisseld. Toen Mr. Robinson vervolgens een sigaar had aanvaard, begon kolonel Pikeaway: 'Wij waarderen uw aanbod om ons behulpzaam te zijn uitermate.'

Mr. Robinson genoot kennelijk van zijn sigaar en antwoordde na een poosje: 'Waarde heer, ik dacht zo... ik hoor wel eens wat, weet u. Ik ken veel mensen en die vertellen me van alles, ik weet zelf niet waarom.'

Kolonel Pikeaway ging daar niet op in, maar zei: 'Ik meen dat u reeds weet dat het vliegtuig van prins Ali Yusuf gevonden is?'

'Vorige week woensdag,' antwoordde Mr. Robinson. 'De jonge Rawlinson is de bestuurder geweest. Een riskante vlucht. Maar het ongeluk is niet door een fout van Rawlinson veroorzaakt. Ze hadden aan de machine geknoeid... dat had een zekere Achmed gedaan... de oudste mecanicien... Rawlinson dacht dat die volkomen betrouwbaar was. Dat was hij níét. Hij heeft nu een hoge post gekregen bij het nieuwe regime.'

'Dus sabotage! Wij wisten het niet met zekerheid. Het is een treurige geschiedenis.'

'Ja. Die brave jongen – Ali Yusuf bedoel ik – was helemaal niet opgewassen tegen verraad en corruptie. Zijn opvoeding op een Engelse kostschool is niet verstandig geweest... tenminste naar mijn overtuiging. Maar we hebben niets meer met hem te maken. Dat is oud nieuws. Niets is doder dan een dode koning. U en ik hebben ons bezig te houden met hetgeen dode koningen achterlaten.'

'En dat is?'

Mr. Robinson haalde zijn schouders op. 'Een aanzienlijk banksaldo in Genève, een bescheiden rekening in Londen, aanzienlijke activa in eigen land, die nu zijn genaast door het zegevierende nieuwe regime (dat naar ik hoor ruzie heeft over de verdeling van de buit), en tenslotte nog enkele privékleinigheden.'

'Kleinigheden?'

'Och, zulke dingen zijn betrekkelijk. In elk geval klein in omvang. Zodat iemand ze gemakkelijk kan meenemen.'

'Maar voor zover ik weet had Ali Yusuf ze niet zelf bij zich.'

'Nee. Hij had ze aan de jonge Rawlinson ter hand gesteld.'
'Bent u daar zeker van?' vroeg Pikeaway enigszins scherp.
'Och, zekerheid heb je nooit,' zei Robinson verontschuldigend. 'Ze kletsen zoveel in een paleis. Alles kan natuurlijk niet waar zijn. Maar er ging een sterk gerucht van die strekking.'
'Maar op Rawlinson is evenmin iets gevonden...'
'In dat geval,' concludeerde Mr. Robinson, 'moeten ze op een andere manier het land zijn uitgewerkt.'
'Op welke andere manier? Hebt u daaromtrent enig idee?'
'Rawlinson is, nadat hij de juwelen in ontvangst had genomen, in de stad naar een café gegaan. Men heeft gezien dat hij daar met geen mens contact heeft gehad. Hij is vervolgens naar het Ritz Savoy hotel gegaan waar zijn zuster logeerde. Hij heeft daar ongeveer twintig minuten op haar kamer doorgebracht. Maar ze was zelf niet thuis. Daarna is hij naar de Koopmansbeurs op het Victoriaplein gegaan om een cheque te incasseren. Toen hij de Beurs uitkwam, waren de ongeregeldheden al begonnen. Rawlinson is toen linea recta naar het vliegveld gegaan, waar hij in gezelschap van sergeant Achmed het toestel heeft gecontroleerd.

Ali Yusuf is uitgereden om de aanleg van de nieuwe weg te inspecteren, en heeft zijn auto bij het vliegveld laten stoppen, omdat hij de wens te kennen had gegeven de nieuwe weg en de dam uit de lucht te bekijken. Ze zijn opgestegen en niet meer teruggekeerd.'

'Wat leidt u daaruit af?'
'Beste man, precies hetzelfde als u. Waarom heeft Rawlinson twintig minuten in de hotelkamer van zijn zuster doorgebracht, hoewel men hem verteld had dat ze niet voor de avond terug werd verwacht? Hij heeft een briefje voor haar achtergelaten dat hem op zijn hoogst drie minuten tijd heeft gekost. Wat heeft hij in de resterende zeventien minuten gedaan?'

'U wilt zeggen dat hij de juwelen op een daartoe geschikte plaats tussen de bagage van zijn zuster kan hebben verstopt?'
'Alles wijst erop, vindt u zelf ook niet? Mrs. Sutcliffe is

diezelfde dag nog, tegelijk met alle andere Britse onderdanen, geëvacueerd. Men heeft haar met haar dochtertje naar Aden gevlogen. Haar boot komt aan in Tilbury. Morgenochtend, als ik me niet vergis.'

Pikeaway knikte.

'Houd haar in de gaten,' raadde Mr. Robinson aan.

'Daar is al voor gezorgd,' stelde de kolonel hem gerust.

'Er dreigt gevaar voor haar als ze de juwelen in haar bezit heeft.' Hij deed zijn ogen dicht. 'Ik houd helemaal niet van gewelddadigheden.'

'Verwacht u die dan?'

'Er zijn te veel mensen geïnteresseerd. Allerlei ongewenste elementen – als u mij begrijpt. Die bovendien nog op allerlei manieren zullen proberen elkaar te bedriegen. Dat maakt het zo verwarrend.'

Mr. Robinson schudde bezorgd het hoofd.

Kolonel Pikeaway informeerde aarzelend: 'Hebt u zelf... eh... op enige wijze belang bij deze zaak?'

'Ik treed op voor een zekere belangengroep,' antwoordde Mr. Robinson. Uit zijn stem klonk een zacht verwijt. 'Enige van de edelstenen waar het om gaat waren door mijn groep aan wijlen Zijne Hoogheid geleverd... tegen een redelijke, alleszins behoorlijke prijs. De groep die ik vertegenwoordig en die de juwelen graag weer in handen zou krijgen, zou, dat mag ik wel zeggen, daarbij op de sympathie van de vorige eigenaar hebben kunnen rekenen. Meer kan ik niet zeggen. Dergelijke aangelegenheden zijn zo uiterst delicaat.'

'Maar u staat in elk geval aan de goede kant,' zei kolonel Pikeaway glimlachend.

'Och, de goede kant!' Hij zweeg even. 'Is het u misschien bekend wie er in de kamers aan weerskanten van die van Mrs. Sutcliffe en haar dochtertje logeerden?'

Kolonel Pikeaway leunde nadenkend achterover. 'Laat ik eens kijken... ja, ik geloof van wel. Aan de linkerkant had je *señora* Angelica de Toredo – een Spaanse... eh... danseres, die in een cabaret ter plaatse optrad. Misschien geen echte Spaanse en ook geen wat je noemt prima danseres. Maar zij genoot een zekere populariteit bij de klanten. Aan de andere kant logeerde een of andere lerares, heb ik gehoord.'

Mr. Robinson keek hem minzaam goedkeurend aan. 'U verandert nooit. Ik kom u hier wat vertellen, maar u bent haast altijd al op de hoogte.'

'Volstrekt niet, volstrekt niet,' weerde kolonel Pikeaway vriendelijk af.

'Met ons tweeën weten we in elk geval aardig wat,' sprak Mr. Robinson.

Ze keken elkaar aan. 'Ik hoop alleen,' zei Mr. Robinson, terwijl hij opstond, 'dat we genoeg weten.'

Een reizigster komt thuis

'Mijn hemel!' riep Mrs. Sutcliffe geërgerd, terwijl ze door het raam van haar hotel naar buiten keek. 'Waarom moet het nu altijd en eeuwig regenen als je in Engeland terugkomt? Dat is zo deprimerend.'

'Ik vind het heerlijk weer thuis te zijn,' verklaarde Jennifer. 'Je hoort op straat weer iedereen Engels spreken. En straks krijgen we eindelijk weer eens een heerlijk uitgebreide thee. Beboterde broodjes, jam en echte cakes.'

'Kind, ik wou dat jij niet zo'n huismus was,' sprak Mrs. Sutcliffe. 'Wat voor zin heeft het, je helemaal mee te nemen naar de Perzische Golf, als je zegt dat je liever thuis was gebleven?'

'O, ik heb er niets tegen een paar maanden naar het buitenland te gaan,' zei Jennifer. 'Ik zei alleen maar dat ik blij ben weer thuis te zijn.'

'Nu, ga eens even opzij, kindje, en laat me eens kijken of ze wel al onze bagage hebben bovengebracht. Werkelijk, ik heb het gevoel dat de mensen na de oorlog beslist oneerlijker zijn geworden. Ik ben ervan overtuigd dat als ik niet goed had opgelet, die man in Tilbury er met mijn groene reistas vandoor was gegaan. Er loerde trouwens nog een andere kerel op onze bagage. Ik heb hem later weer in de trein zien zitten. Ik geloof vast dat die gauwdieven iedere boot opwachten om hun slag te slaan als er zenuwachtige of nog half zeezieke passagiers met hun spullen aan wal komen.'

'O, moeder, u haalt zich altijd zulk soort dingen in uw hoofd,' zei Jennifer. 'U denkt dat iedereen die u tegenkomt oneerlijk is.'

'De meesten zijn het ook,' klonk het bits.

'Engelsen niet!' verzekerde de vaderlandslievende Jennifer.

'Dat is juist zo erg, kind,' hield Mrs. Sutcliffe vol. 'Je verwacht het van Arabieren en andere vreemdelingen, en dan ben je hier niet op je hoede en daar maken oneerlijke types misbruik van. Laat ik eens even tellen. Daar is de grote groene koffer en daar de zwarte, de twee kleine bruine en ook mijn reistas, de golfclubs, de tennisrackets, de weekendtas, de linnen koffer... maar waar is mijn groene tas? O, gelukkig, daar is-ie. En die metalen koffer die we in Ramat gekocht hebben om de extra dingen in te pakken... Even tellen... ja, een, twee, drie, vier, vijf, zes – in orde, veertien stuks bij elkaar.'

'Zullen we nu gaan theedrinken, mam?' informeerde Jennifer. 'Ik heb erge trek.'

'Thee? Het is pas drie uur.'

'Ik heb zo'n honger.'

'Goed, goed. Kun je niet in je eentje naar beneden gaan? Ik wil eerst even gaan rusten. Daarna pak ik even uit wat we vanavond nodig hebben. Wat vervelend dat je vader ons nu niet is komen afhalen. Waarom hij nu precies vandaag die belangrijke commissarisvergadering in Newcastle moest hebben, begrijp ik niet. Je zou toch denken dat zijn vrouw en dochter voorgaan. Vooral nu hij ze in geen drie maanden heeft gezien. Denk je dat je het wel alleen afkunt?'

'Grote genade, mammie!' antwoordde Jennifer. 'Hoe oud denk je dat ik ben? Maar kan ik wat geld meekrijgen? Ik heb helemaal geen Engels geld.'

Toen zij met een biljet van tien shilling het vertrek had verlaten, ging de telefoon bij het bed. Mrs. Sutcliffe nam de hoorn op.

'Ja, u spreekt met Mrs. Sutcliffe.'

Op hetzelfde moment werd er op de deur geklopt. Mrs. Sutcliffe zei in de microfoon: 'Wilt u even wachten?' en liep naar de deur. Daar stond een jongeman in een blauwe overal met een gereedschapstas bij zich.

'De elektricien, mevrouw,' kondigde hij opgewekt aan. 'Er mankeert wat aan de lampen in deze kamers. Ik ben naar boven gestuurd om ze even na te kijken.'

'Best, ga je gang maar.' De elektricien stevende met zijn gereedschap naar de badkamer en mevrouw nam de telefoon weer op.

'Neemt u mij niet kwalijk dat ik u even moest laten wachten... Wat zei u?'

'Mijn naam is Derek O'Connor. Schikt het u dat ik even bij u kom? Het gaat over uw broer, Mrs. Sutcliffe.'

'Bob? Heeft u bericht van hem?'

'Over hem, tot mijn spijt.'

'O... o, ik begrijp het. Ja, komt u dan maar boven. Derde verdieping, kamer 310.'

Mrs. Sutcliffe ging op de rand van het bed zitten. Ze wist al, dacht ze, wat dit bericht zou zijn. Even later werd er op de deur geklopt. Ze deed open en liet een jongeman binnen, die haar met gepaste ingetogenheid de hand drukte.

'Komt u van Buitenlandse Zaken?'

'Mijn naam is Derek O'Connor. Mijn chef heeft mij verzocht naar u toe te gaan, omdat er blijkbaar niemand anders was die u op een minder gunstig bericht zou kunnen voorbereiden.'

'Zegt u het maar, alstublieft,' drong Mrs. Sutcliffe aan. 'Is hij dood? Is dát het?'

'Ja, zo is het, mevrouw. Hij is met prins Ali Yusuf op de dag dat de revolutie is uitgebroken uit Ramat weggevlogen, maar hun vliegtuig is in de bergen neergestort.'

'Hoe komt het dat ik dat niet eerder gehoord heb? Waarom is dat niet radiografisch aan ons schip geseind?'

'Pas dezer dagen is er definitief bericht binnengekomen. Het toestel werd tot nu toe slechts vermist. Onder de gegeven omstandigheden behoefde dat geen ongeluk te betekenen. Nu is het wrak gevonden. Maar het zal u een troost zijn te horen dat de dood onmiddellijk moet zijn ingetreden.'

'Is de prins ook om het leven gekomen?'

'Ja, mevrouw.'

'Het verwondert me niet,' zei Mrs. Sutcliffe. Haar stem klonk wat onvast, maar volkomen beheerst. 'Ik heb altijd geweten dat Bob niet oud zou worden. Hij is altijd zo'n waaghals geweest, weet u, hij heeft de gevaarlijkste dingen uitgehaald, als invlieger en als stuntvlieger. De laatste vier jaren heb ik hem nog maar zelden ontmoet. Och ja, je kunt iemand nu eenmaal niet veranderen, nietwaar?'

'Nee, dat geloof ik ook niet,' beaamde de bezoeker.

'Henry heeft ook altijd gezegd dat Bob vroeg of laat nog eens zou doodvallen.' De juistheid van het inzicht van haar man leek haar enige voldoening te schenken. Maar er rolde een traan langs haar wang en ze zocht naar haar zakdoekje. 'Het is wel een hele slag voor mij,' zei ze.

'Dat begrijp ik. Ik betuig u ook mijn oprechte deelneming.'

'Bob kon natuurlijk ook niet weglopen,' zei Mrs. Sutcliffe. 'Hij had de baan van persoonlijke piloot van de prins op zich genomen. Hij wilde, vanzelfsprekend, zijn taak volbrengen, dat begrijp ik wel. En hij was een goede vlieger. Als hij tegen een berg opgevlogen is, was dat vast niet zijn fout.'

'Nee,' zei O'Connor, 'uw broer treft geen schuld. Het was de enige manier om de prins in veiligheid te brengen, maar het was een gevaarlijke vlucht die verkeerd is afgelopen.'

Mrs. Sutcliffe knikte. 'Dat begrijp ik. Ik dank u dat u mij dit bent komen vertellen.'

'Er is nog iets,' hernam O'Connor, 'iets dat ik u moet vragen. Heeft uw broer u soms iets toevertrouwd?'

'Iets toevertrouwd? Hoe bedoelt u?' vroeg Mrs. Sutcliffe.

'Heeft hij u misschien een pakje meegegeven... om aan iemand hier ter hand te stellen?'

Zij schudde verbaasd het hoofd. 'Nee, waarom dacht u dat?'

'Er is een pakje geweest, van zeer groot belang, dat, dachten we, uw broer aan iemand kon hebben meegegeven. Op de dag van zijn vertrek is hij namelijk bij u geweest, in uw hotel.'

'Ja, dat weet ik. Toen heeft hij een briefje voor me achtergelaten. Maar daar stond niets in over... dat ging over een doodonschuldig afspraakje voor een partijtje tennis of golf voor de volgende dag. Toen hij dat schreef wist hij vast niet eens dat hij die middag met prins Ali zou vertrekken.'

'Stond er niets anders in? Hebt u dat briefje nog, mevrouw?'

'Nee, natuurlijk niet. Het was een doodgewoon briefje. Ik heb het verscheurd en weggegooid. Waarom zou ik dat hebben bewaard?'

'Nee, daar was geen reden voor. Ik wilde het alleen maar graag weten,' verklaarde O'Connor.

'Wat dacht u dan?' vroeg Mrs. Sutcliffe op scherpe toon.

'Dat er misschien nog een mededeling in verborgen was. Er is ook nog zoiets als onzichtbare inkt, weet u,' zei hij met een lachje.

'Onzichtbare inkt!' riep Mrs. Sutcliffe vol afkeer. 'Bedoelt u zoiets als waarvan je wel in spionageverhalen leest?'

'Het spijt me, maar dat bedoelde ik werkelijk,' zei O'Connor op verontschuldigende toon.

'Dat is meer dan belachelijk!' riep Mrs. Sutcliffe uit. 'Ik weet zeker dat Bob zich nooit met zulke dingen zou inlaten. Hij was zo'n goeie, eerlijke, verstandige jongen.' Weer rolde er een traan over haar wang. 'O, waar is nu m'n tasje? Ik moet een zakdoek hebben. Misschien in de andere kamer.'

'Ik haal het wel even voor u,' bood O'Connor aan. Hij opende de verbindingsdeur, maar bleef plotseling staan toen hij een jongmens in blauwe overal over een valies gebogen zag staan, die zich verschrikt oprichtte.

'De elektricien, meneer,' zei de jongen wat zenuwachtig. 'Er hapert hier wat aan het licht.'

Prompt draaide O'Connor aan de schakelaar. 'Er mankeert niets aan!' zei hij vriendelijk.

'Dan heb ik zeker het verkeerde kamernummer opgekregen,' verklaarde de elektricien.

Hij pakte zijn gereedschapstas op en glipte vlug de deur uit, naar de gang.

O'Connor fronste het voorhoofd, pakte de handtas van Mrs. Sutcliffe van de toilettafel en bracht haar die. 'Staat u mij even toe?' vroeg hij de telefoon opnemend.

'Hier kamer 310. Hebt u zo juist een elektricien naar boven gestuurd omdat hier iets aan het licht mankeerde? Ja... ik blijf aan het toestel.'

'Niet? Dat dacht ik al. Nee, er mankeert niets aan.'

Hij deponeerde de hoorn op het toestel en wendde zich tot Mrs. Sutcliffe.

'Er mankeert hier niets aan het licht en het kantoor had geen elektricien gestuurd!' zei hij.

'Wat voerde de man hier dan uit? Een hoteldief, zeker?'

'Ja, best mogelijk.'

Mrs. Sutcliffe doorzocht vlug haar tas. 'Hier heeft hij niets uitgehaald. Al mijn geld zit er nog in.'

'Bent u er zeker van, ábsoluut zeker, dat uw broer u niets heeft meegegeven om tussen uw bagage te stoppen, Mrs. Sutcliffe?' hield O'Connor aan. 'Of uw dochtertje misschien? U was toch met uw dochtertje, nietwaar?'

'Zeker. Ze is beneden gaan theedrinken. O, ik zie er tegenop haar te vertellen dat Bob verongelukt is. Misschien kan ik beter wachten tot we thuis zijn.'

'Kan uw broer haar niets meegegeven hebben?'

'Nee, vast niet.'

'Dan is er nog altijd de mogelijkheid,' vervolgde O'Connor, 'dat hij het in uw koffers heeft gestopt zonder dat u het weet. U was uit, toen hij op uw kamer is geweest.'

'Maar waarom zou Bob dat hebben gedaan? Het klinkt allemaal zo dwaas!'

'Het is anders helemaal niet zo dwaas. Het is zeer wel mogelijk dat prins Ali uw broer iets in bewaring heeft gegeven, maar dat uw broer het veiliger heeft gevonden het bij uw bagage te voegen dan het bij zich te houden.'

'Het lijkt me allemaal hoogst onwaarschijnlijk,' hield Mrs. Sutcliffe vol.

'Mag ik dan vragen of u het goedvindt dat we er eens een onderzoek naar instellen?'

'Mijn bagage doorzoeken, bedoelt u? Uitpakken?' De stem van Mrs. Sutcliffe klonk bij dit laatste woord als een jammerklacht.

'Ik ben mij ervan bewust, mevrouw, dat ik u iets zeer bezwarends vraag, maar het kan van het grootste belang zijn. Ik help u natuurlijk,' liet hij er overredend op volgen. 'Ik heb zo vaak voor mijn moeder koffers gepakt. Ze was er altijd bijzonder tevreden over.' Daarbij demonstreerde O'Connor alle innemendheid en tact waardoor hij bij kolonel Pikeaway in een goed blaadje stond.

'Nu, als het dan moet...' verzuchtte Mrs. Sutcliffe. 'Ik bedoel, als het van groot belang kan zijn...'

'Komaan, dan maar direct!' zei O'Connor lachend.

Drie kwartier later kwam Jennifer, na de thee, weer boven. Zij keek het vertrek eens rond en hield haar adem in. 'Maar, mammie, wat heb je nou gedaan?'

'We hebben uitgepakt, zoals je ziet!' klonk het vrij scherp. 'En nu zijn we bezig alles weer in te pakken. Dit is Mr. O'Connor. Mijn dochter Jennifer.'

'Maar waarom doe je dat allemaal?'

'Dat moet je mij niet vragen!' snauwde haar moeder. 'Ze schijnen te denken dat oom Bob iets tussen onze bagage heeft gestopt. Hij heeft jou toch niets meegegeven, Jennifer?'

'Mij? Nee hoor. Heb je al mijn spullen ook uitgepakt?'

'We hebben letterlijk alles nagekeken,' vertelde O'Connor heel opgewekt, 'maar niets gevonden. Nu pakken we alles weer netjes in. Ik denk dat u wel iets zult willen drinken, mevrouw, mag ik wat voor u bestellen misschien?'

O'Connor liep al naar de telefoon.

'Ik heb wel zin in een kopje thee,' bekende ze.

'O, ik heb beneden zo verrukkelijk theegedronken!' jubelde Jennifer. 'Gesmeerde broodjes, jam en cake... en de kelner heeft me nog eens extra bediend, omdat ik het zo heerlijk vond. Het was zalig.'

O'Connor bestelde de thee en voltooide het inpakken zo handig en netjes dat Mrs. Sutcliffe haar bewondering erover uitsprak. 'Uw moeder heeft het u bijzonder goed geleerd,' prees ze.

'O, ik ben in veel opzichten erg handig,' zei O'Connor glimlachend. Zijn moeder was al lang dood en hij kon haar moeilijk vertellen dat hij zijn ervaring uitsluitend in dienst van kolonel Pikeaway had opgedaan. 'Ik wilde u nog graag een goede raad geven, mevrouw. Past u vooral goed op! Revoluties zijn altijd hoogst gevaarlijk en hebben vaak wijde vertakkingen. Blijft u lang in Londen?'

'We gaan morgen al naar huis. Mijn man komt ons met de auto halen.'

'O, dat is goed. Maar... neem vooral geen risico. Zodra er iets ongewoons mocht voorvallen, belt u maar dadelijk het nummer 999!'

'O, wat enig!' juichte Jennifer. '999 draaien. Dat heb ik altijd al gewild!'

'Jennifer, doe niet zo kinderachtig!' vermaande haar moeder.

Uit het verslag van een plaatselijk blad:
'Gisteren stond een man terecht wegens inbraak met poging tot diefstal ten huize van Mr. Henry Sutcliffe. De slaapkamer van mevrouw was geheel overhoopgehaald en in de grootste wanorde achtergelaten, terwijl de familie op zondagmorgen in de kerk zat. Het keukenpersoneel was met de bereiding van het middagmaal bezig geweest en had niets gehoord. De politie heeft de man kunnen grijpen toen hij bezig was zich uit de voeten te maken. Blijkbaar is hij bij zijn bezigheden gestoord, want hij had bij zijn vlucht niets meegenomen.

Verdachte zei Andrew Ball te heten, zonder vaste verblijfplaats. Hij heeft bekend, en verklaard dat hij werkloos was en geld nodig had. De bijous van Mrs. Sutcliffe bevonden zich veilig in de safe, met uitzondering van hetgeen ze droeg.'

In de huiselijke kring had Mr. Sutcliffe de opmerking geplaatst: 'Ik heb je al eens eerder gezegd, lieve, dat je het slot van de tuindeuren in de salon moest laten nakijken!'

'Maar mijn beste Henry,' had Mrs. Sutcliffe daarop geantwoord, 'ben je dan vergeten dat ik de afgelopen drie maanden in het buitenland ben geweest? En hoe het ook zij, ik heb weleens gelezen dat als inbrekers werkelijk wíllen, ze overal kunnen binnendringen.'

Ze voegde er met een weemoedige blik op de krant aan toe: 'Wat staat dat daar prachtig: "keukenpersoneel", als je weet dat de oude miss Ellis niet te beschreeuwen is en nauwelijks meer op haar benen kan staan en dat dat kind van Bardwell, dat 's zondags komt helpen, niet helemaal goed wijs is.'

'Ik vind het alleen raar,' zei Jennifer, 'dat de politie zo gauw van de inbraak hoorde, anders hadden ze hem nooit in zijn kraag kunnen pakken toen hij naar buiten stapte.'

'Het is vreemd dat hij niets heeft meegenomen,' merkte haar moeder op.

'Weet je zeker, Joan, dat de kerel niets van waarde heeft meegepakt?' wilde meneer nog weten. 'Je twijfelde eerst toch even?'

Mrs. Sutcliffe slaakte een zucht van ergernis. 'Stel je voor, zoiets kun je toch niet dadelijk met zekerheid zeggen? De boel op mijn kamer lag totaal overhoop, alle laden uit de kasten en de inhoud op de grond gesmeten. Ik moest eerst álles nakijken... hoewel, nu bedenk ik me dat ik mijn mooie Jacqmar-sjaal niet meer heb gezien.'

'Spijt me, mammie. Dat is míjn schuld. Die is overboord gewaaid in de Middellandse Zee. Dat had ik je dadelijk willen vertellen, maar ik ben het vergeten.'

'Werkelijk, Jennifer, hoe vaak heb ik niet gezegd dat je het me eerst moet vragen als je iets van mij wilt lenen!'

'Mag ik nog wat pudding?' vroeg Jennifer, bij wijze van afleidingsmanoeuvre.

'Ja, die kan Ellis voortreffelijk maken. Dat verzoent me er dan weer mee dat ik zo hard tegen haar moet schreeuwen.

Maar toch hoop ik dat ze je op school niet te gulzig zullen vinden. Want je moet weten dat Meadowbank niet zomaar een gewóne school is.'

'Ik weet niet of ik Meadowbank wel zo prettig zal vinden,' antwoordde Jennifer. 'Ik hoorde van een vriendinnetje dat er een nichtje had dat het er verschrikkelijk is. En ze vertellen je daar aldoor weer hoe je in en uit een Rolls Royce moet stappen en hoe je je precies hebt te gedragen als je bij de koningin gaat lunchen.'

'Zo is het wel genoeg, Jennifer,' vermaande Mrs. Sutcliffe. 'Jij weet het voorrecht nog niet te waarderen dat je op Meadowbank bent toegelaten! Want miss Bulstrode neemt heus niet zomaar ieder meisje, dat kan ik je wél zeggen. Jij dankt het uitsluitend aan de positie van je vader en de invloed van tante Rosamond. Jij hebt geluk gehad, kindje, en,' besloot ze, 'mocht je later ooit bij de koningin worden ontvangen, dan zul je in ieder geval blij zijn dat je weet hoe je je hebt te gedragen.'

'Och,' zei Jennifer, 'ik denk dat de koningin vaak mensen te lunchen heeft die niet weten hoe ze zich moeten gedragen, zoals Afrikaanse opperhoofden, jockeys en sjeiks.'

'Afrikaanse opperhoofden hebben uitstekende manieren,' zei haar vader die nog maar kort geleden was teruggekeerd van een zakenreisje naar Ghana.

'En Arabische sjeiks ook,' zei Mrs. Sutcliffe. 'Die zijn erg hoffelijk.'

'Weet je nog van dat feest van die sjeik waar wij naartoe gingen?' vroeg Jennifer. 'En hoe hij het oog van het schaap pakte en jou aanbood? Oom Bob stootte je aan en zei dat je niet kinderachtig moest zijn en het opeten. Ik denk dat als een sjeik dat met een geroosterd lam op Buckingham Palace zou doen, de koningin toch wel vreemd zou opkijken.'

'Zo is het wel genoeg, Jennifer!' zei haar moeder en maakte een eind aan het gesprek.

Toen Andrew Ball, zonder vaste verblijfplaats, drie maanden had gekregen wegens inbraak met poging tot diefstal, belde

Derek O'Connor die achter in de rechtszaal de behandeling had aangehoord, direct een telefoonnummer in Bloomsbury.

'Er is niets op de kerel gevonden toen we hem inrekenden,' vertelde hij. 'We hadden hem nog wel ruimschoots de tijd gelaten.'

'Wie was het? Een die we kennen?'

'Ik vermoed een van de Geckobende. Kruimelwerk. Ze verhuren hem voor zo'n karweitje. Geen hersens, maar een accuraat werker.'

'Hij nam zijn vonnis zeker als een lammetje?' Er klonk spot in de stem van kolonel Pikeaway aan de andere kant.

'Ja, als het toonbeeld van de arme drommel die van het rechte pad is afgedwaald. Je zou hem nooit in enig verband brengen met een belangrijke zaak. Daarin schuilt natuurlijk zijn verdienste.'

'Maar hij heeft niets kunnen vinden,' zei Pikeaway nadenkend. 'Jijzelf hebt evenmin iets kunnen vinden. Het begint erop te lijken, O'Connor, dat er werkelijk niets te vinden valt. Onze gedachte dat Rawlinson de spullen in de bagage van zijn zuster heeft verborgen, schijnt niet juist te zijn.'

'Maar de andere lui blijken toch maar diezelfde gedachte te hebben.'

'Al te duidelijk zelfs... misschien met de bedoeling ons om de tuin te leiden.'

'Misschien. Bestaan er nog andere mogelijkheden?'

'Wel degelijk! Het goedje kan nog best in Ramat zijn achtergebleven. Ergens verstopt in het Ritz Savoy bijvoorbeeld. Of Rawlinson kan het, op weg naar het vliegveld, aan iemand anders hebben doorgegeven. Ook kan er iets zitten in die wenk van Robinson: een vrouw kan zich alles hebben toegeëigend. Of Mrs. Sutcliffe kan het, zonder te weten dat ze het bij zich had, op zee overboord hebben gegooid met andere dingen die ze kwijt wilde.'

'En dat zou niet de slechtste oplossing zijn,' voegde Pikeaway er vervolgens nog aan toe.

'Kom nou, het gaat toch om een grote waarde, kolonel.'

'Een mensenleven is ook veel waard,' zei kolonel Pikeaway.

Brieven van Meadowbank

Brief van Julia Upjohn aan haar moeder.

Lieve Mam,
Op 't ogenblik voel ik me hier al helemaal thuis. Ik vind het hier fijn. Er is hier nog een ander nieuw meisje, Jennifer, en we doen veel dingen samen. We zijn allebei dol op tennis en daarin is Jennifer een kei. Ze heeft een onhoudbare service, dat wil zeggen, als hij over het net komt, wat meestal niet gebeurt. Ze beweert dat haar racket kromgetrokken is tijdens haar verblijf aan de Perzische Golf. Het is daar onmogelijk warm. Ze heeft daar laatst de revolutie meegemaakt. Ik vroeg of dat niet reuze opwindend was geweest, maar ze zei van niet, dat ze er totaal niets van had gemerkt. Ze waren naar de ambassade gebracht of iets dergelijks, zodat ze alles hadden gemist.

Miss Bulstrode is een schat, maar ze kan je soms wel even benauwd maken. Maar wanneer je er pas bent, ziet ze wel wat door de vingers. Achter haar rug noemt iedereen haar de Bull of Bully. We krijgen Engelse literatuur van miss Rich, die verschrikkelijk tekeer kan gaan. Als die goed kwaad wordt, raken haar haren los. Ze heeft een eigenaardig, maar wel interessant gezicht en wanneer zij Shakespeare voorleest, leeft het voor je. Laatst bij Othello bijvoorbeeld, legde ze ons uit wat Jago voelde en ze zei van alles over jaloezie die je kon verscheuren en je leed verschrikkelijk omdat je gek werd en degene van wie je hield wilde pijnigen. We werden er helemaal koud van. Behalve Jennifer, die blijft altijd even onbewogen.

Miss Rich geeft ons ook aardrijkskunde. Vroeger vond ik dat een vervelend vak, maar zoals zij het doet is het helemaal niet saai. Vanochtend heeft ze ons alles van de specerijenhandel verteld en dat ze die specerijen zo hard nodig hadden, omdat alles anders veel te gauw zou bederven.

Miss Laurie geeft kunstgeschiedenis. Ze komt tweemaal in de week en neemt ons mee naar de Londense musea. Frans krijgen we van mademoiselle Blanche die geen orde kan houden. Dat kunnen Fransen niet, zegt Jennifer. Zij wordt nooit boos, zegt alleen maar verveeld: *"Enfin, vous m'ennuiez, mes enfants!"* Miss Springer is afschuwelijk. Die geeft sport en lichamelijke opvoeding. Dan hebben we nog miss Chadwick (Chaddy), die is hier al van de oprichting af. Ze geeft wiskunde en doet zenuwachtig druk, maar is toch erg aardig. En dan is er nog miss Vansittart, die geschiedenis en Duits geeft. Ze is een tweede Bulstrode, maar zonder pit.

Er is hier ook nog een stel buitenlandse kinderen, twee Italiaansen, een paar Duitsen en een leuke Zweedse (iets van een prinses nog wel), en dan nog een meisje, half Turks, half Perzisch, die beweert dat ze zou trouwen met prins Ali Yusuf die pas bij dat vliegongeluk is omgekomen. Maar Jennifer zegt dat dat niet waar kan zijn, en dat Shaista het alleen maar zegt omdat ze een nichtje van hem is en nichtjes daar meestal met neven trouwen. Hij hield van een ander meisje. Jennifer weet werkelijk een heleboel, maar praat er meestal niet over.

Je zult nu wel gauw op reis gaan, denk ik. Vergeet vooral je paspoort niet, zoals vorige keer. En neem je verbandtrommeltje mee, voor het geval je een ongeluk krijgt.

Zoen van Julia.

Brief van Jennifer Sutcliffe aan haar moeder.

Lieve Ma,
Het is hier zo kwaad nog niet. In ieder geval veel prettiger dan ik dacht. Het is hier goed weer geweest. Gisteren moesten we een opstel maken over: *Kan je goede eigenschappen ook overdrijven?* Daar wist ik niets over te vertellen. Nu krijgen we volgende week tot onderwerp: *Vergelijk de karakters van Julia en Desdemona.* Dat is net zo mal. Zou ik een nieuw tennisracket kunnen krijgen? Ik weet wel dat het mijne vorige herfst nog opnieuw is bespannen, maar toch deugt het niet meer. Het is waarschijnlijk kromgetrokken. Ik zou ook wel

Grieks willen leren. Mag dat? Ik vind talen enig. Een paar meisjes gaan volgende week naar Londen om een uitvoering van het "Zwanenmeer" te zien. Het eten hier is reuzegoed. Gisteren kip bij de lunch. En bij de thee krijgen we altijd heerlijke eigengebakken cake. Ik weet verder niets nieuws. Hebben jullie nog meer inbraken gehad?

Je liefhebbende Jennifer.

Brief van Margaret Gore-West, oudste leerlinge, aan haar moeder.

Lieve Mams,
Er valt niet veel te vertellen. Dit semester heb ik Duits van miss Vansittart. Ze zeggen dat miss Bulstrode ermee wil uitscheiden en dat miss Vansittart haar dan zou opvolgen, maar dat wordt al een jaar rondverteld. Ik weet zeker dat het niet waar is. Toen ik miss Chadwick ernaar vroeg (ik durfde het natuurlijk niet aan miss Bulstrode te vragen) gaf ze vrij scherp ten antwoord dat er geen sprake van was en dat ik niet naar kletspraatjes moest luisteren. Dinsdag hebben we het ballet "Zwanenmeer" gezien. Dat leek echt een droom, zo mooi.

Prinses Ingrid is verbazend aardig. Erg blauwe ogen, maar ze draagt een beugel om haar tanden. Er zijn ook twee nieuwe Duitse meisjes die heel goed Engels spreken.

Miss Rich is terug. Ze ziet er best uit. We hebben haar wel gemist het vorige semester. De nieuwe sportlerares heet Springer. Ze is ontzettend bazig en niemand mag haar. Maar ze leert je reuzegoed tennissen. Een van de nieuwelingen, Jennifer Sutcliffe, wordt daarin nog eens kampioen, denk ik. Haar backhand is alleen nog haar zwakke punt. Haar beste vriendin heet Julia. We noemen ze de twee Jeetjes!

Je neemt me de 20ste toch mee uit, hè? De schoolwedstrijden zijn op 19 juni.

Je liefhebbende Margaret.

Brief van Ann Shapland aan Denis Rathbone.

Beste Denis,
Ik krijg de eerste drie weken geen vrij. Daarna zal ik graag ergens met je gaan eten. Het zou wel op zaterdag of zondag moeten gebeuren. Dat laat ik je nog weten.

Het werk op een school vind ik wel grappig, maar ik dank toch de hemel dat ik geen schooljuffrouw ben. Daar zou ik stapelgek van worden.

Steeds je Ann.

Brief van miss Johnson, hoofd van de huishouding, aan haar zuster.

Lieve Edith,
Alles draait weer normaal. Het zomersemester is altijd erg prettig. De tuin ziet er zo mooi uit en we hebben een jonge, sterke tuinman erbij gekregen, ter assistentie van de oude Briggs. Het is ook een knappe jongen, wat wel jammer is, want meisjes kunnen soms zo dwaas verliefd raken.

Miss Bulstrode heeft niet meer over weggaan gesproken, zodat ik hoop dat ze die gedachte heeft laten varen. Miss Vansittart zou helemaal niet hetzelfde betekenen. Ik geloof echt dat ik hier dan niet zou willen blijven.

Hartelijke groetjes aan Dick en de kinderen en, bij gelegenheid, ook aan Oliver en Kate.

Elspeth.

Brief van mademoiselle Angèle Blanche aan René Dupont, poste-restante, Bordeaux.

Lieve René,
Alles gaat goed hier, hoewel ik niet kan zeggen dat ik me amuseer. De meisjes tonen niet veel respect en hebben ook geen goede manieren. Het lijkt me echter beter er niets over te zeggen tegen miss Bulstrode. Je moet oppassen als je met haar te doen hebt!

Op het ogenblik is er niets interessants te melden.

Mouche.

Brief van miss Vansittart aan een vriendin.

Lieve Gloria,
Het zomersemester is goed van start gegaan. We hebben er een heel prettig stel nieuwe meisjes bij. Degenen die uit het buitenland komen passen zich goed aan. Ons prinsesje (ik bedoel die uit het Midden-Oosten, niet uit Scandinavië) heeft niet veel zin om zich in te spannen, maar dat was te verwachten. Ze heeft allerliefste maniertjes.

De nieuwe sportlerares, miss Springer, is *geen* succes. De meisjes mogen haar niet en ze is veel te bazig tegen ze. Tenslotte is dit geen *gewone* school. Bij ons speelt sport niet zo'n erg grote rol. Ze is ook erg nieuwsgierig en stelt veel te veel persoonlijke vragen. Dat soort dingen kan erg vervelend zijn en is zo ongemanierd. Mademoiselle Blanche, de nieuwe lerares Frans, is heel vriendelijk, maar ze haalt het niet bij mademoiselle Depuy.

Op de allereerste dag zijn we aan een ramp ontsnapt. Lady Veronica Carlton-Sandways kwam hier helemaal onder invloed aanzetten! Gelukkig zag miss Chadwick haar op tijd en heeft haar weggeloodst, anders had het een heel onplezierig incident kunnen worden. De tweelingen zijn nog wel zulke aardige meisjes.

Miss Bulstrode heeft nog niets definitiefs gezegd over *de toekomst*, maar ik meen uit haar gedrag te mogen afleiden dat ze haar besluit al genomen heeft. Meadowbank is een groot succes en ik reken het mij tot een eer de traditie voort te zetten.

Doe Marjorie de hartelijke groeten als je haar ziet.

Je vriendin Eleanor.

Brief aan kolonel Pikeaway, langs de gebruikelijke weg.

Van een hoogst gevaarlijke opdracht gesproken! Ik ben hier nota bene de enige echte man tussen zo'n honderdvijftig vrouwen.

Hare Hoogheid is in grote stijl gearriveerd. Cadillac (frambozenrood in combinatie met pastelblauw), een oosterse hoogwaardigheidsbekleder met vrouw (Parijse modeplaat) en H.H. zelf als jeugdige editie daarvan. Ik herkende haar de volgende dag in schooluniform haast niet. Vriendschappelijk contact met haar zal niet moeilijk vallen. Daar heeft ze zelf al voor gezorgd. Ze vroeg me juist, onschuldig-lief, hoe allerlei bloemen heetten toen een Medusa-kop, met zomersproeten, rood haar en een stem als een kraai, op haar kwam afvliegen en haar uit mijn buurt heeft verwijderd. Maar ze wou niet. Ik heb altijd gedacht dat oosterse meisjes ingetogen achter de sluier leefden. Deze heeft stellig in Zwitserland enige wereldse ervaring opgedaan.

De Medusa, alias miss Springer, de sportlerares, is me daarna een uitbrander komen geven. Tuinlui mochten niet met de leerlingen praten, enz. Toen heb ik de verbaasde onschuld gespeeld. "Spijt me, miss. De jongedame heeft me gevraagd naar de naam van riddersporen. Die kennen ze blijkbaar niet in dat stuk van de wereld waar ze vandaan komt." De Medusa was gauw gekalmeerd en heeft ten slotte zelfs zo'n beetje staan lachen.

Bij de secretaresse van miss Bulstrode boekte ik geen succes. Zo'n buitentype in mantelpak. De Franse miss is toeschietelijker, lijkt een preuts muisje, maar dat is ze vast niet. Ben ook al goeie vrienden met drie aardige giechelkinderen van aristocratische huize. Pamela, Lois en Mary, maar achternamen ken ik nog niet.

Een slimme oude rot in dit vak, miss Chadwick, houdt een waakzaam oog op me. Ik probeer dus mijn reputatie niet in gevaar te brengen.

De tuinman Briggs, een ouwe knorrepot, kan alleen maar over die goeie oude tijd praten, toen hij, denk ik, vierde man is geweest in een ploeg van vijf. Hij heeft een heilig ontzag voor miss Bulstrode en ik trouwens ook. Ze heeft een praatje met me gemaakt, heel vriendelijk, maar ik had het afgrijselijke gevoel dat ze dwars door me heen keek en alles begreep.

Tot nu toe geen spoor van onraad, maar ik geef de hoop niet op.

De eerste dagen

In de docentenkamer werden de laatste nieuwtjes uitgewisseld. Buitenlandse reizen, toneelstukken, tentoonstellingen. Kiekjes gingen rond. De dreiging van kleurendia's zat al in de lucht. Alle enthousiastelingen waren er op uit eigen foto's te laten zien, maar probeerden zich te onttrekken aan het bewonderen van die van anderen.

Daarna werd het gesprek van minder persoonlijke aard. De nieuwe sporthal oogstte lof en kritiek. Ja, het gebouw zelf was wel mooi, maar de indeling had heel anders gekund, ieder had daarover zo zijn eigen ideeën.

Vervolgens kregen de nieuwe leerlingen een beurt. Over het geheel genomen maakten ze een gunstige indruk. Een vriendelijk gesprekje werd begonnen met de nieuwe leden van de staf. Was mademoiselle Blanche al eens eerder in Engeland geweest? En uit welk gedeelte van Frankrijk was ze afkomstig?

Mademoiselle Blanche antwoordde beleefd, maar gereserveerd.

Miss Springer bleek heel wat toeschietelijker. Zij sprak met grote nadruk en op zeer gedecideerde toon. Je zou haast denken dat ze doceerde. Onderwerp: de voortreffelijkheid van miss Springer. Zij stond als collega bijzonder goed aangeschreven. Directrices hadden raadgevingen van haar dankbaar aanvaard en het leerplan meestal dienovereenkomstig gewijzigd.

Miss Springer was bepaald niet fijngevoelig. Zij merkte niets van een zekere onrust onder haar gehoor. Ten slotte vroeg miss Johnson haar op vriendelijke toon:

'Alles goed en wel, maar ik denk dat uw denkbeelden toch niet altijd zijn aanvaard op de wijze... eh... waarop dat eigenlijk had moeten geschieden?'

'Och, je moet altijd rekenen op ondankbaarheid,' verkondigde miss Springer met steeds luider wordende stem. 'Het nare is, de meeste mensen zijn te laf om de feiten te aanvaarden. Dan geven zij er de voorkeur aan de ogen te sluiten voor hetgeen onder hun neus gebeurt. Zo ben ik niet. Ik ga recht op mijn doel af. Meer dan eens heb ik daardoor een schandaaltje aan het licht gebracht. Daar heb ik als 't ware een zesde zintuig voor... en als ik zoiets op 't spoor ben, rust ik niet voordat ik mijn prooi heb bemachtigd.' Ze lachte luid. 'Ik ben van mening dat niemand op school les mag geven wiens leven niet een open boek is. O, je kunt dadelijk merken of iemand iets te verbergen heeft! Jullie zouden ervan staan te kijken als ik eens vertelde waar ik allemaal achter gekomen ben. Dingen die niemand anders had gedacht!'

'En had u voldoening van die belevenissen, ja?' informeerde mademoiselle Blanche.

'Natuurlijk niet, ik deed eenvoudig mijn plicht. Maar ik stond daarbij alleen. Door schandalige laksheid. Daarom heb ik ontslag genomen – uit protest.' Zij keek de kring eens rond en lachte daarbij luid. 'Ik hoop dat hier niemand iets te verbergen heeft,' voegde zij er opgewekt aan toe.

Geen mens vond het leuk. Maar miss Springer was nu eenmaal niet het type om dat op te merken.

'Kan ik u even spreken, miss Bulstrode?'

Miss Bulstrode legde haar pen neer en keek in het opgewonden gezicht van het hoofd van de huishouding, miss Johnson.

'Zeker, miss Johnson.'

'Het betreft dat meisje Shaista... dat Egyptische meisje, of wat ze zijn mag.'

'Ja?'

'Het... eh... gaat om haar ondergoed.'

Miss Bulstrode trok geduldig-verbaasd haar wenkbrauwen op.

'Haar... eh... haar beha.'

'Wat is daarmee?'

'Nu ja, het is geen gewone, weet u. Niet degelijk. Het eh... verhult niet, maar het eh... duwt alles omhoog, eh... dat is toch nergens voor nodig!'

Miss Bulstrode moest op haar onderlip bijten om niet te glimlachen, zoals zo vaak wanneer miss Johnson met haar sprak.

'Misschien is het 't verstandigste dat ik maar even met u mee ga kijken,' zei ze op ernstige toon.

Er volgde een onderzoek ter plaatse waarbij miss Johnson het aanstootgevende kledingstuk demonstreerde en Shaista geïnteresseerd toekeek.

'Er zitten baleinen in en alles wordt omhoog gedrukt,' verklaarde miss Johnson afkeurend.

'Ik vind het heel belangrijk voor een meisje,' pleitte Shaista op een gegeven moment, 'dat ze er niet precies uitziet als een jongen. En mijn borsten zijn niet erg vol.'

'Dat komt later wel... Jij bent pas vijftien!' protesteerde miss Johnson.

'Als je vijftien bent... ben je een vrouw! En ik zie er toch ook uit als 'n vrouw? Of niet soms?' Ze keek daarbij miss Bulstrode aan, die ernstig knikte.

'Alleen mijn borsten zijn te klein. Dus wil ik proberen ze groter te laten lijken. Begrijpt u?'

'Ik begrijp je best,' sprak de directrice, 'maar op deze school, begrijp je, verkeer je onder Engelse meisjes die voor het merendeel nog niet zo vroeg volwassen zijn. Ik vind het ook best dat mijn meisjes zich opmaken, mits op bescheiden wijze, en gekleed gaan op een manier die bij hun leeftijd en fysieke ontwikkeling past. Daarom zou ik je willen voorstellen dit soort beha alleen te dragen wanneer je je kleedt voor een feestje of als je uitgaat naar Londen, maar niet alle dagen hier op school. Hier wordt ook veel aan gymnastiek gedaan en daarvoor moet je je lichaam juist alle bewegingsvrijheid gunnen.'

'O, het is veel te veel... al dat hollen en springen,' gaf Shaista mopperend ten antwoord, 'en dan bovendien nog al die sport! Ik mag die miss Springer helemaal niet. Die roept altijd maar: "Vlugger, vlugger, doe niet zo sloom!" Ik word er doodmoe van!'

'Nu is het genoeg, Shaista,' sprak miss Bulstrode op gebiedende toon. 'Je familie heeft je hierheen gezonden om een Engelse opvoeding te krijgen. Sport en gymnastiek zijn juist bevorderlijk voor je lichaam, je gezondheid en je teint en voor de verdere ontwikkeling van je boezem.'

Zij stuurde Shaista weg en keek miss Johnson glimlachend aan.

'Het is een feit,' zei ze, 'dit meisje is al volwassen, ze zou best twintig kunnen zijn. En zo voelt ze zich ook. Je kunt dan ook niet verwachten dat ze is zoals onze meisjes van gelijke leeftijd, Julia Upjohn bijvoorbeeld. Julia is veel intelligenter dan Shaista, maar fysiek minder ontwikkeld.'

'Ik wou dat ze allemaal waren zoals Julia Upjohn,' verzuchtte miss Johnson.

'Ik niet,' antwoordde miss Bulstrode ferm. 'Een school vol zulke meisjes zou een saaie boel worden.'

Saai, dacht ze, toen ze naar haar werkkamer terugliep. Dat woord had haar reeds een tijdlang door het hoofd gespookt. Saai...

Als er iets was dat haar school nóóit geweest was, dan was het saai. Haar hele loopbaan als directrice had ze geen moment saai gevonden. Welke moeilijkheden er ook op haar weg hadden gelegen, onvoorziene crises, wrijvingen en botsingen met ouders en kinderen, onenigheden onder het personeel, – door tactvol optreden had ze altijd dreigend onheil weten af te wenden. Hoe stimulerend had zoiets gewerkt, opwekkend, dubbel en dwars alle moeite lonend. Zelfs nu ze voor zichzelf bijna tot een besluit was gekomen, zag ze er tegenop hier weg te gaan.

Haar gezondheid was nog uitstekend, niets minder dan toen zij en Chaddy (die trouwe Chaddy!) deze grootscheepse onderneming met slechts een handjevol kinderen hadden opgezet, gesteund door een bankier met ongewoon vooruitziende blik. Chaddy's academische graad was hoger dan de hare, maar zíj was het geweest die het plan had ontworpen – en ten uitvoer gebracht – om van dit internaat zo'n voortreffelijk instituut te maken, dat het in heel Europa bekendheid genoot. Ze was nooit bang geweest voor experimenten. Chaddy daarentegen had zich vergenoegd met op deugdelijke, rustige manier te doceren wat ze wist. Chaddy's voornaamste bijdrage was altijd geweest dat ze op het kritieke moment aanwezig was, om stoten op te vangen of snel te hulp te komen, indien er hulp nodig was. Zoals bijvoorbeeld op die eerste dag met Lady Veronica. Het was op die betrouwbaarheid, overdacht miss Bulstrode, dat het hele gebouw eigenlijk was opgetrokken.

Och, materieel waren beide vrouwen er zeer wél bij gevaren. Wanneer ze nu weggingen, hadden ze voor hun gehele verdere leven een verzekerd bestaan. Miss Bulstrode was wel benieuwd of Chaddy ook weg zou gaan, als zij besloot ermee op te houden. Waarschijnlijk niet. Haar school was haar thuis. Ze zou blijven, trouw en betrouwbaar, en de opvolgster van miss Bulstrode tot steun zijn.

Aangezien miss Bulstrode met zichzelf tot overeenstemming gekomen was, zou er dus een opvolgster moeten komen. Eerst aan 't hoofd in combinatie met haar, en naderhand alleen. Te weten wanneer je moest gaan... dat was een heel belangrijk ding in het leven. Heengaan voordat je krachten verminderden en je vaste greep verzwakte, voordat je je animo kwijtraakte en je er tegenop zag je in te spannen.

Miss Bulstrode had nu alle opstellen nagekeken en gemerkt dat dat meisje Upjohn een heel oorspronkelijke geest bezat. Jennifer Sutcliffe daarentegen miste iedere fantasie, maar toonde een sterk bevattingsvermogen voor feiten. Mary Vyse, dat spreekt, verdiende te gaan studeren; die bezat een ongelofelijk geheugen. Maar wat een saai kind! Saai – daar had je het weer. Miss Bulstrode bande dit woord uit haar gedachten en belde haar secretaresse.

Ze begon brieven te dicteren.

Geachte Lady Valence,
Jane heeft last van haar ogen gehad. Ik sluit een doktersverklaring hierbij in, enz.

Geachte baron Von Eisenger,
We zullen ervoor zorgen dat Hedwig naar de opera gaat, als Hellstern de partij zingt van Isolde...

Een uur vloog op deze manier voorbij. Miss Bulstrode behoefde maar zelden naar een woord te zoeken. Het potlood van Ann Shapland vloog over het papier van haar stenoblok.

Een uitstekende secretaresse, dacht miss Bulstrode. Beter dan Vera Lorrimer. Vervelend kind, die Vera. Om het bijltje plotseling erbij neer te gooien. Een zenuwinzinking, had ze beweerd. Daar zat natuurlijk een man achter. Dat zag je zo vaak.

'Ziezo, klaar!' besloot miss Bulstrode, toen ze de laatste zin had gedicteerd. Ze slaakte een zucht van verlichting. 'Er zijn zoveel saaie dingen te doen,' sprak ze, 'brieven schrijven aan ouders is net zoiets als voer geven aan honden. Je stopt maar een geruststellende gemeenplaats in iedere wachtende mond.'

Ann lachte. Miss Bulstrode nam haar eens op. 'Hoe ben je er eigenlijk toe gekomen secretaresse te worden?'

'Dat weet ik zelf niet. Ik had geen aanleg voor iets speciaals en dan kom je er vanzelf toe.'

'Vind je het geen eentonig werk?'

'Ik geloof dat ik geboft heb. Ik heb allerlei interessante baantjes gehad. Ik heb een jaar gewerkt voor Sir Mervyn Todhunter, de archeoloog. Daarna bij Sir Andrew Peters van de Shell. Ook ben ik een poosje secretaresse geweest van Monica Lord, de actrice, dat was werkelijk opwindend!' Ze glimlachte bij de herinnering.

'Ja, dat doen jullie meisjes tegenwoordig veel, zo van de hak op de tak, steeds een andere baan.' Het klonk wat misprijzend.

'Er is een reden waarom ik nooit lang achter elkaar hetzelfde kan doen. Mijn moeder is hulpbehoevend. Ze is soms... wat zal ik zeggen... erg lastig. En dan moet ik weer naar huis, om daar het heft in handen te nemen.'

'O, juist.'

'Maar toch, ik geloof dat ik anders ook wel telkens een ander baantje zou zoeken. Anders wordt het leven zo saai.'

'Saai... ook al,' zei miss Bulstrode zachtjes, toen dat noodlottige woord andermaal opdook.

Ann zag haar verwonderd aan.

'O, let er maar niet op,' zei miss Bulstrode, 'maar soms is het net alsof een bepaald woord telkens in je gedachten opduikt. Hoe zou je het hebben gevonden lerares te worden?' vroeg ze enigszins nieuwsgierig.

'Dat zou ik, geloof ik, vreselijk hebben gevonden,' bekende Ann eerlijk.

'Waarom?'

'O, het lijkt me zo ontzettend saai... O, neem me niet kwalijk!' Ze hield verschrikt haar mond.

'Lesgeven is helemaal niet saai,' antwoordde miss Bulstrode vol vuur. 'Het kan het stimulerendste werk ter wereld zijn. Ik zal het ontzettend missen als ik hier wegga.'

'Maar u gaat toch zeker...' Ann keek haar met grote ogen aan. 'Denkt u er heus over ermee uit te scheiden?'

'Dat staat vast, ja. O, ik ben van het jaar nog niet weg... misschien pas over twee jaar.'

'Maar waarom doet u het?'

'Omdat ik de school het beste gegeven heb wat ik geven kon... en daarvoor in ruil ook het beste heb ontvangen. Ik neem geen genoegen met op een na 't beste!'

'Wordt de school voortgezet?'

'O ja. Ik heb een goede opvolgster.'

'Miss Vansittart zeker?'

'Kom je automatisch op haar terecht?' Miss Bulstrode keek haar doordringend aan. 'Dat vind ik interessant.'

'Het spijt me, maar ik heb er helemaal niet over nagedacht. Ik was er toevallig bij toen de staf erover sprak. Ik zou me kunnen voorstellen dat zij de school precies zo zou voortzetten... naar uw tradities. En ze heeft haar voorkomen mee, ze is knap en heeft persoonlijkheid. Ik veronderstel dat dat toch ook zeer belangrijk is.'

'Jazeker, dat is het. Ja, ik ben overtuigd dat Eleanor Vansittart de aangewezen persoon is.'

'Ze gaat eenvoudig door waar u gebleven bent,' besloot Ann, haar papieren bij elkaar zoekend.

Maar wil ik dat eigenlijk wel? vroeg miss Bulstrode zich

af, toen Ann de deur uitging. Gewoon voortgaan waar ik ben gebleven? Dat is nu net wat Eleanor zal doen. Geen nieuwigheden, geen totaal andere dingen. Dat is niet de manier geweest waarop Meadowbank geworden is wat 't op het ogenblik is. Ik heb risico's genomen. Ik heb vele mensen voor 't hoofd gestoten en nooit precies willen doen wat andere scholen deden. Ik zou iemand willen hebben die de school nieuw leven inblies. Een dynamische figuur... iemand als... ja... Eileen Rich.

Eileen was nog te jong, had nog te weinig ervaring. Maar toch ging er ontzaglijk veel van haar uit, ze kon lesgeven. Ze had ideeën. Saai was ze allerminst... Onzin, dat woord moest ze zien kwijt te raken. Eleanor Vansittart was niet saai...

Ze keek op, toen miss Chadwick binnenkwam. 'Ah, Chaddy,' zei ze, 'wat ben ik blij dat ik je zie!'

Miss Chadwick keek wat verwonderd. 'Waarom? Is er wat mis?'

'Ik ben zelf wat mis. Ik weet niet wat me bezielt.'

'Dat is niets voor jou, Honoria.'

'Nee, vind je ook niet? Hoe is dit semester begonnen, Chaddy?'

'Alles uitstekend, zou ik zeggen.' Toch klonk er iets van onzekerheid uit haar woorden.

Miss Bulstrode schoot daarop af. 'Biecht eens op, zonder een slag om je arm te houden. Wat mankeert eraan?'

'Niets, Honoria. Heus, niets. Het is alleen...' miss Chadwick trok zoveel rimpels in haar voorhoofd dat ze wel een verbaasd kijkende buldog leek, '...een onbestemd gevoel. Niet iets dat ik precies onder woorden kan brengen. De nieuwelingen lijken me een aardig stel. Mademoiselle Blanche vind ik minder geslaagd. Maar ik was ook niet bepaald op Geneviève Depuy gesteld. Zo sluw.'

Miss Bulstrode trok zich niet veel aan van deze kritiek, omdat Chaddy iedere Franse lerares sluw vond.

'Ze kan niet lesgeven,' vond miss Bulstrode. 'Dat verbaast me wel. Ze had goede getuigschriften.'

'Françaises kúnnen niet lesgeven. Ze kunnen geen orde

houden,' verzekerde miss Chadwick. 'Maar miss Springer doet een beetje te veel van het goede! Ze bemoeit zich letterlijk overal mee. Ze doet haar naam eer aan: ze springt overal rond...'

'Ze is goed in haar vak.'

'O ja, prima!'

'Nieuwe leerkrachten verstoren altijd even de gang van zaken,' verklaarde miss Bulstrode.

'Zo is het,' viel miss Chadwick haar gretig bij. 'Dat zal het wel zijn. A propos, wat is die nieuwe tuinman nog jong! Heel ongewoon, tegenwoordig. Het is ook jammer dat het zo'n bijzonder knappe jongen is. We zullen goed moeten opletten.'

Beide dames knikten eensgezind. Geen mens wist beter dan zij welke onheilen een knappe jongeman in de harten van jonge meisjes kan aanrichten.

Tekenen aan de wand

'Da's niet gek gedaan, jongen,' bromde de ouwe Briggs, 'da's heel niet gek!'

Daarmede gaf hij zijn hoogste lof te kennen over de manier waarop de nieuwe knecht een stuk grond had omgespit. Het zou, naar zijn mening, verkeerd zijn geweest uitbundig te doen tegenover de jongen.

'Kijk, je hoeft er nooit haast achter te zetten,' ging hij voort. 'Kalmpjes aan, dan breekt het lijntje niet. Een snel tempo houd je toch niet vol, op de duur.'

De jongeman begreep dat zijn prestaties die van de ouwe baas niet in de schaduw moesten stellen.

'Nou, kijk hier,' vervolgde Briggs, 'daar zullen we wat mooie herfstasters uitzetten. Zíj houdt wel niet van asters... maar daar trek ik me niks van aan. Vrouwen hebben kuren, maar als je je er maar niks van aantrekt waaien ze, tien tegen één, over. Hoewel, zíj heeft 'n paar ogen in d'r hoofd! Je zou anders denken dat ze al genoeg an d'r hoofd had, met zo'n school!'

Adam begreep dat de 'zij', die zo veelvuldig in een gesprek met Briggs opdook, niemand anders kon zijn dan miss Bulstrode.

'Maar met wie stond jij daarnet te kletsen,' vroeg Briggs wat argwanend, 'toen je naar het schuurtje ging om tonkinstokken te halen?'

'O, dat was een van de jongedames,' antwoordde Adam.

'Ja, ik geloof zelfs een van die twee hoogheden. Daar moet je geducht mee oppassen, jongen. Daar moet je je niet mee inlaten, dat heb ik in de eerste wereldoorlog geleerd. Als ik toen geweten had wat ik nou weet, dan was ik voorzichtiger geweest, snap je?'

'O, 't kon anders helemaal geen kwaad,' zei Adam een beetje wrevelig. 'Ze begon een praatje en heeft me de namen van een paar bloemen gevraagd.'

'Nou, je mag toch wel oppassen,' waarschuwde Briggs. 'Het past je ook niet met een van de jongedames hier te staan praten. Zíj wil dat helemaal niet hebben.'

'Ik heb anders niks onbehoorlijks gezegd!'

'O, maar dat beweer ik ook niet, jongen. Maar ik zeg je, zo'n berg vrouwen bij mekaar en dan niet eens een tekenleraar in de buurt om hun aandacht bezig te houden... nou, ik zeg je, je mag wel deksels goed uitkijken. Meer niet. Aha, daar komt het ouwe kreng zelf. Die heeft weer wat, let eens op!'

Miss Bulstrode naderde met vlugge tred. 'Morgen, Briggs,' begon zij. 'Morgen, eh...'

'Adam, miss.'

'O ja, Adam. Nu, die lap grond heb je keurig omgespit, vind ik. Briggs, het gaas bij de verste tennisbaan begint naar beneden te komen. Wil je daar eerst eens naar kijken?'

'Komt in orde, mevrouw. Ik zal ervoor zorgen.'

'Wat wou je hier vooraan zetten?'

'Wel, mevrouw, ziet u, ik had zo gedacht...'

'Géén asters!' besliste miss Bulstrode, die hem niet liet uitspreken. 'Pompoendahlia's!'

Daarop stapte ze kwiek verder.

'Komt hier maar commandere...' bromde Briggs. 'Niet dat ze blind is. Ze ziet ook dadelijk of je behoorlijk je werk hebt gedaan. Maar onthoud wat ik je gezegd heb over de jongedames, jongen.'

'Als ze aanmerkingen heeft,' mopperde Adam, 'dan weet ik het wel. Ik kan zó een andere baan krijgen.'

'Och, zo praten alle jongelui tegenwoordig. Ze nemen van geen mens wat aan. Ik zeg alleen maar: kijk goed uit wat je doet.'

Adam keek nijdig, maar boog zich weer over zijn werk. Miss Bulstrode liep over het tuinpad naar school terug, maar er was een rimpeltje op haar voorhoofd verschenen. Van de andere kant naderde miss Vansittart.

'Wat is het warm vandaag, hè?' begon ze.

'Ja, drukkend warm.' Andermaal verscheen op miss Bulstrodes voorhoofd een rimpeltje. 'Heb je op die nieuwe tuinman gelet, die jongeman?'

'Nee, niet speciaal.'

'Hij lijkt me... wat zal ik zeggen... een eigenaardig slag,' sprak miss Bulstrode bedachtzaam. 'Niet wat je hier in de buurt gewoonlijk ziet.'

'Misschien is hij net klaar in Oxford en wil hij wat geld verdienen.'

'Het is een verbazend knappe jongen. En dat is de meisjes niet ontgaan.'

'Het bekende recept.'

Miss Bulstrode glimlachte. 'Je bedoelt zeker, Eleanor, vrijheid voor de meisjes, gecombineerd met nauwlettend toezicht? Ja, dat lukt ons wel.'

'Gelukkig maar. We hebben hier op Meadowbank nog nooit een schandaaltje beleefd.'

'Wel een paar keer bijna!' Miss Bulstrode lachte erbij. 'Je hoeft je nooit te vervelen, als je er een school op na houdt. Vind jij het leven hier ooit saai, Eleanor?'

'Welnee, geen sprake van,' antwoordde miss Vansittart. En ze voegde er nog aan toe: 'Het is bepaald stimulerend werk, dat je echt voldoening schenkt. Jij moet je wel erg trots en gelukkig voelen, Honoria, dat je dit succes hebt weten te bereiken.'

'Ik geloof wel dat ik erin geslaagd ben er iets van te maken,' zei miss Bulstrode nadenkend. 'Hoewel niets natuurlijk precies zo wordt als je je dat hebt voorgesteld. Vertel me eens, Eleanor,' ging ze onverwachts voort, 'als jij in mijn plaats aan het hoofd stond, wat zou jij dan willen veranderen, denk je? Geneer je niet het te zeggen. Ik luister met belangstelling.'

'O nee, ik geloof niet dat ik radicale veranderingen zou invoeren,' verzekerde Eleanor Vansittart. 'De geest die hier heerst en de hele inrichting zijn, naar mijn idee, vrijwel ideaal.'

'Zou je dezelfde beginselen handhaven, bedoel je?'

'O ja, zeker. Ik geloof niet dat ze te verbeteren vallen.'

Miss Bulstrode zweeg even. Ze dacht bij zichzelf: zegt ze dat nu alleen om mij plezier te doen? Je bent nooit helemaal zeker van een ander, al ken je elkaar nog zoveel jaren. Nee, ze kan het vast niet menen. Iedereen met een greintje fantasie moet toch wijzigingen willen aanbrengen? Maar ja, het is wel een bewijs van tact zoiets niet te zeggen... En tact is van het grootste belang. Het is van belang tegenover de ouders, tegenover de leerlingen en tegenover de leerkrachten. Ja, Eleanor beschikt over bijzonder veel tact.

Hardop zei ze: 'Men moet zich toch altijd aanpassen aan veranderende omstandigheden.'

'O, dát wel,' beaamde miss Vansittart. 'Je moet natuurlijk met je tijd meegaan, zoals dat heet. Maar het is helemaal *jouw* school, Honoria, jij hebt 'm gemaakt tot wat hij geworden is en de door jou gevestigde tradities vormen een onmisbaar bestanddeel ervan. Vind je traditie ook niet zeer belangrijk?'

Miss Bulstrode gaf geen antwoord. Ze aarzelde het woord uit te spreken dat ze niet zou kunnen herroepen. Het aanbod voor een deelgenootschap. Het zweefde in de lucht. Miss Vansittart, zich ogenschijnlijk van niets bewust, was te beschaafd om ook maar iets te doen blijken van hetgeen haar ongetwijfeld duidelijk moest zijn geworden.

Miss Bulstrode zou werkelijk niet hebben kunnen zeggen

wat haar ervan weerhield het beslissende woord te spreken. Waarom wilde ze zich niet binden? Waarschijnlijk, gaf ze enigszins verdrietig toe, omdat ze er tegenop zag het roer uit handen te geven. Diep in haar hart wenste ze dat ze kon blijven, ze wilde zelf doorgaan. Maar zou ze een waardiger opvolgster kunnen vinden dan Eleanor? Zo door en door betrouwbaar? Je wist zo volkomen wat je aan haar had. Wat dat betreft hoefde je ook niet aan die goede Chaddy te twijfelen. Maar toch zou je je Chaddy niet kunnen voorstellen als directrice van een eersteklas school.

Wat wíl ik eigenlijk? vroeg miss Bulstrode zich af. Wat doe ik toch vervelend. Tot nu toe ben ik nooit zo besluiteloos geweest.

In de verte ging een bel. 'O, mijn Duitse les,' riep miss Vansittart. 'Ik moet naar binnen.' Ze liep snel maar waardig naar het schoolgebouw.

Miss Bulstrode, die in langzamer tempo volgde, kwam bijna in botsing met Eileen Rich die uit een zijpad kwam hollen.

'O, neemt u me niet kwalijk, miss Bulstrode, ik zag u zo gauw niet.' Miss Bulstrode merkte weer de lelijke maar interessante beenderstructuur in het gezicht van deze eigenaardige, onweerstaanbaar voortvarende jonge vrouw.

'Moet je les geven?' informeerde ze.

'Ja, Engels.'

'Dat doe je graag, hè, lesgeven?'

'Ik vind het heerlijk. Het is het boeiendste wat ik me denken kan.'

'Waarom?'

Eileen Rich stond doodstil. Haar hand streek door haar haren. Zij fronste haar wenkbrauwen bij het zoeken naar een antwoord. 'Dat is merkwaardig. Ik wist niet dat ik daarover eigenlijk nog nooit heb nagedacht. Waaróm je dol bent op lesgeven? Komt het doordat je jezelf dan verheven en belangrijk voelt? Nee, dat is 't niet... Het is net alsof je uit vissen gaat. Je weet van te voren niet wat je zult vangen, wat je uit het water zult ophalen. Dat is de grote verrassing, het is de weerklank, de reactie, die je opwekt. O, het is bepaald opwindend als je die weerklank werkelijk krijgt. Maar dat gebeurt niet zo heel vaak, natuurlijk.'

Miss Bulstrode knikte instemmend. Ze had het niet verkeerd gezien. Dit meisje had iets in zich. 'Ik denk dat je zelf eens aan het hoofd van een school zult staan,' zei ze.

'O, dat hoop ik ook,' antwoordde Eileen, 'dat hoop ik van harte. Ik zou niets liever willen.'

'Je hebt zeker ook al ideeën voor jezelf hoe je die school zou willen inrichten?'

'Iedereen heeft daarover waarschijnlijk wel ideeën,' zei Eileen. 'Ik geloof vast dat er veel irreëels bij zal zijn, dat volkomen verkeerd uitpakt. Dat is natuurlijk het risico. Maar je probeert en je wordt al doende wijzer. Het ellendige is dat je nooit de ervaring van anderen tot richtsnoer kunt nemen.'

'Nee, je moet in je leven je eigen fouten maken,' stemde miss Bulstrode toe.

'In je leven kán dat ook,' zei Eileen Rich. 'Daar kun je ook gemakkelijk een nieuw begin maken.' Haar handen die neerhingen, balden zich nu tot vuisten. Haar gezicht betrok. Maar opeens scheen ze weer humor in het leven te zien. 'Maar zakt je school in elkaar, dan kun je de brokken niet bij elkaar rapen en weer van voren af aan beginnen, nietwaar?'

'Als jij directrice was van Meadowbank,' vroeg miss Bulstrode, 'zou je dan veranderingen invoeren en gaan experimenteren?'

Nu keek Eileen Rich wat verlegen. 'Dat is... dat valt moeilijk te zeggen.'

'Je bedoelt dat je het wel zou willen,' hielp miss Bulstrode haar op weg. 'Wees maar niet bang vrijuit te spreken, lieve kind.'

'Iedereen zou natuurlijk graag zijn eigen ideeën willen uitvoeren, is het niet?' antwoordde Eileen. 'Al weet je niet of ze resultaat hebben. Het kan natuurlijk best op niets uitdraaien. Maar als je overtuiging maar sterk genoeg is...'

'Ik merk wel dat jij risico's aandurft,' zei miss Bulstrode.

'Ik ben in m'n leven het gevaar nooit uit de weg gegaan.' Er gleed een schaduw over het gezicht van de jonge vrouw.

'Maar ik moet nu heus weg. Ze wachten op me.' Ze ging er snel vandoor.

Miss Bulstrode bleef haar staan nakijken. Ze stond daar nog in gedachten verdiept, toen miss Chadwick haastig op haar toe kwam. 'O, ben je daar? We hebben je overal gezocht. Professor Anderson belde daarnet. Hij wou weten of hij Meroe dit weekend mee uit kon nemen. Hij weet dat het tegen de schoolregels is, zo gauw al, maar hij gaat op reis, naar... hij zei iets dat leek op Azer Breiaan?'

'Azerbeidzjan,' verbeterde miss Bulstrode automatisch, want ze was nog met haar eigen gedachten bezig. Niet genoeg ervaring, zei ze bij zichzelf. Dat is een groot risico. 'Wat zei je, Chaddy?' vervolgde ze hardop.

Miss Chadwick herhaalde haar boodschap. 'Ik heb miss Shapland laten zeggen dat we het jou even zouden vragen en terug zouden bellen.'

'Zeg maar dat het in orde is,' zei miss Bulstrode. 'Ik moet erkennen dat dit wel een heel uitzonderlijk geval is.'

Miss Chadwick keek haar onderzoekend aan. 'Tob je ergens over, Honoria?'

'Ja, een beetje. Ik weet niet wat ik wil. Dat is niéts voor mij – en het maakt me wat van streek. Ik weet wel wat ik het liefste deed, maar wanneer ik mijn werk hier overdraag aan iemand zonder ervaring, dan voel ik dat ik dat tegenover de school niet doen mag.'

'Ik wou dat je dat hele denkbeeld om ermee uit te scheiden liet varen. Je hoort hier nu eenmaal. Meadowbank kan jou niet missen.'

'Meadowbank betekent voor jou alles, hè, Chaddy?'

'Zo bestaat er geen tweede instituut in het hele land,' beweerde miss Chadwick. 'We mogen er trots op zijn, jij en ik, dat wij het zijn begonnen.'

In een liefkozend gebaar legde miss Bulstrode haar arm om Chaddy's schouders. 'Dat mogen we inderdaad, Chaddy. En jij bent mijn steun en toeverlaat. Er is ook niets van Meadowbank dat jij niet weet. Je hebt er net zoveel hart voor als ik. En dat is een heleboel, lieverd.'

Miss Chadwick kreeg een kleur van plezier. Het gebeurde zo zelden dat Honoria Bulstrode haar gereserveerde houding liet varen.

'Ik kan gewoon niet meer slaan met dat ellendige ding. Er is iets mee!'

Jennifer gooide wanhopig haar racket op de grond.

'O, Jennifer, wat stel je je aan!'

'Het is de balans. De balans is eruit.'

Jennifer raapte het racket op en zwaaide het onderzoekend heen en weer.

'Het is anders stukken beter dan het mijne.' Julia vergeleek het met het hare. 'Het mijne is net een mattenklopper. Luister maar.' Ze trok aan de snaren. 'We hadden het opnieuw willen laten bespannen, maar Mammie heeft 't vergeten.'

'Toch speel ik er nog liever mee dan met het mijne.' Jennifer nam het en probeerde er een paar slagen mee te doen.

'Nou, geef mij het jouwe maar. Dan zou ik treffers weten te plaatsen! Ik wil wel ruilen, als je wilt.'

'Goed, dan ruilen we!'

De meisjes trokken de stukjes leukoplast waarop hun naam stond van hun racket en plakten die daarna op het racket van de ander.

'Maar ik ruil geen tweede keer,' waarschuwde Julia. 'Er is dus niets aan te doen, als je genoeg krijgt van mijn oude mattenklopper!'

Adam stond vrolijk te fluiten terwijl hij het gaas rondom de tennisbaan opbond. De deur van de sporthal ging open en mademoiselle Blanche, het Franse leraresje, keek naar buiten. Het leek wel alsof ze schrok toen ze Adam zag staan. Ze weifelde even en ging weer naar binnen.

Ik zou weleens willen weten wat ze hier komt uitvoeren, zei Adam bij zichzelf. Het zou nooit bij hem zijn opgekomen dat mademoiselle Blanche iets in haar schild voerde, wanneer ze zich anders had gedragen. Maar ze keek bepaald ietwat schuldig, zodat hij onmiddellijk argwaan kreeg. Even later kwam ze weer naar buiten. Zij deed de deur achter zich dicht en bleef even staan, om in het voorbijgaan een praatje te maken.

'Ah, je repareert het gaas, zie ik,' begon ze.

'Ja, miss.'

'Het zijn hier mooie tennisbanen. Trouwens, het zwembad en de sporthal zijn ook mooi. O, *le sport*, wat houden jullie in Engeland *le sport* hoog!'

'Dat geloof ik wel, miss.'

'Speel je zelf ook tennis?' Haar ogen namen hem op bepaald vrouwelijke manier op en ze keek hem daarbij uitnodigend aan. Adam was benieuwd wat ze hiermee voorhad. In geen geval leek mademoiselle Blanche hem de meest geschikte Franse lerares voor Meadowbank.

'Nee,' antwoordde hij, bezijden de waarheid. 'Daarvoor heb ik geen tijd.'

'Speel je dan misschien *le cricket*?'

'Och ja, als jongen heb ik het wel gedaan. Dat doen de meeste jongens.'

'Ik heb nog niet veel gelegenheid gehad om hier eens rond te kijken,' ging Angèle Blanche voort. 'Vandaag eigenlijk pas voor 't eerst. Het was zulk mooi weer dat ik de sporthal eens ben gaan bekijken. Ik wilde erover naar mijn vrienden in Frankrijk schrijven.'

Opnieuw werd Adams nieuwsgierigheid gewekt. Wat een overbodige explicaties. Het leek er veel op alsof mademoiselle Blanche haar aanwezigheid bij de sporthal ten koste van alles wilde verontschuldigen. En dat tegenover de tuinmansknecht. Waarom in 's hemelsnaam? Wat had ze er uitgevoerd?

Hij keek mademoiselle Blanche aandachtig aan. Hij moest zien iets meer van haar te weten te komen. Nauw merkbaar, maar welbewust, veranderde hij zijn houding. Hij liet zijn ogen blijk geven van het feit dat hij haar een aantrekkelijke jonge vrouw vond. 'U zult het wel eens saai vinden, miss, altijd op zo'n meisjesschool les te geven,' zei hij.

'Nou, ik vind het niet bepaald amusant!'

'Maar ik denk dat u toch ook weleens een vrije dag zult krijgen?'

Er viel even een stilte. Het leek alsof ze het met zichzelf niet helemaal eens was. Maar daarna voelde hij dat ze, hoewel met tegenzin, zichzelf op een afstand hield. 'O ja,' antwoordde ze. 'Ik heb behoorlijk veel vrije dagen. De arbeidsvoorwaarden zijn hier uitstekend.' Ze knikte hem toe en zei: 'Goeiemorgen!' Daarna wandelde ze naar het hoofdgebouw.

Jij hebt in de sporthal het een of ander uitgehaald, dacht Adam. Hij wachtte tot ze uit het gezicht verdwenen was, liet zijn werk even rusten, liep naar de sporthal en keek daar eens naar binnen. Maar niets leek hem van zijn plaats te zijn gebracht. En tóch ben je hier iets komen doen, zei hij tegen zichzelf.

Toen hij weer buiten kwam, stond hij tegenover Ann Shapland.

'Weet je ook waar miss Bulstrode is?' vroeg ze.

'Ik zag haar naar huis teruggaan, miss. Daarnet heeft ze even met Briggs staan praten.'

Ann fronste haar wenkbrauwen. 'Wat deed je in de sporthal?'

Adam stond haar even verbluft aan te kijken. Wat een naar, achterdochtig mens is dat, dacht hij. Enigszins brutaal antwoordde hij: 'Ik vond het aardig eens even te gaan kijken. Daar steekt toch geen kwaad in?'

'Deed je niet beter wat vlugger op te schieten met je werk?'

'Ik ben bijna klaar met het opspijkeren van het gaas rondom de hele tennisbaan.' Hij draaide zich om en keek eens naar het gebouw achter zich. 'Die hal is pas nieuw, lijkt me. Zal een lieve duit gekost hebben. De jongedames krijgen hier wel het beste van het beste, zou ik denken.'

'Daar betalen ze ook voor,' merkte Ann nuchter op.

Hij voelde een onverklaarbare opwelling dit meisje te kwetsen of te hinderen. Zij deed altijd zo koeltjes en zelfverzekerd. Hij zou haar graag eens boos willen zien.

Maar dat gunde Ann hem niet. Ze zei alleen: 'Ik raad je aan

je werk af te maken.' Toen ging ze naar het huis terug. Halverwege echter keek ze nog eens om. Adam was druk met het gaas bezig.

Ze keek vragend van hem naar de sporthal.

Moord

Brigadier Green had nachtdienst op het politiebureau van Hurst St. Cyprian en hij gaapte. Toen de telefoon ging, nam hij traag de hoorn op. Een ogenblik later was zijn houding totaal veranderd. Vlug schreef hij enkele notities op een blocnote.

'Ja? Meadowbank? En de naam, zegt u? Wilt u even spellen alstublieft? *S-p-r-i-n-g-e-r*? Springer, ik heb het. Zorgt u ervoor dat er niets wordt aangeraakt? Er komt onmiddellijk iemand bij u.'

Vlug en systematisch ging hij er vervolgens toe over de machinerie op gang te brengen die in zulke gevallen functioneert.

'Meadowbank?' vroeg vervolgens de inspecteur van de recherche Kelsey, toen hij aan de beurt kwam. 'Dat is dat meisjesinternaat, hè? Wie is daar vermoord?'

'Het schijnt miss Springer te zijn, de sportlerares.'

'Dood van een sportlerares,' zei Kelsey nadenkend. 'Klinkt als een titel voor een detectiveroman.'

'Wie zou zo iemand van kant hebben willen maken, denkt u?' vroeg de brigadier. 'Lijkt me zo onnatuurlijk.'

'Zelfs sportleraressen houden er misschien een liefdeleven op na,' zei inspecteur Kelsey. 'Waar zeiden ze dat het slachtoffer was gevonden?'

'In de sporthal. Ik denk dat dat een mooie naam is voor het gymnastieklokaal.'

'Kan zijn,' zei Kelsey. 'Dood van een sportlerares in het gymnastieklokaal. Dat klinkt als een eersteklas misdrijf op atletisch gebied. Ze was doodgeschoten, zeg je?'

'Ja.'

'Hebben ze de revolver gevonden?'
'Nee.'
'Dat is van belang,' antwoordde inspecteur Kelsey, die zijn medewerkers uitkoos en zich onmiddellijk met hen op weg begaf.

De voordeur van Meadowbank stond wijd open en het licht straalde naar buiten. Inspecteur Kelsey werd door miss Bulstrode zelf ontvangen. Hij kende haar van gezicht, zoals de meeste mensen uit de buurt. Zelfs in dit ogenblik van onzekerheid en verwarring was miss Bulstrode volkomen zichzelf, meester van de situatie en meester over haar ondergeschikten.

'Kelsey, inspecteur van de recherche, mevrouw,' stelde de inspecteur zich voor.

'Waarmee wilt u beginnen, inspecteur? Wilt u eerst naar de sporthal gaan of eerst alle bijzonderheden horen?'

'Ik heb de dokter meegebracht,' sprak Kelsey. 'Wanneer u hem en twee van mijn rechercheurs wilt wijzen waar ze het slachtoffer kunnen vinden, zou ik graag eerst even met u willen praten.'

'Ja, zeker. Komt u mee naar mijn kamer. Miss Rowan, wilt u de dokter en de andere heren even de weg wijzen?' Ze liet erop volgen: 'Een van de leerkrachten houdt daar de wacht, zodat er niets wordt aangeraakt.'

'Uitstekend, mevrouw.'

Kelsey volgde miss Bulstrode naar haar zitkamer. 'Wie heeft het slachtoffer ontdekt?'

'Het hoofd van de huishouding, miss Johnson. Een van de leerlingen had oorpijn en miss Johnson was opgestaan om het meisje te helpen. Ze merkte toen dat een van de gordijnen niet behoorlijk was dichtgetrokken en bij die gelegenheid ontdekte ze dat er in de sporthal nog licht brandde, iets dat om 1 uur 's nachts niet hoort,' besloot miss Bulstrode zakelijk.

'Juist. Waar is miss Johnson op het ogenblik?' vroeg de inspecteur.

'Ze is in de buurt, indien u haar wilt spreken.'

'Zo dadelijk. Gaat u verder, mevrouw.'

'Miss Johnson is toen een van de leraressen gaan wekken, miss Chadwick. Ze besloten er samen op af te gaan. Toen ze de zijdeur uitkwamen hoorden ze een schot. Daarop zijn ze zo hard ze konden naar de sporthal gerend. Bij aankomst...'

Hier viel de inspecteur haar in de rede. 'Dank u, miss Bulstrode. U zei dat miss Johnson beschikbaar was. Dan hoor ik de rest wel van haar. Eerst verzoek ik u mij het een en ander omtrent de vermoorde te vertellen.'

'Haar naam is Grace Springer.'

'Is ze hier al lang?'

'Nee. Ze is dit semester pas gekomen. Mijn vorige sportlerares is weggegaan, omdat ze een baan in Australië had aangenomen.'

'En wat weet u van deze miss Springer?'

'Ze had uitstekende getuigschriften,' zei miss Bulstrode.

'U kende haar daarvoor dus niet persoonlijk?'

'Nee.'

'Hebt u enig idee, al is het nog zo gering, wat dit drama kan hebben veroorzaakt? Voelde ze zich ongelukkig? Waren er onplezierige liefdesverwikkelingen?'

Miss Bulstrode schudde ontkennend het hoofd. 'Niet dat ik weet. Ik kan wel zeggen,' verzekerde ze, 'dat het mij onwaarschijnlijk voorkomt. Daar was ze het type niet naar.'

'Daarin zou men zich lelijk kunnen vergissen,' zei Kelsey duister.

'Zal ik nu miss Johnson even laten komen?'

'Graag. Wanneer ik haar heb gehoord ga ik naar het gymnastiek... hoe noemt u het... de sporthal.'

'Het is een pas gebouwde aanwinst van de school,' vertelde miss Bulstrode, 'grenzend aan het zwembad, en het bevat onder andere een ruimte voor tafeltennis, voor badminton en andere sporten. De rackets, de hockeysticks en dergelijke worden er bewaard en er is een droogkamer voor de zwempakken.'

'Was er een bepaalde reden waarom miss Springer 's avonds laat nog in de sporthal moest zijn?'

'Geen enkele,' antwoordde miss Bulstrode zeer beslist.

'Dank u, miss Bulstrode. Laat ik nu eens met miss Johnson praten.'

Miss Bulstrode verliet de kamer en kwam even later met het hoofd van de huishouding terug. Miss Johnson had een behoorlijke scheut cognac gehad om haar, na ontdekking van het slachtoffer, weer wat op verhaal te doen komen. Het resultaat was merkbaar in haar enigszins verhoogde spraakzaamheid.

'Dit is inspecteur Kelsey van de recherche,' stelde miss Bulstrode voor. 'Wees flink, Elspeth, en vertel hem eens precies wat er is gebeurd.'

'Het is verschrikkelijk,' begon miss Johnson, 'werkelijk verschrikkelijk. Zoiets is me nog nooit overkomen, zo lang ik leef. Nooit! Ik kon het eerst niet geloven. Ik kon het heus niet geloven. En dan nog wel miss Springer!'

Inspecteur Kelsey was een scherp waarnemer. Hij was altijd bereid van de vaste volgorde af te wijken, indien een opmerking hem ongewoon voorkwam, of de moeite waard leek er nader op in te gaan.

'U vond het dus zeer vreemd,' zei hij, 'dat het juist miss Springer moest overkomen?'

'Ja, zo is het, inspecteur. Ze was... wat zal ik zeggen, zo'n stevige... zo'n flinke. Een soort vrouw van wie je zou denken dat ze in haar eentje een inbreker aankon... of zelfs wel twee inbrekers.'

'Inbrekers? H'm,' zei inspecteur Kelsey. 'Viel er in de sporthal dan iets te stelen?'

'Nee, eigenlijk niet, ik zou niet weten wat. Zwempakken natuurlijk, en sportgerei.'

'Dat zijn allemaal dingen die een kruimeldief misschien meeneemt,' zei Kelsey, 'maar waarvoor men geen inbraak pleegt, naar mijn mening. Tussen haakjes: was er dan ingebroken?'

'Nou ja, daar heb ik eigenlijk niet naar gekeken,' bekende miss Johnson. 'Ik bedoel, de deur stond open toen we daar aankwamen en...'

'Er is niet ingebroken,' vulde miss Bulstrode aan.

'Men had dus de sleutel gebruikt,' zei Kelsey. Hij keek miss Johnson aan en vroeg: 'Was miss Springer algemeen geliefd?'

'Nou, wat zal ik zeggen, dat weet ik niet. Ik bedoel, ze is nu per slot dood.'

'Dus u mocht haar niet zo erg,' concludeerde de scherpe waarnemer, geen acht slaande op miss Johnsons fijngevoeligheid.

'Ik geloof niet dat iemand bijzonder op haar gesteld kon zijn,' vervolgde miss Johnson. 'Ze had zo'n eigengereide manier van doen, weet u. Ze sprak met het grootste plezier iedereen tegen. Ze was heel bekwaam en deed haar werk ook heel serieus, nietwaar, miss Bulstrode?'

'Zeer zeker,' bevestigde miss Bulstrode.

Kelsey keerde terug van het zijweggetje dat hij even had ingeslagen. 'Vertelt u mij nu eens, miss Johnson, wat er eigenlijk precies is gebeurd.'

'Jean, een van de leerlingen, had oorpijn. Ze was er wakker van geworden en naar mij toegekomen. Ik heb wat medicijnen voor haar gehaald en toen ik haar weer naar bed had gebracht, zag ik het gordijn wapperen en bedacht dat het toch beter was ditmaal haar raam die nacht dicht te doen, omdat de wind er pal op stond. Anders slapen de meisjes natuurlijk met open raam. Soms maken buitenlanders weleens bezwaar, maar ik sta erop dat...'

'Ja, al goed,' viel miss Bulstrode haar in de rede, 'dat interesseert de inspecteur op het ogenblik minder.'

'Dat begrijp ik,' beaamde miss Johnson, 'maar ziet u, toen ik dat raam dichtdeed, zag ik pas dat er licht brandde in de sporthal. Ik zag ook duidelijk dat het licht zich verplaatste.'

'U wilt zeggen dat er iemand met een zaklantaarn bezig was?'

'Ja, zoiets moet het geweest zijn. Ik dacht: Mijn hemel, wie is daar nu op dit uur van de nacht bezig? Ik dacht natuurlijk niet dadelijk aan inbrekers, omdat, zoals ik u al zei, daar toch eigenlijk niets te stelen viel.'

'Maar waaraan dacht u dan wél?' wilde Kelsey weten.

Miss Johnson wierp even een blik op miss Bulstrode.

'Nou nee, ik geloof niet dat ik enig idee had. Ik bedoel, nou ja, och, eigenlijk bedoel ik dat ik niet begreep...'

Hier schoot miss Bulstrode te hulp. 'Ik zou me kunnen indenken dat miss Johnson aan de mogelijkheid dacht dat een van de leerlingen daar een afspraakje had gemaakt met iemand. Bedoel je dat, Elspeth?'

Miss Johnson zei stotterend: 'J-j-a, dat is wel even door m'n gedachten geflitst. Een van die Italiaanse meisjes misschien! Zulke buitenlandse types zijn zoveel vroeger rijp dan onze meisjes.'

'Doe niet zo chauvinistisch,' vermaande miss Bulstrode. 'We hebben massa's Engelse meisjes gehad die ongepaste afspraakjes probeerden te maken. Het lag dus voor de hand dat dit je eerste gedachte was. Ik zou precies zo hebben gedacht.'

'Gaat u door,' verzocht inspecteur Kelsey.

'Ik dacht dus niet beter te kunnen doen dan miss Chadwick wakker te maken,' vervolgde miss Johnson, 'en haar te vragen met mij mee te gaan kijken.'

'Waarom miss Chadwick?' vroeg Kelsey. 'Was er een bijzondere reden om juist deze lerares uit te kiezen?'

'Och, ik wilde miss Bulstrode niet storen, en dan is het voor ons haast een tweede natuur geworden in zo'n geval miss Chadwick te hulp te roepen. Die is hier al zo lang, weet u, en heeft zoveel ervaring!'

'Hoe het zij, u heeft miss Chadwick gewekt?' zei Kelsey.

'Ja, en ze was het dadelijk met mij eens dat we samen moesten gaan kijken. We hebben geen tijd verloren met aankleden, schoten een trui en een mantel aan en zijn de zijdeur uitgelopen. Maar net toen we buiten stonden, hoorden we een schot in de sporthal. Daarom zijn we toen zo hard we konden het tuinpad afgelopen. Het was dom van ons dat we geen zaklantaarn hadden meegenomen, want nu konden we bijna niet zien waar we liepen. We zijn een paar keer gestruikeld, maar waren er toch vlug bij. De deur stond open. We hebben het licht aangedraaid en...'

Kelsey viel haar in de rede. 'Er brandde dus geen licht bij uw komst? Geen zaklantaarn of zoiets?'

'Nee, in de sporthal was het donker. We hebben dadelijk het licht aangedraaid en daar lag ze. Ze...'

'Nee, u behoeft daarvan geen beschrijving te geven,' zei Kelsey vriendelijk. 'Ik ga daar zelf kijken. Bent u helemaal niemand tegengekomen onderweg?'

'Nee.'

'Hebt u ook niemand horen weglopen?'

'Nee, we hebben helemaal niets gehoord.'

'Heeft iemand anders in het schoolgebouw het schot ook nog gehoord?' informeerde Kelsey, daarbij miss Bulstrode aankijkend.

Deze schudde ontkennend het hoofd. 'Niet dat ik weet. Niemand heeft er mij iets van gezegd. De sporthal ligt op behoorlijke afstand van het hoofdgebouw, zodat ik ook betwijfel of je zo'n schot hier zou kunnen horen.'

'Misschien in een van de kamers die op de sporthal uitzien?'

'Het lijkt me niet waarschijnlijk, tenzij je misschien aandachtig luisterde. In elk geval zou men er niet wakker van worden.'

'Dan dank ik u wel,' besloot de inspecteur. 'Dan ga ik nu naar de sporthal.'

'Ik ga met u mee,' stelde miss Bulstrode voor.

'Wilt u dat ik ook meega?' vroeg miss Johnson. 'Dan doe ik het. Ik bedoel, het heeft geen zin de harde feiten te ontlopen en ik vind dat je het hoofd moet bieden aan alles wat op je weg komt...'

'Dank u, dat is niet nodig in dit geval,' zei Kelsey. 'Ik zou u verder iedere inspanning willen besparen.'

'Het is vreselijk,' ging miss Johnson voort, 'ik vind het nog veel erger omdat ik haar niet aardig vond. Eigenlijk hebben we gisteravond nog verschil van mening gehad in de conversatiezaal. Ik hield vol dat te veel gymnastiek lang niet voor alle meisjes goed is... die met 'n tere constitutie, bedoel ik. Dat was onzin, beweerde miss Springer, die hadden het juist nodig, ze werden er sterker van. Het wekte hen op en maakte herboren vrouwen van ze. Ik zei dat ze heus niet overal verstand van had, al dacht ze van wel. Ik heb tenslotte m'n verpleegstersopleiding gehad en weet meer van lichamelijke zwakte en ziekte af dan miss Springer... al wist die natuurlijk alles en nog wat van de brug, het paard en tennis. Maar, mijn hemel, nu ik eraan denk wat haar is overkomen, wou ik dat ik dat niet allemaal had gezegd. Waarschijnlijk heb je dat gevoel altijd als er iets ergs gebeurd is. Nu verwijt ik het mezelf.'

'Ga hier nu eens rustig zitten, lieve,' zei miss Bulstrode tegen haar, terwijl ze haar op de sofa liet plaats nemen. 'Denk nu niet aan kleine meningsverschillen die er geweest zijn. Wat zou het leven saai zijn wanneer we het in alle opzichten met elkaar eens waren.'

Miss Johnson nam gehoorzaam plaats, schudde haar hoofd, en gaapte vervolgens. Miss Bulstrode volgde inspecteur Kelsey naar de gang. 'Ik heb haar flink wat cognac gegeven,' zei ze verontschuldigend, 'daardoor is ze wat spraakzaam, maar toch niet verward, vindt u wel?'

'Helemaal niet,' antwoordde Kelsey, 'zij heeft een duidelijk verslag van het gebeurde gegeven.'

Miss Bulstrode ging hem voor naar de zijdeur.

'Zijn de dames Johnson en Chadwick hierdoor naar buiten gegaan?'

'Ja. Hier kom je dadelijk op het pad dat tussen de rododendrons door loopt en bij de sporthal uitkomt.'

De inspecteur had een sterke zaklantaarn bij zich en miss Bulstrode en hij bereikten spoedig het nieuwe gebouw waar nu alle lichten brandden.

'Een machtig gebouw!' prees Kelsey.

'Het heeft ook machtig veel geld gekost,' verzekerde miss Bulstrode, 'maar dat kunnen we ons veroorloven,' voegde ze er effen aan toe.

Door de geopende deur kwam men eerst in een ruimte van behoorlijke afmetingen. Hier bevonden zich de kastjes van de leerlingen, alle voorzien van hun namen. Aan het eind van het vertrek bevond zich een rek waarin de tennisrackets hingen en een ander voor de hockeysticks. Een zijdeur leidde naar douchecellen en kleedhokjes. Kelsey bleef even staan, voor hij naar binnen ging. Twee van zijn mannen waren al druk bezig geweest. De fotograaf was juist gereed. De ander, die naarstig speurde naar mogelijke vingerafdrukken, richtte zich op en zei: 'U kunt gerust binnenkomen, inspecteur, we zijn alleen nog met dit stuk bezig.'

Kelsey liep rechtstreeks naar de plek waar de politiedokter naast het slachtoffer was neergeknield. 'Ze moet van een afstand van ruim een meter zijn neergeschoten,' verklaarde de arts. 'De kogel is in het hart gedrongen. De dood moet vrijwel direct zijn ingetreden.'

'Van voren af neergeschoten?'

'Ja.'

'Hoe lang geleden?'

'Ongeveer een uur geleden.'

Kelsey knikte. Hij wandelde naar de rijzige gestalte van miss Chadwick, die, zo grimmig als een waakhond, tegen een muur geleund de wacht hield. Ongeveer vijfenvijftig, dacht hij, mooi voorhoofd, koppige trek om de mond, slordig grijs haar, geen spoor van zenuwachtigheid. Het soort vrouw op wie je aankunt in tijden van crisis, hoewel ze in het gewone leven niet opvallen.

'Miss Chadwick?' vroeg hij.

'Ja.'

'U bent met miss Johnson mee naar buiten gegaan en hebt het slachtoffer ontdekt?'

'Ja. Ze lag toen precies zoals nu. Ze was al dood.'

'Hoe laat was dat?'

'Ik heb op mijn horloge gekeken toen miss Johnson mij wakker maakte. Het was toen tien voor één.'

Kelsey knikte. Dat klopte met de tijd die miss Johnson hem had opgegeven. Hij keek nadenkend naar de dode vrouw op de grond. Haar lichtrode haar was kortgeknipt. Ze had zomersproeten in haar gezicht, een sterk vooruitspringende kin en een mager, atletisch figuur. Ze droeg een tweed rok en een dikke, donkere pullover. Ze had lage sportschoenen aan, maar droeg geen kousen.

'Een vuurwapen aangetroffen?' informeerde Kelsey.

Een van zijn ondergeschikten schudde z'n hoofd en antwoordde: 'Geen spoor van gevonden, inspecteur.'

'Hoe staat het met de zaklantaarn?'

'Daar ligt er een in de hoek.'

'Met vingerafdrukken?'

'Ja. Uitsluitend van het slachtoffer.'

'Dus zij is het geweest die met die zaklantaarn heeft rondgelopen,' concludeerde Kelsey. 'Waarom zou ze die meegenomen hebben?' Dit was een vraag die hij deels zichzelf, deels aan zijn helpers stelde, met inbegrip van de dames Bulstrode en Chadwick. 'Hebt u enig idee?' vroeg hij ten slotte aan de laatste.

Miss Chadwick schudde ontkennend het hoofd. 'Nee, absoluut niet. Ze kan hier iets hebben laten liggen, dat ze nog heeft willen halen. Maar dat doet men toch niet in het holst van de nacht.'

'Dan zou het tenminste wel iets zeer belangrijks moeten zijn geweest,' zei de inspecteur. Hij keek eens om zich heen. Het enige wat van zijn plaats was geraakt, leek het rek met de rackets, aan het eind van het vertrek. Het zag eruit, alsof het met kracht naar voren was gehaald. Verscheidene rackets lagen zelfs over de vloer verspreid.

'Het kan natuurlijk zijn,' ging miss Chadwick voort, 'dat ze een licht heeft gezien, net zoals miss Johnson later, en dat ze op onderzoek is uitgegaan. Dat lijkt mij persoonlijk het waarschijnlijkste.'

'Ik geloof dat u gelijk hebt,' zei Kelsey. 'Maar dan rijst de vraag: was het iets voor haar om dat in haar eentje te doen?'

'O, zeker,' gaf miss Chadwick zonder enige aarzeling ten antwoord.

'Miss Johnson kwam eerst u wekken,' merkte Kelsey op.

'Dat weet ik,' zei miss Chadwick, 'en dat zou ik ook gedaan hebben als ik licht had gezien. Ik zou miss Bulstrode gewekt hebben, of iemand anders. Maar miss Springer niet. Die was altijd zo vol zelfvertrouwen; die ging vast liever in haar eentje een indringer te lijf.'

'Nog een vraag,' vervolgde Kelsey. 'U bent met miss Johnson de zijdeur uitgekomen. Was die deur niet op slot?'

'Nee, die was niet op slot.'

'Vermoedelijk opengelaten door miss Springer?'

'Dat lijkt mij waarschijnlijk,' bevestigde miss Chadwick.

'Dus nemen we aan,' zei Kelsey, 'dat miss Springer een licht hier in het gymnastieklokaal – de sporthal, zoals u het noemt – gezien heeft, dat ze op onderzoek is uitgegaan en toen is neergeschoten door degene, die ze hier heeft betrapt.' Hij draaide op zijn hakken rond en richtte zich tot miss Bulstrode met de vraag: 'Lijkt u dat juist?'

'Helemaal niet,' antwoordde miss Bulstrode. 'Wel de eerste helft: dat ze licht heeft gezien en toen op onderzoek is uitgegaan. Dat vind ik zeer waarschijnlijk. Maar dat degene die ze hier heeft verrast haar zomaar zou neerschieten, lijkt me een onjuiste veronderstelling. Als hier iemand geweest was die er niet thuishoorde, zou die toch waarschijnlijk zijn weggevlucht of tenminste een poging daartoe hebben ondernomen? Maar waarom zou hier op dit uur van de nacht iemand met een revolver zijn verschenen? Dat is gewoon bespottelijk. Bespottelijk! Hier valt niets van werkelijke waarde te stelen en zeker niets waarvoor het de moeite waard was een moord te plegen.'

'Lijkt het u waarschijnlijker dat miss Springer het een of andere rendez-vous heeft verstoord?'

'Dat is de voor de hand liggende, meest waarschijnlijke verklaring,' zei miss Bulstrode. 'Maar dat verklaart evenmin de moord. Meisjes van mijn school hebben geen revolver bij zich en het lijkt me al even onwaarschijnlijk dat het jongmens met wie ze een afspraakje zouden hebben, een vuurwapen zou meebrengen.'

Dit moest Kelsey toegeven.

'Op zijn hoogst een springmes,' zei hij. 'Maar er bestaat een alternatief. Stel dat miss Springer zelf hier een afspraakje met een man heeft gehad...'

Miss Chadwick begon opeens te lachen. 'O nee!' riep ze. 'Miss Springer... geen sprake van!'

'Ik bedoel niet per se een amourette,' ging de inspecteur nuchter voort. 'Ik wil zeggen dat de man de opzet heeft gehad miss Springer te doden, haar daartoe naar buiten heeft weten te lokken en haar toen heeft neergeschoten.'

Een kat tussen de duiven

Briefje van Jennifer Sutcliffe aan haar moeder:

Lieve Mammie,
Vannacht hebben we hier een moord gehad. Miss Springer, de gymlerares. Het is midden in de nacht gebeurd. De politie is dadelijk gekomen en nu ondervragen ze iedereen.

Miss Chadwick heeft wel gezegd dat we er met geen mens over mochten praten, maar ik dacht dat jij het zou willen weten.

Veel liefs,
Jennifer.

Het internaat Meadowbank was belangrijk genoeg om de persoonlijke belangstelling van de commissaris te rechtvaardigen. Terwijl het routineonderzoek plaatsvond, had miss Bulstrode niet stilgezeten. Zij had de directeur van een groot krantenbedrijf en zelfs de minister van binnenlandse zaken opgebeld, die ze allebei persoonlijk kende. Als gevolg hiervan was er in de pers slechts weinig aandacht aan het feit geschonken. Een sportlerares was dood aangetroffen in het gymnastieklokaal. Zij was doodgeschoten, maar men had nog niet kunnen vaststellen of dit bij ongeluk dan wel opzettelijk was geschied. Enkele berichtjes waren zo verontschuldigend geformuleerd, alsof het in hoge mate tactloos was van een sportlerares zich in zulke omstandigheden te laten neerschieten.

Ann Shapland kreeg het razend druk die dag met het tikken van briefjes aan ouders en voogden. Miss Bulstrode had zich de moeite bespaard de leerlingen op het hart te drukken niet over het gebeurde te spreken. Zij was ervan overtuigd dat min of meer lugubere verhalen over de moord naar de diverse ouders of voogden zouden worden gepend. Daarom moest ze zorgen dat haar eigen evenwichtige en volkomen redelijke verslag omtrent het gebeurde tegelijkertijd aankwam.

Later op de middag had ze een 'geheime vergadering' met Mr. Stone, commissaris van politie, en inspecteur Kelsey. De politie had er vrede mee dat de pers dit geval als onbelangrijk afdeed. Daardoor was men in de gelegenheid rustig en ongehinderd nasporingen te verrichten.

'Het spijt me ontzettend, miss Bulstrode, werkelijk ontzettend,' had de commissaris haar verzekerd. 'Ik vind dit... eh... heel erg voor u.'

'Een moordzaak is voor elke school heel erg, dat is zeker,' stemde miss Bulstrode in. 'Maar het heeft geen zin op het ogenblik daarbij stil te staan. We zullen de storm, hoop ik, doorstaan zoals we ook andere hebben doorstaan. Ik hoop alleen dat de zaak snel zal worden opgehelderd.'

'Ik zou niet weten waarom dat niet het geval zou zijn, hè?' zei Stone, daarbij Kelsey aanziende.

Kelsey antwoordde: 'Het is van belang iets meer over haar te weten te komen.'

'Gelooft u dat heus?' vroeg miss Bulstrode nuchter.

'Iemand kan haar naar het leven hebben gestaan,' merkte Kelsey op.

Miss Bulstrode gaf hierop geen antwoord.

'Denkt u dat het met het internaat hier in verband staat?' vroeg de commissaris.

'Dat denkt inspecteur Kelsey inderdaad,' antwoordde miss Bulstrode. 'Hij probeert alleen mijn gevoelens te ontzien, geloof ik.'

'Ik denk inderdaad dat het met Meadowbank in verband staat,' bevestigde de inspecteur voorzichtig. 'Miss Springer had haar vrije uren, net als alle andere leerkrachten. Ze kon dus iedereen ontmoeten die ze wilde en waar ze wilde. Waarom zou ze dan in het holst van de nacht daarvoor het gymlokaal hebben uitgezocht?'

'U hebt er geen bezwaar tegen dat huis en erf worden onderzocht, miss Bulstrode?' vroeg de commissaris.

'Volstrekt niet. U zoekt natuurlijk naar het vuurwapen?'

'Ja, het moet een kleine revolver van buitenlandse makelij zijn geweest.'

'Buitenlands,' herhaalde miss Bulstrode nadenkend.

'Heeft, bij uw weten, iemand van uw staf of van de leerlingen een vuurwapen in bezit?'

'In elk geval niet dat ik weet,' antwoordde miss Bulstrode. 'Van de leerlingen weet ik het zo goed als zeker. Alles wat ze bij zich hebben wordt bij aankomst voor hen uitgepakt. Als iets dergelijks bij hun bagage was aangetroffen, zou dat niet onopgemerkt zijn gebleven, dat verzeker ik u. Dat had veel stof doen opwaaien. Maar doet u vooral wat u in dit opzicht nodig acht, inspecteur. Ik zie dat uw mannen vandaag het terrein hebben doorzocht.'

De inspecteur knikte. 'Ja. En ik zou graag de overige leden van uw staf willen ondervragen. Een van hen kan een opmerking van miss Springer hebben opgevangen waardoor we een aanknopingspunt kunnen krijgen. Of misschien iets eigenaardigs in haar gedrag hebben opgemerkt.'

Hij zweeg even. Toen liet hij erop volgen: 'Hetzelfde geldt ten aanzien van de leerlingen.'

Miss Bulstrode zei: 'Ik was van plan enkele woorden tot de meisjes te richten, na het avondgebed. Ik wilde ze bij die gelegenheid vragen mij alles te komen vertellen wat enigerlei betrekking zou kunnen hebben op de dood van miss Springer.'

'Een uitstekende gedachte,' prees de commissaris.

'Maar u moet daarbij wel bedenken,' vervolgde miss Bulstrode, 'dat er misschien een meisje zal zijn dat zich gewichtig wil maken door een voorval overdreven voor te stellen of zelfs te verzinnen. Meisjes kunnen de gekste dingen doen. Maar ik veronderstel dat u vertrouwd bent met dat verschijnsel.'

'Ik ben het weleens tegengekomen,' antwoordde de inspecteur. 'Zoudt u me dan nu een lijstje van uw staf en huispersoneel willen geven?'

'Ik heb alle kastjes in de sporthal doorzocht, inspecteur.'
'Maar niets kunnen vinden?' vroeg Kelsey.
'Nee, inspecteur, niets van belang. Gekke dingen in sommige kastjes, maar niets voor ons.'
'Er zat er niet één op slot, hè?'
'Nee, inspecteur. Ze kunnen allemaal op slot, de sleutels zaten erin, maar er was er niet één op slot.'

Kelsey bekeek aandachtig de kale vloer. De tennisrackets en hockeysticks stonden weer netjes in het rek.
'Nou, ik ga weer naar het hoofdgebouw,' deelde hij mee, 'om de staf te ondervragen.'
'U denkt toch niet dat het een intern zaakje is geweest, inspecteur?'
'De mogelijkheid bestaat,' verzekerde Kelsey. 'Geen mens beschikt over een alibi, behalve de dames Chadwick en Johnson en dat meisje Jane dat oorpijn had. In theorie lag de rest in bed te slapen, maar dat kan geen mens bewijzen. De meisjes hebben allen afzonderlijke kamers en de staf natuurlijk ook. Iedereen, met inbegrip van miss Bulstrode, zou naar buiten kunnen zijn gelopen om miss Springer hier te ontmoeten of naar hier te volgen. Toen ze was neergeschoten kan deze persoon tussen de heesters naar de zijdeur zijn teruggeslopen en rustig in bed hebben gelegen, toen er alarm werd geslagen. Het motief, dat is de moeilijkheid. Ja, het motief,' herhaalde Kelsey. 'Tenzij hier iets gaande is waarvan wij niet de minste notie hebben, lijkt er geen enkel motief te bestaan.'

Hij stapte uit de sporthal naar buiten en wandelde langzaam naar het schoolgebouw. Al was de werktijd al lang voorbij, toch was de ouwe Briggs nog met een bloembed bezig. Hij richtte zich op toen de inspecteur voorbijkwam.
'Je bent nog laat bezig!' zei Kelsey glimlachend.
'Ach!' gaf Briggs ten antwoord. 'Het jongvolk weet niet

wat tuinieren is. Die komen 's ochtends om 8 uur en gooien de boel om 5 uur erbij neer. Maar je moet altijd het weer in de gaten houden. Op sommige dagen kun je beter helemaal niet in de tuin komen. En je hebt andere dagen dat je van de vroege ochtend tot de late avond kunt doorwerken. Dat wil zeggen, als je plezier in je werk hebt en van je tuin houdt.'

'Op deze kun je trots zijn,' verzekerde Kelsey. 'Je ziet tegenwoordig zelden meer zo'n goed verzorgde tuin als deze.'

'Tegenwoordig, ja, juist,' beaamde Briggs. 'Maar ik heb geluk gehad, dat heb ik. Ik heb er een flinke jonge kerel bijgekregen voor 't zware werk. Ook nog een paar jongens, maar dat betekent niet veel. De meeste jongens en jongemannen krijg je trouwens tegenwoordig niet meer voor dit werk. Dat gaat allemaal maar naar de fabriek of met een witte boord naar kantoor. Ze willen hun handen niet vuil maken, al is niets zo zuiver als aarde. Daarom zeg ik: ik heb geboft. Ik heb een sterke jonge kerel erbij, die zichzelf is komen aanmelden.'

'Kort geleden?' informeerde Kelsey.

'Met het begin van de cursus. Adam heet-ie, Adam Goodman,' vertelde Briggs.

'Ik geloof niet dat ik hem hier bezig heb gezien,' zei de inspecteur.

'Nee, vandaag heeft-ie een vrije dag gevraagd, en die heb ik hem maar gegeven,' ging Briggs voort. 'We konden vandaag toch niet opschieten, met al die lui van de politie die over het terrein zwerven.'

'Dat had iemand mij horen te zeggen,' zei Kelsey scherp.

'Hoe bedoelt u dat? U moeten zeggen?'

'Hij komt niet voor op mijn lijstje van het personeel dat hier werkt.'

'O, nou, maar u kunt hem morgen te spreken krijgen, meneer,' stelde Briggs hem gerust. 'Niet dat hij u iets zal kunnen vertellen, tenminste, ik denk van niet.'

'Je kunt nooit weten,' zei de inspecteur. Een sterke jonge kerel, die zich aan het begin van de cursus was komen presenteren?

Het leek Kelsey dat hij hier eigenlijk voor het eerst iets

ontdekt had dat enigszins van de normale gang van zaken afweek.

De meisjes kwamen achter elkaar de grote hal binnen voor het avondgebed, zoals iedere dag, doch dit keer hield miss Bulstrode hen met een opgeheven hand tegen toen zij weg wilden gaan.

'Meisjes, ik heb jullie allemaal iets te zeggen. Jullie weten dat miss Springer in de afgelopen nacht in de sporthal is doodgeschoten. Indien een van jullie in de afgelopen week iets mocht hebben gezien of gehoord... iets waarover je je hebt verwonderd en dat in verband staat met miss Springer, of dat ze heeft gezegd, of dat anderen over haar hebben gezegd, en je denkt dat het van belang kan zijn, dan wilde ik graag dat je mij dat kwam vertellen. Ik ben vanavond de hele avond op mijn kamer te spreken.'

Julia Upjohn slaakte een zucht, toen zij met de andere leerlingen wegging. 'O, wat zou ik graag willen dat we iets wisten! Maar we weten niets, hè, Jennifer?'

'Nee, natuurlijk niet,' zei Jennifer.

'Miss Springer zag er altijd zo gewoon uit,' zei Julia verdrietig. 'Veel te gewoon om op zo'n geheimzinnige manier te worden vermoord.'

'Ik vind het helemaal niet geheimzinnig. Gewoon een inbreker,' vond Jennifer.

'Die onze tennisrackets kwam stelen zeker!' spotte Julia.

'Misschien iemand die haar chanteerde,' deed een ander meisje hoopvol aan de hand.

'Waarmee?' informeerde Jennifer.

Maar niemand kon een reden bedenken, waarom men op miss Springer chantage had kunnen plegen.

Inspecteur Kelsey begon zijn verhoor van de staf bij miss Vansittart. Een knappe vrouw, dacht hij, haar opnemend. Misschien veertig of iets ouder; rijzig, goed figuur, grijs haar, keurig kapsel. Ze bezat waardigheid en kalmte, en besef van eigenwaarde, vond hij. Ze deed hem een beetje aan miss Bulstrode denken, echt het type van een goede lerares. Niettemin, overwoog hij, bezat miss Bulstrode iets wat miss Vansittart niet had. Bij miss Bulstrode beleefde je nog weleens verrassingen. Het kwam hem voor dat daarvan bij miss Vansittart geen sprake was.

Vraag en antwoord volgden de vaste regel. Miss Vansittart had niets gezien, niets opgemerkt en niets gehoord. Miss Springer was uitstekend voor haar vak geweest. Ja, haar optreden was weleens wat bruusk geweest, maar toch niet overmatig, naar haar mening. Ze had niets aantrekkelijks gehad, maar dat was voor een sportlerares ook niet nodig. Het was in het algemeen ook niet wenselijk dat leraressen aantrekkelijk waren. Het was beter dat meisjes niet met een bepaalde lerares gingen dwepen. Na niets van enige betekenis tot het onderzoek te hebben bijgedragen, ging miss Vansittart weg.

'Zie geen kwaad, hoor geen kwaad, denk geen kwaad. Net als bij die aapjes,' merkte brigadier Percy Bond op, die inspecteur Kelsey bij het onderzoek assisteerde.

Kelsey grinnikte. 'Zo is het, Percy,' zei hij.

'Schooljuffrouwen hebben iets dat me kippenvel bezorgt,' zei brigadier Bond. 'Ik ben al van kind af aan bang voor ze. Ik heb er eens een gekend die echt verschrikkelijk was. Zo hooghartig en uit de hoogte dat je nooit wist wat ze je eigenlijk wilde leren.'

De volgende lerares die voor Kelsey en de hem assisterende brigadier Percy Bond verscheen, was Eileen Rich. Lelijk als de nacht, was Kelsey's eerste indruk. Daarna merkte hij dat ze toch wel iets aantrekkelijks had. Hij begon aan zijn routinevragen, maar de antwoorden waren minder routineus dan hij verwacht had. Na haar 'Nee' op de vraag of ze iets bijzonders had gehoord of gezien in verband met miss Springer, was Eileens volgende antwoord onverwacht. Hij had gevraagd: 'Voor zover u weet was er niemand die een persoonlijke wrok tegen haar koesterde?'

'O, nee,' zei Eileen Rich onmiddellijk, 'dat was onmogelijk. Dat was juist het zielige, weet u. Ze was een type dat niemand onuitstaanbaar kon vinden.'

'Zegt u eens precies wat u daarmee bedoelt, miss Rich?'

'Ik bedoel dat ze niet iemand was die men zou willen vernietigen. Alles wat ze zei en deed bleef aan de oppervlakte. De mensen vonden haar vervelend. Er vielen wel eens scherpe woorden, maar het ging nooit diep. Ik ben overtuigd dat ze niet gedood is omdat men juist háár en niemand anders wilde treffen, als u begrijpt wat ik bedoel.'

'Nog niet helemaal, geloof ik, miss Rich.'

'Ik bedoel, als ze bij een bankoverval zou zijn neergeschoten, zou dit gebeurd zijn omdat ze toevallig aan de kas had gezeten, niet omdat ze Grace Springer was. Niemand zou genoeg van haar houden of haar zo haten dat ze uit de weg geruimd moest worden. Dat wist ze zelf ook wel, en daarom was ze zo opdringerig. Ze maakte voortdurend aanmerkingen of controleerde of alle regels wel werden nageleefd en ging na wat je deed en niet mocht doen en wilde je vervolgens aan de kaak stellen!'

'Ze neusde stilletjes overal rond?'

'Nee, dat ook weer niet.' Eileen dacht even na. 'Ze sloop niet op de tenen rond of zo. Maar als er iets gebeurde dat ze niet begreep, dan rustte ze niet voor ze dat grondig had uitgezocht. En ze kwam er altijd achter, al zou de onderste steen boven moeten komen!'

'Juist, ik begrijp het.' Hij wachtte even. 'U was niet erg op haar gesteld, nietwaar?'

'Och, daarover heb ik nooit nagedacht. Ze was de sportlerares maar. O, wat afschuwelijk is dat eigenlijk, wanneer je zo over iemand spreekt. Alleen maar dit... of alleen maar dat! Maar heus, zo dacht ze zelf over haar eigen vak. Wel stelde ze er een eer in haar werk goed te doen. Maar het schonk haar nooit diepe vreugde. Ze raakte niet opgetogen wanneer een meisje nu eens echt uitblonk in tennis of een bepaald soort atletiek. Ze genoot er niet van en ze was er niet trots op.'

Kelsey keek haar met bijzondere belangstelling aan. Wat een merkwaardige vrouw, dacht hij. 'U hebt blijkbaar zo uw eigen opvattingen over de meeste dingen,' zei hij.

'Ja, och ja, dat geloof ik wel.'

'Hoe lang bent u al op Meadowbank?'
'Ruim anderhalf jaar.'
'Hebben zich nooit eerder moeilijkheden voorgedaan?'
'Op Meadowbank? O nee, alles is prachtig geweest, tot het begin van deze cursus.'

Daar schoot Kelsey op af. 'Wat haperde er dan deze keer aan? U doelt niet op de moord, hè? U bedoelt iets anders?'

'Ik... nee.' Ze zweeg. 'Ja... mischien toch wel... maar het is allemaal erg vaag.'

'Gaat u gerust door!'

'Miss Bulstrode voelt zich de laatste tijd wat onzeker,' betoogde miss Rich. 'Dat staat vast. Maar ik geloof niet dat het nog iemand anders is opgevallen. Mij wel. En ze is niet de enige die zich minder gelukkig voelt. Maar dat bedoelt u niet. Dit betreft uitsluitend persoonlijke gevoelens. Zulke dingen krijg je nu eenmaal, wanneer er zoveel mensen op een kluitje bij elkaar zitten en zich te veel op één ding concentreren. Maar u bedoelt of er misschien juist in dit semester iets niet in de haak is, als ik u goed begrijp?'

'Juist!' viel Kelsey haar bij, terwijl hij haar vol belangstelling aankeek. 'Hoe is 't dit semester gesteld?'

'Er hapert wat,' gaf Eileen Rich voorzichtig ten antwoord. 'Het is net alsof we iemand in ons midden hebben die hier niet thuishoort.' Ze keek hem daarbij een beetje lachend aan en vervolgde: 'Er zit een kat tussen de duiven! Dát gevoel heb ik. Wij allemaal zijn de duifjes. En er is een kat tussen geslopen. Maar we weten helemaal nog niet wie de kat is!'

'Dat blijft allemaal erg vaag, miss Rich.'

'Ja, het klinkt allemaal ook vrij zot. Dat vind ik zelf ook. Wat ik eigenlijk bedoel, is dat ik iets heb opgemerkt zonder precies te weten wat.'

'Omtrent een bepaald persoon?'

'Nee, dat is 't hem juist. Ik zou niet weten wie. De enige manier waarop ik het kan aanduiden is, dat hier iemand aanwezig moet zijn die op de een of andere manier niet deugt. Die iemand bezorgt me een onbehaaglijk gevoel. Niet wanneer ik naar haar kijk, maar wanneer ze naar mij kijkt, omdat ze zich dan in haar ware gedaante toont. O, ik word hoe langer hoe onduidelijker. Het is ook niet meer dan een gevoel van me. En dat is niet iets waarmee u kunt werken. U verlangt bewijzen.'

'Nee, een bewijs is dit niet,' viel Kelsey in, 'tenminste, nóg niet. Maar het is in ieder geval belangwekkend en wanneer uw gevoelens vastere vorm hebben gekregen, hoor ik graag nader van u, miss Rich.'

Ze knikte toestemmend. 'Ja, ik voel het ook als iets ernstigs. Ik bedoel, er is een mens gedood... we weten niet waarom... de dader kan mijlenver weg zijn, maar zich net zo goed nog in ons midden bevinden. En als dit zo is, is het vuurwapen hier ook nog bij de hand. En dat is een ontstellende gedachte, vindt u ook niet?'

Ze verliet, na een knikje, het vertrek. Brigadier Bond plaatste de opmerking: 'Getikt... of vindt u van niet soms?'

'Nee, getikt is ze niet!' verzekerde Kelsey. 'Men noemt dat hypersensitief. Je hebt zulke mensen, die bijvoorbeeld al weten dat er een poes in de kamer is nog voordat ze het beest hebben gezien. In Afrika wordt zo iemand medicijnvrouw.'

'Ze ruiken om zo te zeggen dat er onheil in de lucht zit,' opperde de brigadier.

'Precies... zo is het, Percy,' bevestigde Kelsey. 'En dat probeer ik ook te doen; doordat ik totaal geen bewijs in handen krijg, doe ik eigenlijk niet veel anders. Laat nu die Française maar eens binnenkomen.'

Een onwaarschijnlijk verhaal

Mademoiselle Angèle Blanche was zo te zien rond de vijfendertig. Ze maakte zich niet op, haar donkerbruine haar zat keurig, maar stond haar niet goed. Ze droeg een stijf mantelpak.

Dit was het eerste semester dat ze op Meadowbank werkzaam was, verklaarde ze. Maar ze was het nog niet met zichzelf eens of ze wel zou blijven. 'Het is hoogst onaangenaam aan een school te zijn verbonden waar moorden worden gepleegd,' gaf ze afkeurend te kennen. Er was ook geen alarmsysteem tegen inbrekers... dat vond ze erg gevaarlijk.

'Er bevindt zich hier niets van bijzondere waarde dat inbrekers zou kunnen trekken, mademoiselle.'

Angèle Blanche trok haar schouders eens op. 'Hoe weet u dat? De meisjes hier hebben rijke vaders. Ze kunnen best iets van grote waarde bij zich hebben. Als een inbreker daarvan weet, komt hij juist hier, omdat je hier heel gemakkelijk kunt binnendringen.'

'Maar stel dat zo'n meisje kostbaarheden bij zich heeft, dan bewaart ze die toch niet in het gymlokaal?'

'Hoe weet u dat?' vroeg mademoiselle. 'De meisjes hebben daar toch ieder een eigen kastje?'

'Alleen om hun gympakjes en zo op te bergen.'

'Ah ja, dat denkt iedereen. Maar zo'n meisje kan van alles in de punt van haar gymschoentjes hebben verstopt of iets in een oude trui of sjaal hebben gewikkeld.'

'Aan welke voorwerpen denkt u, mademoiselle?' Maar daarover had ze zich geen denkbeeld gevormd.

'Zelfs de meest royale vader zal zijn dochter toch wel geen diamanten meegeven naar school,' opperde de inspecteur.

Opnieuw trok Angèle Blanche haar schouders op. 'Misschien is het wel een kostbare scarabee of iets anders waarvoor een verzamelaar veel geld zou overhebben. Een van de meisjes heeft een vader die archeoloog is.'

Kelsey glimlachte. 'Het lijkt me toch erg onwaarschijnlijk, mademoiselle.'

Ze haalde haar schouders op. 'Och, ik opperde alleen wat ideeën.'

'Hebt u ook op andere Engelse scholen lesgegeven?' informeerde Kelsey.

'Een in het noorden, maar dat is al 'n tijdje geleden. Meestal had ik scholen in Zwitserland en Frankrijk. Ook in Duitsland. Maar ik wilde nu eens beter Engels leren. Hier heb ik ook een vriendin wonen. Toen die ziek werd, heeft ze gevraagd of ik haar baan wilde overnemen, omdat miss Bulstrode op korte termijn een invalster zocht. Zo ben ik hier gekomen. Maar het bevalt me hier niet.'

'Waarom niet, als ik vragen mag?' drong Kelsey aan.

'Ik houd ten eerste niet van schietpartijen, maar bovendien kennen de kinderen geen respect.'

'Maar het zijn toch ook eigenlijk geen kinderen meer?'

'Sommigen stellen zich als kleine kinderen aan, anderen doen alsof ze vijfentwintig zijn. Je hebt ze hier in alle soorten. Ze genieten te grote vrijheid. Ik geef de voorkeur aan een internaat met meer vaste regels.'

'Kende u miss Springer goed?'

'Neen, helemaal niet. Ze hield er verschrikkelijk slechte manieren op na en ik heb me daarom zo min mogelijk met haar bemoeid. Ze was een en al botten en zomersproeten en had een harde, lelijke stem. Ze leek op een karikatuur van een Engelse. Ze is dikwijls onbeleefd tegen me geweest en daar houd ik niet van.'

'Noemt u eens een voorbeeld.'

'Ze vond het blijkbaar niet prettig dat ik in haar sporthal kwam kijken. Ze beschouwde die als haar particulier terrein. Ik ben er uit belangstelling eens heen gegaan. Het is een nieuw gebouw en ik was er nog nooit eerder geweest. Het zag er alles even prima uit, keurig en doelmatig. Ik kijk daar eens rond, maar opeens komt miss Springer op mij af stuiven met de vraag: "Wat doet u hier? U hebt hier niets te maken!" En dat zegt ze tegen míj, die hier lerares is! Wat denkt ze wel... dat ik een van de leerlingen ben?'

'Ja, ik begrijp dat u dat hinderlijk hebt gevonden,' zei Kelsey op kalmerende toon.

'Haar manieren leken nergens op. Ze riep mij nog na: "Neem de sleutel niet mee!" Stel u voor, toen ik de deur opendeed was de sleutel op de grond gevallen en ik had die opgeraapt. Ik vergat hem weer in het slot te steken, zo onaangenaam getroffen voelde ik me. En toen riep ze me nog na, alsof het mijn bedoeling was geweest de sleutel te stelen. Háár sleutel zeker, precies als háár sporthal!'

'Dat lijkt wel enigszins vreemd, ja, zoals ze over het gymlokaal dacht. Net of het haar privé-eigendom was, of ze bang was dat men iets zou vinden dat ze daar verborgen had.' Kelsey stak daarmee voorzichtig een voelsprietje uit, maar Angèle Blanche lachte alleen maar.

'Wat dacht u dat ze in de sporthal zou kunnen verbergen? Dacht u soms dat ze daar haar liefdesbrieven bewaarde? Ik ben ervan overtuigd dat ze er nooit van haar leven een heeft gekregen. De andere leraressen doen tenminste beleefd... Miss Chadwick is ouderwets, en maakt zich overal druk om. Miss Vansittart is een aardige *grande dame*, heel sympathiek. Miss Rich is een beetje eigenaardig, vind ik, maar is vriendelijk. En de jonge leraressen zijn heel prettig.'

Na nog enkele onbelangrijke antwoorden te hebben gegeven kon Angèle Blanche vertrekken. 'Allemachtig gauw op d'r teentjes getrapt... net als alle Fransen trouwens,' zei Bond.

'In ieder geval is het toch wel interessant,' zei Kelsey, 'dat miss Springer geen mens bij haar gymlokaal duldde, of sporthal, hoe heet 't ook weer. Maar waarom was dat?'

'Misschien was ze bang dat die Française haar op de vingers kwam kijken,' opperde Bond.

'Alles goed en wel, maar waarom dacht ze dat? Wat deed het ertoe of Angèle Blanche haar bespioneerde, tenzij ze bang was dat de Française iets zou ontdekken. Wie hebben we nu nog over?' voegde Kelsey eraan toe.

'De jongste twee leraressen, de dames Blake en Rowan, en dan nog de secretaresse van miss Bulstrode.'

Miss Blake zag er jong en ernstig uit, en had een rond, goedhartig gezichtje. Ze gaf natuur- en plantkunde. Ze wist niets te vertellen dat kon helpen. Ze had weinig contact met miss Springer gehad en wist geen enkele verklaring te geven voor haar gewelddadige dood.

Miss Rowan had niet voor niets psychologie gestudeerd. Ze had zo haar eigen inzichten: hoogstwaarschijnlijk had miss Springer zelfmoord gepleegd, dacht ze.

De inspecteur trok zijn wenkbrauwen op. 'Hoe komt u daar zo op? Voelde ze zich dan op de een of andere manier ongelukkig?'

'Ze had een agressieve natuur,' verklaarde miss Rowan, zich vooroverbuigend en daarbij intens door haar dikke brillenglazen turend. 'Hoogst agressief! Dit acht ik van het grootste belang. Het was haar defensieve houding, waarachter ze een minderwaardigheidsgevoel verborg!'

'Alles wat ik tot nu toe over haar heb gehoord,' zei Kelsey, 'duidt erop dat ze juist erg zeker van zichzelf was.'

'Veel *te* zeker om normaal te zijn,' zei miss Rowan somber. 'Mijn veronderstelling wordt trouwens door tal van uitlatingen bevestigd.'

'Zoals bijvoorbeeld?'

'Zij heeft beweerd dat mensen nooit waren wat zij schenen. Ze had iemand "ontmaskerd" op de vorige school waaraan ze verbonden was geweest. Maar, zei ze, de directrice was daar bevooroordeeld geweest en had niet willen luisteren. Allerlei andere leerkrachten waren daar, zoals ze zei, "tegen haar ingenomen". Begrijpt u wat dat zeggen wil, inspecteur?' Miss Rowan gleed van louter opgewondenheid bijna van haar stoel. Slierten sluik haar vielen naar voren over haar gezicht. 'Dat is het begin van vervolgingswaanzin!'

Inspecteur Kelsey merkte beleefd op dat miss Rowan het best bij het rechte eind kon hebben, maar dat hij de zelfmoordtheorie niet kon aanvaarden, zolang miss Rowan niet kon verklaren hoe miss Springer het had klaargespeeld zichzelf van meer dan een meter afstand dood te schieten en daarna het vuurwapen spoorloos te doen verdwijnen.

Daarop antwoordde miss Rowan bits dat het algemeen bekend was dat de politie niets van psychologie moest hebben. Vervolgens maakte ze plaats voor Ann Shapland.

'Komaan, miss Shapland,' begon Kelsey, die haar eenvoudig maar keurig geklede gestalte met welgevallen bekeek. 'Wat voor licht kunt u voor ons ontsteken?'

'Geen enkel, tot mijn spijt. Ik heb een eigen zitkamer en kom dus weinig in contact met de leerkrachten. Het is allemaal zo ongelofelijk.'

'In welk opzicht ongelofelijk?' vroeg de inspecteur.

'Ten eerste het feit alleen al dat miss Springer is doodgeschoten. Stel dat er iemand het gymlokaal was binnengedrongen en ze was gaan kijken wat er aan de hand was. Dat is nog aannemelijk. Maar wie krijgt het in zijn hoofd een inbraak te plegen in een gymlokaal?'

'Jongens uit de buurt misschien, die wat sportartikelen nodig hadden of het alleen maar voor de grap hebben willen doen.'

'Dan zou miss Springer volgens mij alleen maar hebben geroepen: "Hé daar, wat moet dat? Wil je weleens maken dat je wegkomt." En dan waren ze hard weggelopen, dat verzeker ik u.'

'Hebt u ooit gemerkt dat miss Springer een bepaalde houding had aangenomen ten aanzien van de sporthal?'

Ann Shapland keek alsof ze het niet begreep. 'Een bepaalde houding?'

'Ja, dat ze die zo'n beetje als haar privédomein beschouwde, waar ze niemand anders duldde?'

'Niet dat ik weet. Waarom zou ze? Het was gewoon een van de schoolgebouwen.'

'Hebt u zelf nooit gemerkt dat ze bezwaar had tegen uw aanwezigheid als u er kwam... of iets van dien aard?'

Ann Shapland schudde het hoofd. 'Ik ben er maar een paar keer geweest. Ik heb er geen tijd voor. Ik ben er enige malen naartoe gegaan met een boodschap van miss Bulstrode voor een van de meisjes. Meer niet.'

'Wist u niet dat miss Springer er bezwaar tegen had gemaakt dat miss Blanche er kwam?'

'Nee, daar weet ik niets van. O ja, toch wel iets, geloof ik. Mademoiselle Blanche was op een dag nogal uit haar humeur, maar dat is ze nogal gauw, moet u weten. Ze was, geloof ik, het tekenlokaal binnengestapt en was nijdig over iets dat de tekenlerares tegen haar had gezegd. Ze heeft hier ook niet veel te doen, mademoiselle Blanche bedoel ik, ze geeft alleen maar Frans, en daardoor heeft ze veel vrije tijd. Ik geloof ook,' hier aarzelde ze even, 'dat ze nogal nieuwsgierig van aard is.'

'Lijkt het u waarschijnlijk dat ze ook in de kastjes zou neuzen, wanneer ze in de sporthal komt?'

'De kastjes van de meisjes? Nou ja, daar zie ik haar wel voor aan. Daar zou ze best plezier in kunnen hebben.'

'Heeft miss Springer daar zelf ook een kastje?'

'Ja, natuurlijk.'

'Als mademoiselle Blanche erop was betrapt dat ze in het kastje van miss Springer had gekeken, dan kan ik me voorstellen dat miss Springer boos zou zijn geworden.'

'O, zeker!'

'Is u iets bekend van het privéleven van miss Springer?'

'Ik geloof dat niemand daar iets van weet. Het is zelfs de vraag of ze er een privéleven op na hield.'

'Is er misschien nog iets anders – iets, dat bijvoorbeeld in enig verband staat met de sporthal – dat u me nog niet verteld hebt?'

'Och...' Ann aarzelde even.

'Ja, miss Shapland, ga gerust uw gang!'

'Och, het zal wel niets te betekenen hebben,' ging Ann langzaam voort. 'Maar een van de tuinlui, niet Briggs, maar die jonge tuinman, heb ik eens uit de sporthal zien komen, hoewel hij er niets te maken had. Het kan best alleen maar nieuwsgierigheid van hem zijn geweest... een verzetje onder het werk... hij moest het gaas van de tennisbaan opbinden. Ik denk eigenlijk niet dat er wat achter steekt.'

'Toch weet u het zich nog best te herinneren,' merkte Kelsey op. 'Hoe komt dat?'

'Ik denk...' Ze fronste het voorhoofd. 'Door zijn houding, die was wat vreemd, enigszins uitdagend. Hij sprak laatdunkend over al het geld dat aan de meisjes werd besteed.'

'O, zo... ik begrijp het. Ik noteer het toch maar even.'

'En als je dan niet verder kan, dan begin je weer van voren af an!' zong brigadier Bond toen Ann Shapland de kamer uit was. 'Laten we hopen dat het huispersoneel wat meer weet te vertellen!'

Maar de dienstboden hadden bitter weinig te zeggen. 'Het heeft geen zin mij iets te vragen, jongeman,' zei Mrs. Gibbons, de keukenprinses. 'In de eerste plaats kan ik niet horen wat je me vraagt en in de tweede plaats weet ik van niks. Ik heb ongewoon zwaar geslapen vannacht. Ik heb niks gemerkt van alle consternatie. Niemand heeft me wakker gemaakt of ook maar iets gezegd.' Boos voegde ze eraan toe: 'Vanochtend pas hebben ze mij er iets van verteld!'

Kelsey schreeuwde een paar vragen en kreeg enkele nietszeggende antwoorden.

Miss Springer was er pas en ze waren niet zo op haar gesteld als op miss Jones, haar voorgangster. Ook miss Shapland was een nieuweling, maar aardig. Mademoiselle Blanche was echt zo'n Française – dacht dat iedereen iets tegen haar had en ze liet zich op school door de leerlingen als oud vuil behandelen. 'Maar ze huilt nooit,' gaf Mrs. Gibbons toe, 'op sommige scholen waar ik geweest ben huilden de Franse leraressen vaak erg!'

De rest van het personeel bestond uit dagmeisjes. Het enige meisje voor dag en nacht wist alleen maar te zeggen dat miss Springer vinnig kon zijn. Ze wist niets van de sporthal af of wat daar werd bewaard, en ze had nooit iets van een revolver in huis gemerkt. Deze povere inlichtingenstroom werd door miss Bulstrode onderbroken.

'Een van de leerlingen wilde u graag even spreken, inspecteur,' kwam zij vertellen.

Kelsey veerde plotseling op.

'Werkelijk? Weet ze iets?'

'Wat dat betreft ben ik vrij sceptisch,' antwoordde miss Bulstrode. 'Maar vraagt u haar dat liever zelf. Het is een van onze buitenlandse meisjes. Prinses Shaista... nichtje van emir Ibrahim. Ze doet altijd veel gewichtiger dan ze is. U begrijpt me?'

Kelsey knikte. Daarop verdween miss Bulstrode en een slank, donker meisje van middelmatige lengte betrad het vertrek. Ze zag hen met haar amandelvormige ogen wat preuts aan. 'Bent u de politie?'

'Ja,' antwoordde Kelsey met een glimlach. 'Wij zijn van de politie. Wilt u maar plaats nemen en vertellen wat u van miss Springer weet?'

'Ja, ik zal u alles vertellen.' Ze ging zitten, boog zich naar voren en ging dramatisch fluisterend voort: 'Er zijn hier lieden die het landgoed bespieden. Ze vertonen zich niet openlijk, maar toch zijn ze er!'

Ze knikte daarbij veelbetekenend.

Inspecteur Kelsey begreep wat miss Bulstrode daarnet bedoeld had. Dit meisje speelde toneel voor haar eigen plezier. 'Maar waarom zou men deze school dan bespieden, denkt u?' vroeg hij.

'Het gaat om míj! Ze willen mij ontvoeren.'

Wat de inspecteur ook verwacht had, dit niet. Hij trok zijn wenkbrauwen op. 'Waarom wil men dat, dacht u?'

'Natuurlijk om het losgeld. Dan zouden ze mijn familie veel geld laten betalen.'

'O... och... misschien,' zei de inspecteur weinig overtuigd. 'Maar stel dat het zo zou zijn, wat heeft dit dan met de dood van miss Springer te maken?'

'Ze zal hen op het spoor zijn gekomen,' zei Shaista. 'Misschien heeft ze hen wel gedreigd. Dan kunnen ze haar wel zwijggeld hebben aangeboden. En ze heeft ze geloofd. Daarom is ze naar de sporthal gegaan om dat in ontvangst te nemen, en ze hebben haar doodgeschoten.'

'Maar u denkt toch niet dat miss Springer ervoor te vinden zou zijn geweest zwijggeld aan te nemen?'

'Dacht u dat het zo leuk is lerares te zijn? Gymnastieklerares?' Er klonk minachting uit Shaista's woorden. 'Dacht u dat ze het niet prettiger zou hebben gevonden te kunnen reizen en te doen wat ze wilde? Juist zo iemand als miss Springer, die niet mooi was en naar wie de mannen niet omkeken! Gelooft u niet dat geld voor haar nog meer betekende dan voor andere mensen?'

'Och... ik weet niet wat ik daarop zeggen zal,' zei Kelsey. Dit was ook werkelijk een heel nieuw gezichtspunt voor hem. 'Maar... dit zijn toch helemaal uw eigen gedachten? Miss Springer heeft zich toch nooit tegenover u in deze zin uitgelaten?'

'Miss Springer zei nooit iets anders dan: "Strek!... Buig!" of "Vlug, vlugger!" en "Niet verslappen"!' antwoordde Shaista nog met enige wrok.

'Juist, precies. Gelooft u niet dat u zich die ontvoeringsplannen ten onrechte in het hoofd heeft gehaald?'

Shaista deed onmiddellijk hevig gepikeerd. 'U begrijpt er letterlijk níéts van! Mijn neef prins Ali Yusuf van Ramat is tijdens de revolutie om het leven gekomen. Het was de bedoeling dat ik later met hem zou trouwen. U begrijpt dat ik dus een persoon van gewicht ben. Het zijn misschien wel communisten die hier rondsluipen. Misschien denken ze niet eens aan ontvoeren en is het alleen hun bedoeling mij te vermoorden!'

Inspecteur Kelsey zette een, zo mogelijk, nog ongeloviger gezicht.

'Dat lijkt me toch wel erg vergezocht!'

'Dacht u dat zulke dingen niet voorkwamen? Ik zeg u van wel. Ze zijn doortrapt slecht, de communisten. Dat weet toch iedereen?'

Aangezien de inspecteur nog steeds weinig overtuigd keek, ging zij voort: 'Misschien denken ze ook wel dat ik weet waar de juwelen gebleven zijn!'

'Welke juwelen?'

'Mijn neef bezat juwelen. Al van zijn vader. Mijn familie heeft altijd een juwelenschat gehad. Voor gevallen van nood, zoals u begrijpen zult.' Dit klonk allemaal heel zakelijk.

Kelsey zat haar met grote ogen aan te kijken. 'Maar wat heeft dit alles met u... of met miss Springer te maken?'

'Dat heb ik u toch al gezegd! Ze denken misschien dat ik weet waar die juwelen zijn gebleven. En dan willen ze mij gevangen nemen om mij te dwingen te zeggen waar ze gebleven zijn.'

'*Weet* u dan waar die juwelen zijn?' vroeg de inspecteur.

'Welnee, natuurlijk niet. Ze zijn tijdens de revolutie spoorloos verdwenen. Misschien hebben die slechte communisten ze wel gestolen. Misschien ook niet.'

'Aan wie behoren ze toe?'

'Ze waren van mijn neef, maar die is dood. Nu behoren ze mij toe. Hij heeft geen nakomelingen. Zijn tante, mijn moeder, is overleden. Het zou zijn wens zijn geweest dat ik ze kreeg. Als hij niet om het leven gekomen was, zou ik zijn vrouw zijn geworden.'

'Stond dat vast?'

'Dat moest wel, omdat hij mijn neef is, weet u?'

'En zou u bij uw huwelijk die juwelen gekregen hebben?'

'Nee, dan zou ik andere hebben gekregen, van Cartier, uit Parijs. Die oude zouden bewaard zijn gebleven voor tijden van nood.'

Inspecteur Kelsey knipperde even met de ogen en liet de gedachte aan deze typisch oosterse wijze van levensverzekering even bezinken. Shaista ratelde vol animo voort.

'Ik denk dat het zo is gegaan. Iemand heeft de juwelen uit Ramat weten te krijgen. Misschien een vertrouwde, misschien een onbetrouwbaar persoon. De vertrouwensman zou ze aan mij komen brengen met de woorden: "Hier zijn uw juwelen!" en ik zou hem daarvoor belonen.' Ze voegde daaraan een koninklijk gebaartje toe, zo goed was ze in haar rol.

Een echte actrice, dacht de inspecteur.

'Maar is het een onbetrouwbaar persoon geweest, dan zal hij ze zich toe-eigenen en verkopen. Of naar mij toe komen en vragen: "Wat geeft u mij als beloning, wanneer ik ze u ter hand stel?" En lijkt het hem dan de moeite waard, dan geeft hij ze mij... anders niet.'

'Maar het is een feit dat niemand er met u ook maar één woord over heeft gesproken.'

'Nee,' moest Shaista toegeven. Inspecteur Kelsey was het nu met zichzelf eens geworden. 'Ik vind,' zei hij op een allervriendelijkste toon, 'dat u eigenlijk een heleboel onzin heeft zitten vertellen.'

Shaista wierp hem een vernietigende blik toe. 'Ik heb u alleen verteld wat ik allemaal weet, meer niet!' zei ze humeurig.

'O ja, dat vind ik ook heel aardig van u en ik zal het zeker in gedachten houden.'

Kelsey was naar de deur gelopen, had deze voor prinses Shaista opengehouden en sloot hem daarna achter haar.

'Een verhaal uit de Duizend-en-Eén-Nacht, vind je ook

niet?' luidde zijn commentaar, toen hij weer aan tafel plaats nam. 'Ontvoeringen en een fabelachtige juwelenschat. Wat komt er nu nog?'

Bespreking

Toen inspecteur Kelsey op het politiebureau terugkwam vertelde de dienstdoende brigadier hem: 'We hebben hier Adam Goodman voor u, inspecteur.'

'Adam Goodman? O ja, de tuinman.'

Een jongeman was eerbiedig opgestaan. Hij was lang, knap en donker.

Hij droeg een niet bepaald vlekkeloze corduroy broek, die losjes werd opgehouden door een riem die betere dagen gekend had. Hij had een lichtblauw hemd aan dat open stond aan de hals. 'U wou me spreken, heb ik gehoord.' Zijn stem klonk ruw, en, als bij zoveel jonge mannen tegenwoordig, enigszins uitdagend.

Kelsey antwoordde alleen maar: 'Ja, kom maar mee naar mijn kamer.'

'Ik weet niets van de moord af,' begon Adam Goodman nors. 'Ik heb er niets mee te maken. Ik lag vannacht thuis in bed.'

Kelsey knikte slechts, zonder zich nog bloot te geven. Hij ging achter zijn bureau zitten en wenkte de jongeman om op de stoel tegenover hem plaats te nemen. Een jonge agent in burger was beide mannen onopvallend gevolgd en ging op enige afstand zitten.

'Zo,' begon Kelsey, 'jij bent Adam Goodman...' – hij keek op een blocnote op zijn bureau – 'Adam Goodman.'

'Zeker, inspecteur. Maar ik zou u eerst graag iets willen laten zien.'

Adams houding was nu heel anders geworden. Alle norsheid en uitdagendheid waren verdwenen en hij sprak rustig en beleefd. Hij haalde iets uit zijn zak en gaf dit de inspecteur.

De wenkbrauwen van inspecteur Kelsey gingen even omhoog toen hij het bekeek. Daarna hief hij het hoofd op en zei: 'Ik heb je niet meer nodig, Barber.'

De jonge agent trok zich bescheiden terug, zonder zich verbaasd te tonen, hoewel hij dit wel degelijk was.

'O!' zei Kelsey. Hij nam Adam eens met belangstelling op. 'Ben je dat? Maar wat bliksem, ik zou wel eens willen weten wat je uitvoert...'

'...op een meisjesinternaat?' voltooide de jongeman de zin. Zijn stem verried nog steeds het nodige respect, maar hij moest lachen of hij wilde of niet. 'Het is ook werkelijk de eerste keer dat me zo'n taak is toegewezen. Zie ik er niet uit als een echte tuinman?'

'Zo heb je ze niet in deze streek. Tuinlui zijn hier meestal op leeftijd. Heb je enig verstand van tuinieren?'

'O ja. Mijn moeder is dol op tuinieren zoals zoveel Engelsen. Die heeft er wel voor gezorgd dat ik haar een handje kon helpen!'

'Maar wat is er precies aan de hand op Meadowbank... dat je aanwezigheid rechtvaardigt?'

'Dat weten we eigenlijk zelf niet. Mijn taak is uitsluitend een oogje in het zeil te houden. Of liever... dat gold tot de afgelopen nacht. Moord op sportlerares. Dat behoort niet bepaald tot de normale leergang.'

'Maar zulke dingen komen wel voor,' verzekerde inspecteur Kelsey. Hij zuchtte. 'Alles is mogelijk... overal. Dat is mijn persoonlijke ervaring. Maar ik moet toegeven dat dit toch een beetje abnormaal is. Wat zit hier allemaal achter?'

Adam legde hem de zaak uit. Kelsey luisterde met grote belangstelling.

'Ik heb dat meisje onrecht gedaan,' merkte hij ten slotte op. 'Maar je zult toegeven dat het uit haar mond te onwaarschijnlijk klonk om waar te zijn. Juwelen ter waarde van driekwart miljoen pond? Wie is de eigenaar, zeg je?'

'Dat is een erg leuke vraag. Om daarop het antwoord te vinden zou je een troep internationale rechtsgeleerden aan het werk moeten zetten... en die zouden het vermoedelijk niet eens worden. Je zou het geval op allerlei manieren kunnen beredeneren. Drie maanden geleden waren ze eigendom van Zijne Hoogheid prins Ali Yusuf van Ramat. Maar op het ogenblik? Als ze in Ramat te voorschijn kwamen zou de tegenwoordige regering ze opeisen, daar zouden ze wel voor zorgen. Ali Yusuf kan ze aan iemand hebben nagelaten. Dan hangt alles ervan af waar het testament ten uitvoer wordt gelegd. Maar de kernvraag is natuurlijk, dat u en ik, als we ze toevallig op straat vinden en in onze zak steken, waarschijnlijk de eigenaars worden. Dat wil zeggen, ik betwijfel of iemand ze ons langs gerechtelijke weg weer zou kunnen ontnemen. Men zou het natuurlijk kunnen proberen, maar het labyrint van het internationale recht is ongelofelijk ingewikkeld...'

'Je bedoelt dat het er feitelijk op neerkomt dat de eerste de beste vinder ze mag houden?' vroeg inspecteur Kelsey. Hij schudde vol afkeuring het hoofd. 'Dat is minder leuk,' zei hij wat stijfjes.

'Ja,' zei Adam op grimmige toon. 'Dat is zeker minder leuk. Er zit ook meer dan één bende achteraan. En niet één houdt er veel gewetensbezwaren op na. Het verhaal is uitgelekt, ziet u. Het kan een gerucht zijn, het kan de waarheid zijn, maar het verhaal gaat dat die juwelen vlak vóór de uitbarsting veilig buiten Ramat zijn gebracht. Er bestaan een dozijn verschillende lezingen over de wijze waarop.'

'Maar waarom juist Meadowbank? Vanwege dat prinsesje hoe-heet-ze-ook-weer?'

'Prinses Shaista, de oudste nicht van Ali Yusuf. Ja. De een of ander zou kunnen proberen de dingen aan haar af te leveren of met haar in verbinding te treden. Naar onze mening zwerven hier twijfelachtige figuren in de omgeving rond. Een zekere Mrs. Kolinsky bijvoorbeeld, die in het Grand Hotel logeert. Bepaald een leidende figuur in wat je zou kunnen noemen de Internationale Schurkentroep N.V. Niet op úw terrein, weet u, altijd strikt legaal en hoogst fatsoenlijk, maar uiterst gehaaid in het bijeengaren van allerlei nuttige inlichtingen. Verder moet er nog een vrouw zijn die indertijd in Ramat in een cabaret is opgetreden. Men heeft van haar gerapporteerd dat ze voor een buitenlandse mogendheid werkzaam is. Maar we hebben niet kunnen nagaan waar ze zich op het ogenblik schuilhoudt. We bezitten zelfs geen signalement van haar, en weten alleen bij geruchte dat ze zich waarschijnlijk in dit stukje van de wereld ophoudt. Het ziet er dus wel naar uit dat alles zo'n beetje om Meadowbank draait, nietwaar? En in de afgelopen nacht is miss Springer doodgeschoten.'

Kelsey knikte bedachtzaam. 'Een echte warwinkel. Je ziet zulke dingen op de tv... en denkt dan: wat vér gezocht allemaal... zoiets kan in werkelijkheid nooit gebeuren. En dat doet 't ook nooit... bij een normale gang van zaken.'

'Geheime agenten, beroving, geweldpleging, moord en doodslag, bedrog...' somde Adam op, 'alles even onzinnig... maar die zijde van het leven bestaat.'

'Alleen niet op Meadowbank!' Met moeite kwamen deze woorden inspecteur Kelsey over de lippen.

'Ik begrijp u wel,' zei Adam. 'Het is een soort majesteitsschennis.'

Na een ogenblik zwijgen vroeg Kelsey: 'Wat denk jij van het voorgevallene van gisternacht?'

Adam dacht even na en antwoordde toen langzaam: 'Die miss Springer was midden in de nacht in de sporthal. Waarom? Daarmee moeten we beginnen. Het heeft geen zin ons af te vragen wie haar heeft gedood tot we weten waarom ze daar was, midden in de nacht in die sporthal. We kunnen zeggen dat ze ondanks haar brave, sportieve leven slecht sliep, even was opgestaan en licht heeft zien branden in de sporthal... haar raam kijkt erop uit, is 't niet?'

Kelsey knikte instemmend. Adam vervolgde: 'Omdat ze een ondernemende tante is die niet bang is uitgevallen, is ze in haar eentje gaan kijken. Daar heeft ze iemand betrapt, die... ja, wat deed die daar? Dat weten we niet. Maar iemand die desperaat genoeg is geweest om haar dood te schieten.'

Andermaal knikte Kelsey instemmend. 'Zo denken wij er ook over,' bevestigde hij. 'Maar je laatste opmerking raakt het moeilijkste punt juist. Men schiet niet iemand dood... en heeft zich daarop niet voorbereid, tenzij...'

'Tenzij men werkelijk achter iets héél belangrijks aan zit. Goed. Dat is dus de zaak van miss Springer als de Vermoorde Onschuld! Maar er is natuurlijk ook een heel andere mogelijkheid: miss Springer heeft, op grond van verkregen inlichtingen, een baantje gezocht op Meadowbank of is er door haar opdrachtgevers heengestuurd, op grond van haar bijzondere geschiktheid... Ze heeft een gunstige nacht afgewacht om stilletjes naar de sporthal te gaan (hier struikelen we weer over de vraag: waarom?). Iemand anders is haar achterna geslopen... of heeft haar daar opgewacht... met een revolver, bereid om haar daarmee neer te schieten... Maar alweer – waarom? Wat verdorie – wat valt er te halen in een sporthal? Dat is toch geen plaats waar je iets van belang kunt verstoppen.'

'Ik kan je trouwens verzekeren dat er niets verborgen was. We hebben het hele gebouw uitgekamd... de kastjes van de meisjes, dat van miss Springer. Sportartikelen van allerlei slag, alles even gewoon. Bovendien een gloednieuw gebouw. Van juwelen of iets dergelijks geen spoor.'

'Wat er geweest is, kan de moordenaar hebben meegenomen,' zei Adam. 'Maar de sporthal kan ook uitsluitend als ontmoetingsplaats dienst hebben gedaan, door miss Springer of iemand anders. Daar leent hij zich bij uitstek voor. Op behoorlijke afstand van het hoofdgebouw en ook weer niet al te ver. En als je ontdekt werd, kon er altijd een simpele oplossing bedacht worden – er was licht gezien, enzovoort. Miss Springer kan zelf een afspraak hebben gehad, ruzie gekregen hebben en doodgeschoten zijn. Ze kan ook iemand achterna zijn gegaan en zo ongelegen zijn gekomen, dat ze bepaalde dingen gezien of gehoord heeft, en men haar niet levend heeft willen laten gaan.'

'Ik heb haar bij haar leven nooit gezien,' zei Kelsey, 'maar uit de verhalen heb ik sterk de indruk gekregen dat ze een echte bemoeial moet zijn geweest.'

'Dat lijkt mij ook de meest aannemelijke verklaring,' stemde Adam in. 'Haar nieuwsgierigheid zal haar noodlottig zijn geworden.'

'Maar als het een rendez-vous is geweest...' begon Kelsey.

'Zeker,' knikte Adam met nadruk, 'dan moet er hier iemand op school zijn die we geducht in de gaten zullen moeten houden. Een kat tussen de duiven, om zo te zeggen.'

'Een kat tussen de duiven!' herhaalde Kelsey, getroffen door deze woorden. 'Miss Rich, een van de leraressen, heeft vandaag precies dezelfde term gebruikt.'

Hij dacht enkele ogenblikken na. Toen vervolgde hij: 'Deze cursus is met drie nieuwe krachten begonnen. Shapland, de secretaresse, Blanche, de lerares Frans, en dan natuurlijk miss Springer zelf. Die is dood en met haar hoeven we dus geen rekening meer te houden. Als er sprake is van een kat tussen de duiven, dan zou ik zeggen dat we er wat om kunnen verwedden dat het een van die twee nieuwelingen moet zijn.' Hij keek Adam eens aan. 'Heb je een voorkeur voor een van beiden?'

Adam dacht even na. 'Ik heb mademoiselle Blanche op een keer betrapt, toen ze de sporthal uitkwam. Ze keek bepaald schuldig. Alsof ze iets gedaan had dat ze niet had mogen doen. Niettemin, over 't geheel genomen... zou ik stemmen op die Shapland. Dat is een koel, verstandelijk type met heel veel hersens. Ik zou haar antecedenten eens verdraaid zorgvuldig nagaan, als ik jou was. Wat drommel, waarom zit je me uit te lachen?'

Kelsey grinnikte. 'Omdat ze jóú verdacht heeft genoemd!' vertelde hij. 'Ze had jóú betrapt, toen je uit de sporthal kwam... en ze had iets eigenaardigs in jouw houding opgemerkt, zei ze!'

'Wel nou nog mooier!' Adam was werkelijk verontwaardigd. 'Wat een brutaliteit!'

Inspecteur Kelsey nam zijn autoritaire houding aan. 'Je moet weten,' zei hij, 'dat iedereen hier in de buurt Meadowbank heel hoog aanslaat. Het is een pracht van een instelling. En miss Bulstrode is een pracht van een vrouw. Hoe eerder we deze zaak in het reine hebben gebracht, des te beter is het voor de naam van de school. Meadowbank moet weer zo gauw mogelijk met een schone lei kunnen beginnen.'

Hij zweeg en keek Adam peinzend aan. 'Ik vind,' hernam

hij, 'dat we miss Bulstrode moeten vertellen wie je eigenlijk bent. Zij houdt haar mond wel... daarvoor hoef je niet bang te zijn.'

Adam overwoog het voorstel. Hij knikte toestemmend.

'Ja,' sprak hij, 'in de gegeven omstandigheden vind ik het ook vrijwel onvermijdelijk.'

Ruilen van nieuw tegen oud

Miss Bulstrode bezat nog een andere eigenschap die duidelijk haar superioriteit ten opzichte van vele andere vrouwen aantoonde. Ze kon luisteren.

Ze luisterde zwijgend zowel naar inspecteur Kelsey als naar Adam. Ze trok zelfs geen wenkbrauw op. Daarna sprak ze één enkel woord.

'Opmerkelijk!'

U bent zelf opmerkelijk, dacht Adam, maar dat zei hij niet hardop.

'Nu,' hernam miss Bulstrode, zoals gewoonlijk recht op de kern van de kwestie afgaande, 'wat wilt u dat ik doe?'

Inspecteur Kelsey schraapte zijn keel. 'We waren van mening dat u volkomen op de hoogte moest worden gesteld... in het belang van de school.'

Miss Bulstrode knikte. 'Dat spreekt vanzelf. De school is mijn eerste zorg. Dat moet. Ik ben verantwoordelijk voor de veiligheid van mijn leerlingen... en in mindere mate ook voor mijn staf. Ik zou hieraan graag willen toevoegen dat hoe minder publiciteit er aan de dood van miss Springer gegeven wordt... des te beter het voor mij zal zijn. Dit is een zuiver egoïstisch standpunt... al vind ik mijn school een belang op zichzelf... niet alleen voor mij. Maar ik besef volkomen dat wanneer volledige publiciteit voor u noodzakelijk is, u uw gang moet gaan. Maar is dat wel zo?'

'Nee,' antwoordde inspecteur Kelsey. 'Ik geloof werkelijk dat in dit geval geldt: hoe minder ruchtbaarheid des te beter. Het gerechtelijk onderzoek zal worden verdaagd en we laten eenvoudig doorschemeren dat het een zaak is van zuiver plaatselijke aard. Jeugdige delinquenten, zoals dat tegenwoordig heet, met revolvers gewapend, de vinger aan de trekker... Meestal hebben ze stiletto's, maar soms hebben die jongens een vuurwapen op de kop kunnen tikken. Maar ja, Meadowbank is een beroemde school. Het is nieuws. En moord op Meadowbank komt op de voorpagina.'

'Ik denk dat ik daaraan wel het een en ander kan doen,' kwam miss Bulstrode gedecideerd uit de hoek, 'ik heb in de hoogste kringen wel enige relaties.' Met een lachje liet ze enige namen horen. Daartoe behoorden de minister van binnenlandse zaken, twee persmagnaten, een bisschop en de minister van onderwijs. 'Ik zal doen wat ik kan.' Ze keek Adam aan. 'Gaat u daarmee akkoord?'

Adam zei direct: 'Ja, volkomen. We houden er altijd van de dingen netjes en in stilte op te knappen.'

'Wilt u hier tuinman blijven?' informeerde miss Bulstrode.

'Als u er geen bezwaar tegen heeft? Daardoor blijf ik precies waar ik wezen moet. En ik kan overal een oogje op houden.'

Deze keer gingen de wenkbrauwen van miss Bulstrode omhoog. 'Ik hoop toch werkelijk dat u geen verdere moorden verwacht?'

'Nee, nee.'

'Daar ben ik blij om. Ik betwijfel of een school twee moorden in één cursus zou kunnen overleven.' Ze wendde zich vervolgens tot Kelsey. 'Zijn uw mensen klaar met de sporthal? Het is zo lastig dat we er geen gebruik van mogen maken.'

'Nee, we zijn klaar. Brandschoon, wat ons aangaat. Wat de reden van de moord ook geweest mag zijn... er is niets dat ons daar enige aanwijzing kan verschaffen. Het is niets anders dan een gewoon gymlokaal met zijn gewone uitrusting.'

'Ook niets in de kastjes gevonden?'

Inspecteur Kelsey glimlachte. 'Och... zo het een en ander... Een Frans boek... het heet *Candide*... met illustraties. Een kostbaar boek.'

'Aha,' zei miss Bulstrode, 'bewaart ze het dáár! Giselle d'Aubray, zeker?'

Kelsey kreeg nog meer respect voor miss Bulstrode. 'Er ontgaat u niet veel, mevrouw,' zei hij.

'O, ze kan geen kwaad met *Candide*. Dat is klassiek. Er zijn vormen van pornografie die ik beslist in beslag neem. Nu kom ik terug op mijn eerste vraag. U hebt mijn zorgen verlicht ten opzichte van de publiciteit in verband met mijn school. Kan de school u op een of andere manier behulpzaam zijn? Kan ik zelf bijvoorbeeld u op enige wijze van dienst zijn?'

'Ik geloof van niet, op 't ogenblik. Het enige wat ik u zou willen vragen is: heeft u zich in dit semester ook ergens ongerust over gemaakt? Of misschien over een bepaalde persoon?'

Miss Bulstrode zweeg enige ogenblikken. Toen zei ze langzaam: 'Daarop kan ik niets anders antwoorden dan: ik weet het niet.'

Vlug stelde Adam de vraag: 'Maar wél hebt u het gevoel dat er iets mis is?'

'Juist... dat is 't precies! Het is niet iets bepaalds. Ik kan ook geen mens aanwijzen of een bepaald voorval... tenzij...'

Zij zweeg even en vervolgde toen: 'Ik voel... ik had op dat moment het gevoel dat mij iets was ontgaan dat ik niet had moeten missen. Laat ik het u uitleggen.' Daarna vertelde zij het gebeurde met Mrs. Upjohn en de gelijktijdige pijnlijke verschijning van Lady Veronica.

Adam was een en al belangstelling. 'Mag ik het eens duidelijk stellen, miss Bulstrode? Mrs. Upjohn kijkt uit het raam, dit raam aan de voorkant dat uitzicht biedt op de oprit, en ze herkent iemand. Dat zegt op zichzelf niets. U hebt honderd leerlingen en niets is aannemelijker dan dat Mrs. Upjohn een van de ouders of familieleden herkent. Maar u hebt beslist de indruk behouden dat ze hoogst verbaasd was die persoon te herkennen... omdat ze niet verwacht had die op Meadowbank te zullen aantreffen?'

'Juist, dat was precies de indruk die ik gekregen heb.'

'Maar op dat moment zag u, door het tegenovergelegen raam, de moeder van een van uw leerlingen in benevelde staat op de school afstevenen... en daardoor werden uw gedachten afgeleid van datgene wat Mrs. Upjohn op dat ogenblik zei?'

Miss Bulstrode knikte bevestigend.

'Ze heeft een paar minuten achter elkaar staan praten?'

'Ja.'

'En toen u weer naar haar luisterde, had ze het over spionage, over haar werk bij de Inlichtingendienst vóór haar huwelijk?'

'Ja.'

'Het kan wel kloppen,' sprak Adam bedachtzaam. 'Iemand die ze in de oorlogsjaren had leren kennen. Een van de ouders of familieleden van een van de leerlingen, ofwel iemand van het docentencorps.'

'Het kan nauwelijks iemand van de staf zijn geweest,' bracht miss Bulstrode in het midden.

'Toch is het mogelijk.'

'We kunnen ons het beste in verbinding stellen met Mrs. Upjohn,' opperde Kelsey. 'En wel zo snel mogelijk. Hebt u haar adres?'

'Natuurlijk. Maar ik geloof dat ze op het ogenblik in het buitenland is. Wacht... ik zal het even aan haar dochtertje vragen.'

Zij drukte tweemaal op de zoemer op haar bureau, maar liep daarna vol ongeduld naar de deur en riep tegen een voorbijkomend meisje: 'Paula, wil je Julia Upjohn even bij me sturen?'

'Zeker, miss Bulstrode.'

'Het is, geloof ik, verstandig weg te gaan voordat het meisje komt,' merkte Adam op. 'Het is bepaald niet normaal dat ik behulpzaam zou zijn bij het onderzoek. Het moet dus zo zijn dat de inspecteur me heeft laten roepen om te worden verhoord, maar nu ontdekt heeft dat hij me niets kan maken en zegt dat ik kan inrukken.'

'Maak dat je wegkomt! Maar denk eraan dat ik je in de gaten zal houden!' snauwde Kelsey hem lachend toe.

'A propos,' zei Adam tegen miss Bulstrode, terwijl hij nog

even bij de deur bleef staan, 'hebt u er geen bezwaar tegen dat ik van mijn aanwezigheid hier een beetje misbruik maak? Dat ik bijvoorbeeld een tikje familiair word met enkele leden van uw staf.'

'Met welke?'

'Och... met mademoiselle Blanche, bijvoorbeeld.'

'Mademoiselle Blanche? Denkt u dat zij...'

'Ik geloof dat ze zich hier een beetje verveelt,' vulde Adam aan.

'Aha!' Miss Bulstrode keek tamelijk streng. 'Misschien hebt u gelijk. Nog iemand anders ook?'

'Ik zal eens goed rondkijken,' zei Adam vrolijk. 'Als u merkt dat een van uw meisjes wat gek doet, wegsluipt naar afspraakjes in de tuin of zo, wilt u dan zo goed zijn te bedenken dat mijn bedoelingen uitsluitend die van een speurhond zijn?'

'Denkt u dan dat de meisjes iets zouden weten?'

'Iedereen weet altijd iets,' zei Adam.

'Misschien hebt u wel gelijk.'

Toen werd er op de deur geklopt. Julia Upjohn verscheen, geheel buiten adem.

'Kom binnen, Julia!' nodigde miss Bulstrode.

'Nu, Goodman, je kunt gaan! En maar weer gauw aan je werk!' blafte Kelsey.

'Ik zei toch al dadelijk dat ik nergens wat van wist?' bromde Adam die zich mopperend verwijderde.

'Spijt me dat ik zo buiten adem ben, miss ,' verontschuldigde Julia zich, 'maar ik ben helemaal van de tennisbanen hard komen lopen.'

'O, dat is best. Ik wilde je alleen maar vragen waar ik je moeder kan bereiken,' antwoordde miss Bulstrode.

'O, dan zult u tante Isabel moeten schrijven. Moeder is op reis.'

'Het adres van je tante heb ik. Maar ik wou met je moeder persoonlijk in contact komen.'

'Ik zou niet weten hoe. Moeder rijdt met een bus door Klein-Azië.'

'Met een bús?' riep miss Bulstrode verbaasd.

Julia knikte heftig van ja. 'Dat vindt moeder leuk en het is natuurlijk vreselijk goedkoop,' legde ze uit. 'Ook wel ongemakkelijk, maar dat vindt mammie niet erg. Ruw geschat zou ik denken dat ze over een week of drie in Van zullen aankomen.'

'Ik begrijp het... ja. Vertel eens, Julia, heeft je moeder er ooit met jou over gesproken dat ze hier iemand gezien had die ze in de oorlogsjaren had leren kennen?'

'Nee, miss Bulstrode. Nee, ik weet zeker dat ze daarover niets heeft gezegd.'

'Je moeder heeft toen voor de Inlichtingendienst gewerkt, is het niet?'

'O ja, mammie heeft het enig gevonden. Niet dat het mij erg opwindend leek. Ze heeft nooit iets in de lucht laten vliegen en is ook nooit door de Gestapo opgepakt. Haar nagels zijn nooit uitgetrokken of zo. Ze heeft in Zwitserland gewerkt, geloof ik... of was 't misschien in Portugal?'

Bij wijze van excuus liet Julia erop volgen: 'Op 't laatst gaan die oorlogsverhalen je vervelen. Het spijt me, maar ik heb er niet altijd behoorlijk naar geluisterd.'

'Nu, je wordt bedankt, Julia. Dat was alles.'

'Stel je voor!' zei miss Bulstrode, toen Julia de kamer uit was. 'Met een bus door Klein-Azië! Het kind zei het net of haar moeder de bus naar Piccadilly had genomen.'

Jennifer liep in een niet al te beste stemming van de tennisbanen weg, zwaaiend met haar racket. Het aantal dubbelfouten dat ze die ochtend geserveerd had, stemde haar neerslachtig. Niet dat ze ooit met dit racket een harde service zou kunnen geven. Maar ze was de laatste tijd haar goede service blijkbaar helemaal kwijtgeraakt. Haar 'backhand' daarentegen was er merkbaar beter op geworden. Daarin was de training van Springer goed geweest. Het was in menig opzicht erg jammer dat miss Springer nu dood was.

Jennifer vatte het tennissen ernstig op. Het was een van die dingen die haar gedachten geheel in beslag namen.

'Neem me niet kwalijk...'

Jennifer keek op, ietwat verschrikt. Want een goedgeklede dame met goudblond haar, die een lang, plat pak in de hand hield, stond op nog geen meter afstand op het tuinpad. Jennifer vroeg zich verwonderd af waarom ze die dame niet eerder had opgemerkt. Het kwam niet in haar op dat ze achter een boom verscholen had kunnen staan, of op het laatste moment van achter de rododendronstruiken te voorschijn kon zijn gekomen. Zo'n idee kwam niet bij Jennifer op, want waarom zou een dame zich achter de rododendrons verstoppen en opeens te voorschijn komen?

De dame sprak met een ietwat Amerikaans accent. 'Zou je mij misschien ook kunnen vertellen waar ik een meisje kan vinden, dat' – ze raadpleegde een stukje papier – 'Jennifer Sutcliffe heet?'

Jennifer was een en al verbazing. 'Dat ben ik... Jennifer Sutcliffe!'

'Nee, maar! Wat 'n mop! Dat noem ik óók toevallig! Dat je bij zo'n grote school juist bij het meisje terechtkomt dat je hebben moet... En dan zeggen ze nog dat zoiets nooit voorkomt!'

'Och, dat zal weleens meer gebeuren,' beweerde Jennifer weinig geïnteresseerd.

'Ik moet hier in de buurt bij vrienden gaan lunchen,' vervolgde de spraakzame dame, 'en dat zei ik gisteren zo terloops op een cocktailparty... en toen vroeg je tante... of was het je peettante... dat geheugen van me laat me soms in de steek. Hoe het zij, ik ben haar naam vergeten. Maar ze vroeg of ik hier dan even een nieuw tennisracket voor je wilde aanreiken. Ze vertelde dat je er om gevraagd had.'

Jennifers gezichtje klaarde ineens op. Dit leek haar niets meer of minder dan een wonder.

'Dat moet mijn peettante, Mrs. Campbell, zijn geweest. Ik noem haar tante Gina. Het kan tante Rosamond niet zijn geweest. Die geeft me nooit iets, behalve met Kerstmis dat onnozele tientje.'

'Juist, nu weet ik het weer. Zo heette ze, Campbell.'

Ze bood Jennifer het pak aan die het met beide handen aanpakte. Het papier zat er slechts losjes omheen. Jennifer uitte een kreet van blijdschap toen ze het splinternieuwe racket te voorschijn zag komen.

'O, wat fantastisch!' riep ze uit. 'Dit is werkelijk een prachtstuk! Ik heb al zo lang naar een nieuw racket verlangd... omdat je niet behoorlijk kunt spelen als je geen echt goed racket hebt.'

'Ja, dat lijkt me ook.'

'Heel erg bedankt dat u dat helemaal bent komen brengen,' zei Jennifer dankbaar.

'O, het was een kleine moeite. Toch voelde ik me wel even verlegen. Zo'n grote school bezorgt me altijd kippenvel. Al die meisjes bij elkaar! A propos, je tante vroeg of ik je oude racket wilde meenemen.'

Zo sprekende raapte de vriendelijke dame het racket op dat Jennifer op de grond had laten vallen. 'Je tante, o nee, peettante, wil het opnieuw laten bespannen, zei ze. En dat heeft het wel nodig, dat kan ik zien.'

'Ik weet niet eens of het nog wel de moeite waard is,' antwoordde Jennifer zonder veel belangstelling, want ze was druk bezig met de slag en de balans van haar nieuwe aanwinst te proberen.

'O, maar een extra racket komt altijd wel van pas,' zei haar nieuwe vriendin. 'O hemeltje!' Ze keek op haar horloge. 'Het is al veel later dan ik dacht. Ik moet er gauw vandoor.'

'Hebt u... wilt u een taxi hebben? Ik zal wel even opbellen!' bood Jennifer aan.

'Nee, dank je wel, lieve kind. Mijn auto staat voor het hek. Ik heb hem daar laten staan om niet op een nauw plekje te hoeven draaien. Dag, hoor! Ik vond het prettig je te ontmoeten. Veel plezier met je racket!'

Daarna snelde ze letterlijk het tuinpad af naar het hek. Jennifer riep haar nog eens achterna: 'Heel erg bedankt!'

Daarna ging ze, opgetogen, op zoek naar Julia.

'Kijk eens!' riep ze haar toe, het nieuwe racket triomfantelijk in de rondte zwaaiend.

'Nee maar, kind! Hoe kom je dááraan?'

'Dat heeft mijn peettante me gestuurd. Tante Gina. Ze is geen echte tante, maar ik noem haar zo. Ze is erg rijk. Ik denk dat moeder haar verteld heeft dat ik zo heb lopen mopperen over m'n oude racket. Dit is fantastisch goed, lijkt je ook niet? Laat ik vooral niet vergeten haar een bedankje te sturen.'

'Nee, vergeet dat vooral niet!' zei Julia braaf.

'Och, je weet zelf hoe gauw je soms iets kunt vergeten. Ook als je het helemaal niet zo bedoelt. Kijk eens, Shaista,' liet zij erop volgen, toen laatstgenoemde voorbijkwam. 'Ik heb een spiksplinternieuw racket! Vind je het geen prachtstuk?'

'Dat is een duur ding!' zei Shaista, met eerbied de waarde taxerend. 'Ik wou dat ik ook goed kon tennissen.'

'Jij loopt altijd tegen de bal op.'

'Ik snap nooit waar de bal zal terechtkomen,' gaf Shaista wat wazig ten antwoord. 'Maar voor ik naar huis ga, moet ik nog een paar echt goeie shorts in Londen laten maken. Of een tennispakje zoals die Amerikaanse kampioene Ruth Allen draagt. Dat vind ik geweldig flatteus. Misschien neem ik zowel het een als het ander.' Ze glimlachte reeds bij dit prettige vooruitzicht.

'Shaista denkt nooit over iets anders dan over kleren,' zei Julia vol minachting, toen de twee vriendinnen verder liepen. 'Zou je denken dat wij later ook zo worden?'

'Ik denk van wel, maar het lijkt me stomvervelend,' antwoordde Jennifer.

De meisjes betraden de sporthal, die nu door de politie officieel was vrijgegeven. Jennifer schroefde haar nieuwe racket zorgvuldig in de klem.

'Wat heb je met je oude gedaan?' informeerde Julia.

'O, dat heeft ze meegenomen.'

'Wie?'

'Die dame die het nieuwe is komen brengen. Ze had tante Gina op een cocktailparty gesproken en die had haar gevraagd mijn oude mee te nemen om het opnieuw te laten bespannen.'

'O, zit dat zo...' Maar er verscheen toch een rimpeltje op Julia's voorhoofd.

'Wat wou Bully van je?' informeerde Jennifer.

'Bully? Alleen maar mammie's adres. Maar dat weet niemand, omdat ze per autobus reist. Ergens in Turkije. Zeg, Jennifer... luister eens. Jouw racket hoefde toch niet opnieuw te worden bespannen?'

'O jawel, Julia. Het was toch net een mattenklopper?'

'Ja, maar dit was oorspronkelijk míjn racket. We hadden toch geruild met elkaar! Het mijne moest hoognodig nieuwe snaren hebben. Het jouwe was net bespannen voordat jullie op reis zijn gegaan!'

'Da's waar ook!' Jennifer keek nu een beetje verschrikt. 'Och, weet je, ik denk dat die dame – dom, dat ik haar naam niet gevraagd heb, maar ik was zo helemaal in de wolken – direct gezien heeft dat het oude racket nodig nieuwe snaren moest hebben.'

'Nee, jij zei dat zíj zei dat je tante Gina dat gezegd had. En dat kán niet, want jouw racket was nog betrekkelijk kort geleden gedaan!'

'O, nou ja!' Jennifer werd wat ongeduldig. 'Ik denk, ik veronderstel...'

'Wat veronderstel je?'

'Misschien dacht tante Gina dat als ik een nieuw racket nodig had, het oude wel opnieuw moest worden bespannen. Maar wat doet 't er eigenlijk toe?'

'Nee, het doet er niet veel toe,' gaf Julia langzaam te kennen, 'maar toch vind ik het een beetje vreemd, Jennifer... Het doet me denken aan dat verhaal van Aladdin en de wonderlamp. Daarbij was ook sprake van het ruilen van nieuwe lampen tegen oude, weet je wel?'

Jennifer grinnikte. 'Ja, stel je eens voor dat ik op mijn oude racket kon wrijven en dat er dan zomaar een geest te voorschijn kwam. Als jij een lamp opwreef en er verscheen een geest, wat zou jij hem dan vragen, Julia?'

'O, massa's!' juichte Julia uitgelaten. 'Een eigen tv en een herdershond... of misschien wel een Deense dog... en honderdduizend pond, en een avondjurk van zwart satijn en nog veel meer... En jij?'

'Ik zou het werkelijk niet weten,' verzuchtte Jennifer. 'Nu ik dit fijne nieuwe racket heb, heb ik eigenlijk niets meer nodig.'

Een ramp

Het derde weekend na het begin van de cursus verliep als gewoonlijk. Het was de eerste keer dat de ouders hun dochter mee uit mochten nemen. Als gevolg hiervan was Meadowbank vrijwel verlaten.

Op deze zondag zouden er in totaal maar twintig meisjes het middagmaal op school gebruiken. Enkele leden van het docentenkorps waren ook met verlof en zouden zondagavond laat, of maandagochtend vroeg pas terugkomen. Voor deze speciale gelegenheid was zelfs miss Bulstrode van plan het weekend weg te gaan, wat ze anders nooit deed. Maar er was een heel bijzondere reden voor. Ze zou bij de hertogin van Welsham op Welsington Abbey gaan logeren. De hertogin had haar nadrukkelijk uitgenodigd en erbij verteld dat Henry Banks ook zou komen.

Henry Banks was de voorzitter van het schoolbestuur, een belangrijke industrieel die oorspronkelijk ook steun had verleend bij de oprichting. Daardoor had de uitnodiging iets weg van een bevel. Niet dat miss Bulstrode zich liet commanderen als ze er geen zin in had. Maar het paste haar nu goed en ze nam de uitnodiging graag aan.

Hertoginnen lieten haar niet onverschillig en deze had veel invloed. Ook waren de dochters van de invloedrijke hertogin van Welsham op Meadowbank geweest. In het bijzonder ook zou het prettig zijn met Henry Banks haar toekomstplannen voor de school te bespreken en haar eigen lezing te geven van de tragische gebeurtenis van de afgelopen dagen.

Gezien de invloedrijke connecties van Meadowbank was er in de kranten weinig ophef over de moord op miss Springer gemaakt. Het was een droevige gebeurtenis geworden in plaats van een geheimzinnige moord. De indruk werd gewekt – al werd het niet ronduit gezegd – dat een paar jeugdige dieven in de sporthal hadden ingebroken en dat de dood van miss Springer eerder een ongeluk dan opzet was. Vaag werd vermeld dat enkele jongelieden op het politiebureau waren ontboden om de 'politie te helpen'.

Miss Bulstrode wilde graag eventuele onplezierige indrukken die deze twee invloedrijke beschermers van de school mochten hebben gekregen, tijdens haar bezoek verzachten. Ze wist dat zij de terloops door haar gegeven wenk over haar op handen zijnde pensioen wilden bespreken. De hertogin en Henry Banks wilden haar allebei overhalen aan te blijven. Nu was de tijd rijp om de eigenschappen van Eleanor Vansittart naar voren te brengen, vond miss Bulstrode; ze zou erop wijzen dat haar eventuele opvolgster bijzonder geschikt was om de tradities op Meadowbank te blijven hoog houden.

Op zaterdagochtend was miss Bulstrode juist bezig haar correspondentie af te doen met Ann Shapland, toen de telefoon ging. Ann luisterde. 'Hier is emir Ibrahim, miss Bulstrode. Hij is in het Claridge aangekomen en zou Shaista morgen graag mee uit nemen.'

Miss Bulstrode nam het gesprek over en sprak even met de adjudant van de emir. Shaista zou zondagochtend om halftwaalf klaarstaan. Ze moest 's avonds om acht uur weer op het internaat terug zijn.

Toen ze de hoorn had neergelegd zei ze: 'Die oosterlingen moesten je iets eerder waarschuwen, want nu heeft Shaista al afgesproken dat zij morgen met Giselle d'Aubray zou meegaan. Dat moet nu weer ongedaan worden gemaakt. Zijn we door onze brieven heen?'

'Ja, miss Bulstrode.'

'Goed, dan ga ik met een gerust geweten weg. Tik ze uit en breng ze naar de post, dan ben jij ook verder vrij voor het weekend. Ik heb je niet eerder nodig dan maandag tegen lunchtijd.'

'Heel graag, miss Bulstrode.'

'Veel genoegen, meisje.'

'Dat zal best gaan,' antwoordde Ann.

'Een vriend?'

'Och... ja.' Ann kreeg een kleur. 'Maar niet serieus, weet u.'

'O, maar als je wilt trouwen, moet je het niet te lang uitstellen.'

'Dit is al een oude vriend van me. Niets opwindends.'

'Opwinding,' waarschuwde miss Bulstrode, 'vormt heus niet altijd een goede basis voor een huwelijksleven. Vraag of miss Chadwick even bij me komt, wil je?'

Bedrijvig trad miss Chadwick binnen.

'Emir Ibrahim, de oom van Shaista, neemt haar morgen mee. Als hij zelf mocht komen, zeg hem dan maar dat ze behoorlijke vorderingen maakt.'

'Heel veel verstand heeft ze anders niet,' luidde miss Chadwicks oordeel.

'Ze is geestelijk nog niet volgroeid,' stemde miss Bulstrode in. 'Maar in sommige opzichten is ze merkwaardig rijp van geest. Soms, wanneer je met haar praat, lijkt ze wel een vrouw van vijfentwintig. Dat komt vermoedelijk door het verwende leventje dat ze geleid heeft. Parijs, Teheran, Cairo, Istanbul en de rest. Bij ons zijn we geneigd de meisjes te lang kinderlijk te houden. We vinden dat een verdienste voor het meisje, maar het kan ook een handicap in 't leven betekenen.'

'Ik weet niet of ik dat wel helemaal met je eens ben,' antwoordde miss Chadwick. 'Ik ga Shaista nu vertellen dat haar oom gebeld heeft om haar mee uit te nemen. Ga jij maar rustig weg en maak je nergens bezorgd over.'

'O, dat doe ik ook niet,' verzekerde miss Bulstrode. 'Het is ook een goede gelegenheid om Eleanor Vansittart de leiding over te laten nemen en eens te zien hoe ze het klaarspeelt. Met jou en haar aan het hoofd kan er niets misgaan.'

'Dat hoop ik. Nu ga ik eens kijken waar ik Shaista kan vinden.'

Shaista keek verwonderd op, maar vond het duidelijk niet

prettig te horen dat haar oom in Londen was gekomen. 'Wil hij me morgen mee uit nemen? Maar miss Chadwick, er was al afgesproken dat ik met Giselle d'Aubray en haar moeder zou meegaan.'

'Het spijt me, maar dat zal dan een andere keer moeten gebeuren.'

'Ik ga veel en veel liever met Giselle mee,' zei Shaista knorrig. 'Mijn oom is altijd zo vervelend, die eet en gromt maar, en het is zo saai.'

'Zo mag je niet praten. Dat is ongemanierd,' vermaande miss Chadwick. 'Je oom is maar een weekje in het land, heb ik gehoord, en het spreekt vanzelf dat hij je dan bij zich verwacht.'

'Misschien heeft hij wel een regeling voor een ander huwelijk voor me getroffen,' opperde Shaista, terwijl haar gezichtje opklaarde. 'Dat zou ik leuk vinden.'

'Als dat zo is, zal hij het je zonder twijfel vertellen. Maar je bent nog veel te jong om te trouwen. Je moet ook je opvoeding eerst afmaken.'

'Opvoeding is ontzettend saai,' zei Shaista.

De zondagmorgen liet zich stralend aanzien. Ann Shapland was 's zaterdags vrij kort na miss Bulstrode vertrokken. De dames Johnson, Rich en Blake verdwenen op zondagochtend.

De dames Vansittart, Chadwick, Rowan en Blanche waren op het internaat achtergebleven. 'Ik hoop maar dat de meisjes niet te veel kletsen over die ongelukkige miss Springer,' zei miss Chadwick.

'Laten we hopen dat de hele zaak spoedig in het vergeetboek raakt,' zei miss Vansittart. 'Als de ouders tegenover *mij* erover mochten beginnen, zal ik ze wel afschepen. Het beste zal zijn daarbij een vaste lijn te volgen.'

Onder begeleiding van miss Vansittart en miss Chadwick wandelden de meisjes om 10 uur naar de kerk. Vier katholieke meisjes gingen, geëscorteerd door mademoiselle Blanche, naar de mis. Daarna, zo tegen halftwaalf, reden langzamerhand de wagens voor. Elegant, waardig en gedistingeerd stond miss Vansittart in de hal. Ze begroette de moeders met een innemende glimlach, liet hun kinderen komen en wist ongewenste belangstelling voor het drama zeer handig af te leiden.

'Verschrikkelijk,' zei ze, 'maar u begrijpt, hier praten we er niet over. Al die jonge kinderen die nog zo'n voor indrukken vatbare geest hebben – die behoren zich daarmee niet in te laten.'

Chaddy stond naast miss Vansittart en begroette oude bekenden onder de ouders, besprak vakantieplannen en sprak lovend over de diverse dochters.

Julia stond met Jennifer voor een van de klaslokalen het komen en gaan aan te zien en zei: 'Ik vind echt dat tante Isabel mij ook weleens had mogen halen.'

'Mammie neemt me het volgende weekend mee,' vertelde Jennifer. 'Deze keer krijgt papa een paar belangrijke relaties op bezoek, daardoor kon ze niet komen.'

'Kijk, daar gaat Shaista helemaal opgetuigd naar Londen!' riep Julia uit. 'Oei! Moet je die hoge hakken zien. Ik wed dat Johnson dat niet goed zou vinden.'

Een chauffeur in livrei deed het portier van een grote Cadillac voor haar open. Shaista stapte in en weg reed ze.

'Als je wilt, kun je volgende week met mij mee,' bood Jennifer aan. 'Ik heb mammie geschreven dat ik graag een vriendin wou meenemen.'

'O, dolgraag!' zei Julia. 'Moet je zien hoe Vansittart haar best doet.'

'Ze doet het behoorlijk minzaam, vind je ook niet?' vroeg Jennifer.

'Jawel, maar toch moet ik erom lachen,' zei Julia. 'Ze imiteert miss Bulstrode zo opvallend. Ze doet het goed, maar toch lijkt het of ze een rol speelt.'

'Daar heb je de moeder van Pam,' wees Jennifer. 'Ze heeft alle broertjes bij zich. Hoe ze allemaal in die Morris Minor kunnen, snap ik niet.'

'Ze gaan een picknick houden,' zei Julia. 'Kijk maar naar al die manden.'

'Wat ga jij vanmiddag doen?' vroeg Jennifer. 'Ik vind niet dat ik mammie deze week hoef te schrijven als ik haar volgende week toch zie.'

'Je bent een slechte briefschrijfster, Jennifer.'

'Ik heb nooit iets te vertellen.'

'Ik wel,' zei Julia. 'Er is altijd zoveel nieuws.' Wat spijtig voegde ze eraan toe: 'Maar ik heb nu niemand om een brief aan te schrijven.'

'En je moeder dan?'

'Ik heb je toch gezegd dat ze met een bus door Klein-Azië reist. Mensen in zo'n bus kun je niet schrijven. Niet aldoor, tenminste.'

'Waar stuur je je brieven heen, als je schrijft?'

'O, consulaten hier en daar. Ze heeft me een lijstje gegeven voor ze vertrok. Eerst naar Istanbul, daarna Ankara en nog zo'n gekke naam.' Ze keek peinzend.

'Waarom zou Bully zo dringend mammie hebben willen spreken? Ze leek helemaal van streek toen ik haar vertelde waar mammie heen was.'

'Niet over jou,' zei Jennifer. 'Je hebt toch niets misdaan, is 't wel?'

'Niet dat ik weet,' antwoordde Julia. 'Misschien wilde ze haar alles over Springer vertellen.'

'Waarom zou ze?' vroeg Jennifer. 'Ik zou denken dat ze heel blij zou zijn dat er tenminste één moeder is die niets van Springer afweet.'

'Bedoel je dat moeders kunnen denken dat hun dochter ook vermoord kan worden?'

'Ik geloof niet dat mijn moeder zo dom zou zijn,' zei Jennifer, 'maar ze was er wel erg door van streek.'

'Als je het mij vraagt, dan denk ik dat ze ons veel over de zaak met Springer niet verteld hebben,' zei Julia peinzend.

'Wat niet, bijvoorbeeld?'

'Nou, er gebeuren zulke vreemde dingen. Zoals met dat nieuwe racket van je.'

'O jee, dat heb ik je nog niet verteld!' zei Jennifer opeens. 'Ik had tante Gina een briefje geschreven om haar te bedanken voor het mooie racket. En vanochtend kreeg ik haar antwoord, waarin ze zei dat ze erg blij was dat ik een nieuw tennisracket had gekregen, maar dat zij 't me helemaal niet had gestuurd!'

'Zie je wel!' riep Julia triomfantelijk uit. 'Zei ik je niet dat er met dat racket iets niet in de haak was? En er is toch laatst ook al bij jullie ingebroken?'

'Ja, maar ze hebben niets meegenomen.'

'Dat is juist het gekke. Ik denk dat er hier binnenkort wéér een moord gebeurt,' zei Julia.

'Ajakkes, hoe kom je daar nu bij!' griezelde Jennifer.

'Och, dat lees je altijd in boeken. Meestal volgt er een tweede moord. Daarom, Jennifer, nu dit met jouw nieuwe racket gebeurd is, moet je heel erg oppasssen dat jíj 't niet bent, die vermoord wordt, vind ik.'

'Ik?' vroeg Jennifer verwonderd. 'Waarom zouden ze mij willen vermoorden?'

'Omdat ik geloof dat jij op de een of andere manier bij al die gekke dingen betrokken bent.' Nadenkend liet Julia erop volgen: 'Volgende week moeten we het maar eens aan je moeder vragen. Misschien heeft iemand haar wel geheime stukken uit Ramat meegegeven.'

'Wat voor geheime stukken dan?'

'O, kind, hoe kan ik dat nou weten?' vroeg Julia. 'Misschien wel plannen of formules voor een nieuwe atoombom. Zulk soort dingen.'

Jennifer keek allesbehalve overtuigd.

Miss Vansittart en miss Chadwick zaten in de conversatiezaal toen miss Rowan binnenkwam. 'Waar zit Shaista?' vroeg ze. 'Ik kan haar nergens vinden. De auto van de emir staat voor. Ze komen haar halen.'

'Wát zeg je?' Chaddy keek hoogst verwonderd. 'Dat moet een vergissing zijn. Drie kwartier geleden is Shaista al in de auto van de emir weggereden. Ik heb haar zelf zien instappen en wegrijden. Ze is een van de eersten geweest die werd gehaald.'

Eleanor Vansittart haalde haar schouders eens op. 'Ik denk dat twee mensen allebei een auto hebben gestuurd, of zo,' zei ze en ging zelf naar buiten om met de chauffeur te praten.

'Er moet een vergissing gemaakt zijn,' zei ze. 'De jongedame is drie kwartier geleden al naar Londen vertrokken.'

De man keek hoogst verwonderd. 'Als u het zegt, zal er wel een fout zijn gemaakt, dame,' zei hij. 'Ik ben speciaal naar Meadowbank gestuurd om de jongedame op te halen. Onze firma is altijd heel accuraat. Maar ja, zo'n oosters gevolg is groot genoeg om twee mensen dezelfde opdrachten te laten geven aan twee verschillende garages. Dat zal hier dan ook wel zijn gebeurd.' Hij draaide zijn grote wagen zeer behendig en verdween.

Miss Vansittart keek eerst nog een beetje weifelend, maar besloot zich nergens ongerust over te maken en begon zich te verheugen op een rustige middag.

Na de lunch gingen de meisjes die thuisgebleven waren een brief schrijven of een partijtje tennissen. Ook van het zwembad werd druk gebruik gemaakt. Miss Vansittart nam pen en schrijfpapier en ging in de schaduw van de grote ceder zitten. Toen de telefoon ging om halfvijf was het miss Chadwick die ging luisteren.

'Met het internaat Meadowbank?' Het was de beschaafde stem van een jonge Engelsman. 'Kan ik miss Bulstrode even spreken?'

'Miss Bulstrode is vandaag niet aanwezig. U spreekt met miss Chadwick.'

'O, het gaat over een van uw leerlingen. Ik bel u op namens emir Ibrahim in hotel Claridge.'

'O ja, u bedoelt Shaista?'

'Juist. De emir vindt het bijzonder onaangenaam dat hij geen enkel bericht heeft gekregen.'

'Geen bericht? Wat voor bericht bedoelt u?'

'Nu, dat Shaista niet kon komen vandaag.'

'Wát zegt u? Bedoelt u dat ze helemaal niet is aangekomen?'

'Nee, ze is niet gekomen. Is ze dan wél van Meadowbank vertrokken?'

'Jazeker. Omstreeks halftwaalf is ze per auto afgehaald.'

'Dat is heel merkwaardig, omdat ze hier niet is gearriveerd... Ik zal even de garage bellen die voor de auto's van de emir zorg draagt.'

'O hemel, ik hoop maar dat er geen ongeluk is gebeurd!' riep miss Chadwick uit.

'Och, laten we nu niet dadelijk het ergste veronderstellen,' antwoordde het jongmens opgewekt. 'U zou vrijwel zeker wat gehoord hebben als er sprake was geweest van een ongeluk. Anders wij wel. Ik zou mij maar niet ongerust maken als ik u was.'

Maar miss Chadwick maakte zich wel degelijk ongerust. 'Ik vind het uitermate vreemd,' verklaarde ze.

'Misschien...' De jongeman aarzelde.

'Ja?' vroeg miss Chadwick.

'Nou ja, zoiets zou ik niet dadelijk tegen de emir willen zeggen, maar het blijft onder ons... Heeft ze misschien een vriendje in de buurt dat u weet?'

'Geen kwestie van!' verklaarde miss Chadwick op waardige toon.

'Nee, nee, ik dacht ook van niet, hoor, maar je kunt nooit weten bij meisjes. U zou versteld staan als ik u vertelde wat ik daarmee al beleefd heb.'

'Ik kan u verzekeren dat zoiets absoluut onmogelijk is,' zei miss Chadwick waardig.

Maar was het onmogelijk? Kende je die meisjes ooit goed genoeg?

Toen miss Chadwick het gesprek beëindigd had, ging ze met grote tegenzin op zoek naar miss Vansittart. Niet dat die enig licht op de zaak zou kunnen werpen, maar ze voelde behoefte aan overleg. Miss Vansittart vroeg dadelijk: 'Die tweede auto?'

Ze keken elkaar aan. 'Vind je,' vroeg Chaddy langzaam, 'dat we de politie hiervan in kennis moeten stellen?'

'Nee, geen politie,' riep miss Vansittart verschrikt uit.

'Ze had het erover, moet je weten, dat men weleens een poging zou kunnen doen haar te ontvoeren,' vervolgde Chaddy.

'Haar ontvoeren? Onzin!' zei miss Vansittart. 'Miss Bulstrode heeft mij de leiding toevertrouwd en ik vind het niet goed de politie hier weer over de vloer te hebben.'

Miss Chadwick zag haar aan zonder enige sympathie. Ze vond miss Vansittart dom en kortzichtig. Ze ging naar binnen en vroeg een gesprek aan met het huis van de hertogin van Welsham. Ongelukkig genoeg was daar iedereen uit.

Chaddy ligt wakker

Miss Chadwick kon geen rust vinden. Ze lag maar te woelen in haar bed en kon de slaap niet vatten.

Toen Shaista om acht uur nog niet thuis was en er geen enkel bericht over haar was binnengekomen, had miss Chadwick de zaak in eigen hand genomen en inspecteur Kelsey opgebeld. Ze vond het een opluchting dat hij het geval niet al te ernstig opvatte. Ze kon gerust alles aan hem overlaten, had hij gezegd. Het zou eenvoudig zijn na te gaan of er een ongeluk gebeurd was. Daarna zou hij zich met Londen in verbinding stellen. Al het nodige zou gedaan worden. Misschien was het meisje wel aan het spijbelen. Hij had ook nog de raad gegeven op school eenvoudig te zeggen dat Shaista bij haar oom in het Claridge Hotel bleef logeren.

'Het allerlaatste wat u en miss Bulstrode zouden wensen, is nog meer publiciteit,' verzekerde Kelsey. 'Het lijkt mij hoogst onwaarschijnlijk dat het meisje ontvoerd is. Tob er niet over, miss Chadwick, laat alles maar aan ons over.'

Maar miss Chadwick tobde wel. Ze lag wakker in bed en was zich allerlei gedachten in het hoofd gaan halen. Ontvoering, moord... Moord op Meadowbank! Hoe afschuwelijk. Wat ongelofelijk! *Meadowbank*.

Miss Chadwick hield van Meadowbank. Misschien hield zij er nog meer van dan miss Bulstrode, al was het op een andere manier. Het was zo'n riskante en dappere onderneming geweest. Ze was miss Bulstrode trouw in het avontuur gevolgd, maar was meer dan eens door paniek bevangen. Stel dat de hele opzet een mislukking zou worden. Want ze hadden over maar weinig kapitaal beschikt. Als ze niet slaagden, áls hun krediet werd opgezegd, o, er waren voor miss Chadwick zoveel 'als'en. Miss Bulstrode genoot van het avontuur, maar Chaddy niet. Soms had ze doodsbang gesmeekt om Meadowbank op conventioneler leest te schoeien. Dat zou veiliger zijn, was haar argument. Maar miss Bulstrode was niet in veiligheid geïnteresseerd. Ze had haar eigen visie hoe een school moest zijn, en die visie had ze uitgevoerd. En haar stoutmoedige plannen waren geslaagd. Wat had Chaddy zich opgelucht gevoeld, toen Meadowbank eenmaal een gevestigde reputatie had verworven als een prachtige, Engelse instelling. Toen had ze het pas echt en onbelemmerd haar liefde kunnen schenken. Twijfel, vrees en onzekerheid waren van haar afgevallen. Vrede en voorspoed waren gevolgd. Ze genoot van de voorspoed van Meadowbank en had als een poes kunnen spinnen.

Ze was erg van streek geweest toen miss Bulstrode voor het eerst over met pensioen gaan sprak. Nú ophouden – nu alles net zo goed liep? Onzin! Miss Bulstrode had het over reizen, over alles wat er in de wereld te zien was. Maar dat deed Chaddy niets. Niets, waar ook, kon half zo heerlijk zijn als Meadowbank. Het had haar geleken dat niets het succes van Meadowbank zou kunnen beïnvloeden. En nu was daar een moord gepleegd.

Wat een afschuwelijk woord... dat miss Chadwick alleen in verband kon brengen met de slechte buitenwereld, met misdadigers, jeugdige delinquenten of boosaardige dokters die hun vrouwen vergiftigden. Maar op een meisjesschool... en dan nog wel op Meadowbank... Het was niet te geloven!

Werkelijk, die miss Springer – die arme miss Springer, het was natuurlijk haar schuld niet – maar toch had miss Chadwick het onlogische gevoel dat het op een of andere wijze wel haar schuld was geweest. Ze kende de tradities van Meadowbank niet. Ze was een tactloze vrouw. Ze had vast moord uitgelokt, hoe dan ook. Miss Chadwick draaide zich om en zei: 'Ik moet er niet verder over nadenken. Misschien kan ik beter opstaan en een aspirientje nemen. En proberen tot vijftig te tellen...'

Maar voordat ze bij vijftig was tolden haar gedachten weer in haar hoofd rond. Ze tobde... Zouden de ouders dit – en misschien over de ontvoering – in de krant lezen? En dan zo gauw mogelijk hun dochters van school nemen?

O, genade, ze moest zich kalm zien te houden... proberen te gaan slapen. Hoe laat zou het al zijn? Zij draaide het licht aan en keek op haar horloge. Net kwart voor een. Precies zo laat als toen die ongelukkige miss Springer... Nee, daaraan wílde ze nu niet meer denken. Maar hoe dom van Springer ook, helemaal alleen te gaan kijken, zonder iemand anders wakker te maken.

'O, o...' zei miss Chadwick. 'Laat ik toch maar wat aspirine nemen.'

Ze stapte uit bed en liep naar haar wastafel. Ze nam twee aspirientjes met een slok water. Op weg naar bed terug trok ze even het overgordijn opzij en keek naar buiten. Ze deed dit meer voor haar eigen geruststelling dan om welke andere reden ook. Ze wilde het rustige gevoel hebben dat er midden in de nacht nooit meer licht zou branden in de sporthal...

Maar er brandde wel degelijk licht in de sporthal!

In een oogwenk kwam Chaddy in actie. Ze schoot een paar stevige schoenen aan, vervolgens een dikke mantel, pakte haar zaklantaarn, snelde de kamer uit en daarna de trap af. Ze had miss Springer er zojuist een verwijt van gemaakt dat ze helemaal geen hulp had gehaald voor ze op onderzoek was uitgegaan, maar nu dacht ze er geen ogenblik aan zelf assistentie te vragen. Haar enige verlangen was zo gauw mogelijk bij de sporthal te komen om te weten wie de indringer kon zijn.

Even bleef ze staan om iets te grijpen dat ze ter verdediging zou kunnen gebruiken, al was het niet zo'n nuttig wapen. Het volgende moment was ze de zijdeur reeds uit en liep ze over het tuinpad dat tussen de rododendronstruiken door voerde.

Ze raakte nu buiten adem, maar was vastberaden. Pas toen ze eindelijk de deur naderde, vertraagde ze haar tred en ging zacht en behoedzaam voort. De deur stond op een kier. Ze duwde hem verder open en keek naar binnen...

Omstreeks de tijd dat miss Chadwick was opgestaan om wat aspirine te slikken, zat Ann Shapland, snoezig gekleed in een zwarte avondjurk, aan een tafeltje in 'Le Nid Sauvage'. Ze genoot van een heerlijk diner en keek glimlachend naar de jongeman tegenover haar. Die goeie Denis, dacht Ann, altijd precies dezelfde. Dat zou ik onmogelijk uithouden, wanneer ik met hem getrouwd was.

Maar ze zei: 'O, Denis, wat vind ik dit een zalige afwisseling!'

'Hoe bevalt je nieuwe baan?' informeerde Denis.

'Nou, eerlijk gezegd heel best.'

'Het lijkt me anders niets voor jou.'

Ann moest lachen. 'Ik zou niet precies weten te zeggen wat wél iets voor mij zou zijn. Ik houd alleen maar van afwisseling, Denis.'

'Ik heb tenminste nooit begrepen waarom je je baantje bij de oude Sir Mervyn Todhunter eraan hebt gegeven.'

'Nu, in de eerste plaats om de man zelf. De attenties die hij me bewees, begonnen zijn vrouw te ergeren. En het is nu eenmaal mijn stelregel getrouwde vrouwen nooit reden tot ergernis te geven. Ze kunnen je een boel kwaad doen, weet je?'

'Jaloerse kattenkoppen,' zei Denis.

'O, nee. Ik schaar me aan de kant van de vrouwen. Ik was tenminste meer op Lady Todhunter gesteld dan op Sir Mervyn. Waarom verwonder je je zo over m'n tegenwoordige baan?'

'Och, een school! Jij hebt nu eenmaal niets van een schooljuffrouw, vind ik.'

'Ik zou het ook afschuwelijk vinden les te moeten geven, en opgesloten te zitten met niets dan vrouwen, maar het werk van secretaresse op zo'n internaat als Meadowbank is wel aardig. Zo is er geen tweede, en ook miss Bulstrode is werkelijk uniek. Ze is een zeer bijzondere persoonlijkheid, wil je dat wel geloven? Haar staalgrijze ogen kijken dwars door je heen. En ze haalt uit je wat erin zit, je doet vanzelf voortdurend je uiterste best. Ik zou niet graag een fout maken in een brief die zij me heeft gedicteerd. Ze is werkelijk een heel bijzonder iemand.'

'Ik wou dat je zo langzamerhand eens genoeg kreeg van al die baantjes,' zei Denis. 'Het wordt heus tijd, Ann, dat je eindelijk eens tot rust komt.'

'Dat vind ik lief van je, Denis,' antwoordde Ann luchtig.

'We zouden het samen best hebben, weet je,' ging Denis voort.

'Dat geloof ik graag,' antwoordde Ann, 'maar zover ben ik nog niet. Ik heb ook mijn moeder nog altijd.'

'Ja... ik was juist van plan daarover eens met je te praten.'

'Over mijn moeder? Wat wou je daarover dan zeggen?'

'Wel, Ann, je weet dat ik de grootste bewondering voor je heb. Hoe interessant je werkkring ook is, je gooit die erbij neer zodra ze je hulp nodig heeft.'

'Och, dat moet ik wel, zo nu en dan, wanneer ze een ernstige aanval krijgt.'

'Dat weet ik. Zoals ik al zei, ik vind dat reusachtig van je. Maar niettemin, er bestaan tegenwoordig inrichtingen die uitstekend zijn... waar patiënten zoals je moeder goed verzorgd worden, op alle manieren. Geen echte gekkenhuizen.'

'Maar waarvoor je je blauw betaalt.'

'Nee nee, dat hoeft niet. De gezondheidszorg heeft ook daarvoor gezorgd.'

Nu kreeg Anns stem een bittere klank. 'Zeker, ik geloof ook dat het er op een kwade dag van zal moeten komen. Maar voorlopig heb ik een lief oud mensje dat bij moeder inwoont die het in normale omstandigheden heel goed aan kan. Meestal valt er met moeder best te praten... En is dat niet zo, nu, dan kom ik thuis een handje helpen.'

'Ze is... Is ze nooit...'

'Wou je zeggen gevaarlijk, Denis? Je hebt wel rare ideeën. Nee, mijn lieve moeder is nooit gevaarlijk. Ze raakt alleen maar de kluts kwijt. Ze weet niet meer waar ze is en wie ze is, gaat ontzettend verre wandelingen maken of per trein of bus ergens heen... nou, dat is allemaal erg lastig, dat begrijp je wel. Soms kun je dat in je eentje niet aan. Maar ze voelt zich geen ogenblik ongelukkig, ook niet als ze in de war is. Soms ziet ze er zelfs de humor van in. Ik herinner me dat ze eens gezegd heeft: "Ann, het is toch werkelijk gênant! Ik wist dat ik naar Tibet wilde, maar toen ik in dat hotel in Dover zat, had ik geen idee hoe ik er komen moest. Toen dacht ik, waarom wou ik eigenlijk naar Tibet? Toen leek het me beter maar naar huis terug te gaan, maar ik kon me niet herinneren hoe lang geleden ik van huis was weggegaan. Wat is dat hinderlijk, lieve kind, wanneer je zo vergeetachtig wordt." Moeder sprak er werkelijk grappig over.'

'Ik heb haar eigenlijk nog nooit ontmoet,' zei Denis.

'Ze komt ook met weinig mensen in aanraking,' antwoordde Ann. 'Ik moedig het ook niet aan. Dat beschermt haar tegen... ja, tegen nieuwsgierigheid en medelijden van anderen.'

'Het is heus geen nieuwsgierigheid, Ann.'

'O, van jou denk ik dat ook niet. Maar ik wens ook geen medelijden.'

'Ik begrijp wat je bedoelt.'

'Maar als je denkt dat ik het erg vind van tijd tot tijd een baantje op te geven en dan thuis te blijven, vergis je je,' verzekerde Ann. 'Het is nooit mijn bedoeling geweest ergens vast te roesten. Zelfs niet in mijn eerste baan na mijn secretaresseopleiding. Hoofdzaak is, vind ik, dat je je werk goed doet. Dan kun je kieskeurig zijn bij je keuze. Dan zie je weer eens heel andere kanten van het leven. Op het ogenblik interesseert me zo'n eersteklas internaat voor meisjes. Het beste van het land leer ik op deze manier goed kennen. Ik blijf er, denk ik, anderhalf jaar.'

'Je laat je nooit ergens door inpalmen, hè, Ann?'

'Nee,' zei Ann bedachtzaam, 'daarvoor blijf ik te veel toeschouwster... zoiets als een radiocommentator.'

'Je bent zo zelfstandig,' zei Denis somber. 'Je schenkt aan niets en niemand je hart.'

'Toch geloof ik dat dat eens wel zal gebeuren,' sprak Ann bemoedigend.

'Ik begrijp zo'n beetje hoe je gedachten en gevoelens zijn.'

'Ik betwijfel het,' zei Ann.

'Hoe het zij, ik geloof nooit dat je het er een jaar uithoudt. Je krijgt al veel eerder genoeg van al die vrouwen,' beweerde Denis.

'We hebben anders ook nog een heel knappe jonge tuinman,' zei Ann. Zij moest lachen toen ze zag wat voor gezicht Denis trok. 'Wees maar niet bang, ik probeer alleen maar je jaloers te maken.'

'Wat is dat voor een geschiedenis dat een van de leraressen is doodgeschoten?'

'O, dat geval.' Ann keek nu ernstig en nadenkend. 'Dat is vreemd, Denis. Werkelijk heel vreemd. Het was de sportlerares. Je kent dat type wel. Maar ik geloof dat er veel meer achter zit dan tot nu toe aan het licht gekomen is.'

'Nu, pas maar goed op dat je niet betrokken raakt bij iets minder prettigs.'

'Dat kun je gemakkelijk zeggen. Ik heb nooit de kans gehad mijn speurderstalent te tonen. Ik geloof dat ik er best aanleg voor heb.'

'Nee, Ann!'

'Lieverd, ik ga echt niet achter gevaarlijke misdadigers aan. Ik wil alleen enkele logische gevolgtrekkingen maken. *Waarom, wie en waarvoor?* Snap je? Ik ben al iets te weten gekomen dat ik tamelijk belangwekkend vind.'

'Ann, wees voorzichtig!'

'Kijk niet zo vreselijk ongerust. Het klopt alleen niet,' vervolgde Ann peinzend. 'Tot een zeker punt past alles goed in elkaar. Daarna ineens niet meer.' Opgewekt liet ze erop volgen: 'Misschien wordt er nog wel een tweede moord gepleegd en dat brengt dan meestal de oplossing.'

Ze zei dat juist op hetzelfde ogenblik dat miss Chadwick de deur van de sporthal openduwde.

Het tweede slachtoffer

'Kom mee,' zei inspecteur Kelsey, die met een verbeten gezicht de kamer binnentrad. 'Nu hebben we een tweede!'

'Een tweede wat?' vroeg Adam, snel opkijkend.

'Een tweede moord,' zei Kelsey. Hij verliet het eerst het vertrek. Adam kwam achter hem aan. Ze hadden in diens kamer bier zitten drinken en allerlei mogelijkheden besproken, toen Kelsey aan de telefoon was geroepen.

'Wie is het?' wilde Adam dadelijk weten, toen hij achter de inspecteur de trap afliep.

'Weer een lerares... miss Vansittart.'

'Waar?'

'In de sporthal.'

'Alwéér de sporthal? Wat is daar toch mee, met die sporthal?' vroeg Adam.

'Het lijkt me het beste als jij deze keer daar eens achteraan gaat,' zei Kelsey. 'Jouw methode van onderzoek levert misschien meer succes op dan de onze heeft gedaan. Er moet natuurlijk íets aan de hand zijn met die sporthal, anders krijg je daar niet twee doden achter elkaar!'

Hij en Adam stapten in zijn auto. 'Ik denk dat de dokter er al is. Hij woont dichterbij.' Toen hij de helder verlichte sporthal binnenging, was het alsof hij dezelfde nachtmerrie opnieuw beleefde. Weer lag daar een vrouwelijke gestalte op de grond, waarnaast de politiedokter was neergeknield. Bij zijn nadering stond laatstgenoemde op en sprak: 'Ongeveer een halfuur geleden gedood. Hoogstens veertig minuten.'

'Wie heeft haar gevonden?' vroeg Kelsey.

Een van de agenten antwoordde: 'Miss Chadwick.'

'Dat is die oude, nietwaar?'

'Ja. Zij zag hier licht, ging kijken en vond haar toen dood op de grond liggen. Ze is wankelend naar huis teruggelopen en heeft het daar min of meer op haar zenuwen gekregen. Het hoofd van de huishouding, miss Johnson, heeft daarna de politie gebeld.'

'Juist,' zei Kelsey. 'Hoe is ze gedood? Weer neergeschoten?'

De politiedokter schudde het hoofd. 'Nee. Een slag op het achterhoofd ditmaal. Het moet een ploertendoder of een zandzak zijn geweest. Iets van dien aard.'

Een golfclub met stalen onderkant lag bij de deur. Dit was het enige voorwerp dat hier niet op zijn plaats kon zijn. Kelsey wees ernaar en vroeg: 'Kan ze daarmee zijn neergeslagen?'

'Onmogelijk,' gaf de dokter ten antwoord. 'Er is geen letsel te zien. Het moet een met rubber bekleed voorwerp of een zandzak of iets dergelijks geweest zijn.'

'Iets voor een vakman?'

'Vermoedelijk wel. Wie het ook geweest is, hij wenste dit keer volstrekt onhoorbaar te werken. Is achter haar aan komen lopen en heeft haar een flinke klap op het achterhoofd gegeven. Ze is voorovergevallen en heeft waarschijnlijk niet eens geweten wat haar overkwam.'

'Wat deed ze hier?'

'Ze heeft waarschijnlijk op haar knieën voor dit kastje gezeten.'

De inspecteur liep naar het kastje en bekeek het. 'Ik denk dat hier de naam van het meisje staat aan wie het toebehoort. Shaista... laat eens kijken, dat is die Egyptische, geloof ik. Hare Hoogheid Prinses Shaista.' Daarna wendde hij zich tot Adam. 'Dat past wel in elkaar, vind je niet? Dat is datzelfde meisje dat vanavond als vermist is opgegeven?'

'Zo is het, inspecteur,' zei de brigadier. 'Ze is afgehaald met een auto waarvan men aangenomen heeft dat die gestuurd was door haar oom, die in het Claridge Hotel in Londen logeert. Ze is ingestapt en weggereden.'

'Nog geen rapport binnengekomen?'

'Nee, nog niet, inspecteur. De Yard is ook al ingeschakeld.'

'Dit is een eenvoudige manier om iemand te ontvoeren,' sprak Adam. 'Geen worsteling, geen geluid. Je hoeft alleen maar te weten dat het meisje een auto verwacht die haar zal komen ophalen. Dan zorg je ervoor eruit te zien als een keurige chauffeur en even eerder present te zijn dan de te verwachten auto. Het meisje stapt zonder enige argwaan in en je rijdt weg zonder dat het meisje er het minste besef van heeft wat er gebeurt.'

'Is er nergens een verlaten auto gevonden?' vroeg Kelsey.

'Daar hebben we niets over gehoord,' zei de brigadier. 'Maar, zoals ik al zei, de Yard werkt eraan; en de politieke veiligheidsdienst ook.'

'Er kan natuurlijk een of ander politiek complot achter zitten,' zei de inspecteur. 'Het lijkt me echter uitgesloten dat ze haar het land uit krijgen.'

De dokter vroeg: 'Waarom zouden ze haar eigenlijk hebben willen ontvoeren?'

'De hemel mag het weten,' zei Kelsey somber. 'Ze heeft me zelf verteld dat ze dacht dat er een poging zou worden gedaan haar te ontvoeren, maar ik moet tot mijn schande bekennen dat ik heb gedacht dat ze alleen maar interessant wou doen.'

'Dat dacht ik ook toen je het mij vertelde,' viel Adam hem bij.

'De moeilijkheid is dat we veel te weinig weten. We tasten veel te veel in 't duister.' Kelsey keek eens rond. 'Nu, voor mij valt hier verder niets meer te doen, ga maar door met het gewone werk... foto's, vingerafdrukken, enzovoort. Ik ga nu naar het hoofdgebouw.'

Daar werd hij ontvangen door miss Johnson. Ze was wel ontdaan, maar volkomen beheerst. 'Het is verschrikkelijk, inspecteur,' sprak ze. 'Twee leraressen achter elkaar. Die arme miss Chadwick is vreselijk van streek.'

'Ik zou haar graag zo spoedig mogelijk even willen spreken.'

'De dokter heeft haar wat gegeven en ze is nu al veel rustiger. Zal ik u even bij haar brengen?'

'Ja, zo dadelijk. Vertelt u mij eerst eens, hoe was miss Vansittart toen u haar voor het laatst hebt gezien?'

'Ik heb haar de hele dag niet gezien of gesproken,' antwoordde miss Johnson. 'Ik ben uit geweest, weet u, en pas tegen elf uur thuisgekomen, en toen rechtstreeks naar mijn kamer en naar bed gegaan.'

'U hebt niet meer toevallig het raam uitgekeken, naar de sporthal?'

'O nee, daar heb ik totaal niet aan gedacht. Ik was de hele dag bij mijn zuster geweest en ik had haar lange tijd niet gezien. Ik dacht alleen aan al het nieuws daar. Ik heb een bad genomen, ben naar bed gegaan en heb liggen lezen. Toen heb ik het licht uitgedraaid en ben gaan slapen. En opeens kwam miss Chadwick binnenstormen, zo wit als een doek; ze beefde over haar hele lichaam.'

'Is miss Vansittart ook uit geweest vandaag?'

'Nee, miss Bulstrode had aan haar de leiding overgedragen, omdat ze zelf uitging.'

'Wie waren hier nog meer, ik bedoel van de leraressen?'

Miss Johnson dacht even na. 'Miss Chadwick, miss Rowan en mademoiselle Blanche.'

'Ah, juist. Wilt u me nu even naar miss Chadwick brengen?'

Miss Chadwick zat in een leunstoel op haar kamer. Hoewel het warm weer was had ze de elektrische kachel aan en een plaid over haar knieën. Ze keerde haar lijkbleke gezicht naar de inspecteur toe. 'Ze is dood... Is ze werkelijk dood? Of bestaat er nog een kans dat ze bijkomt?'

Kelsey schudde langzaam het hoofd.

'Dit is meer dan afschuwelijk,' sprak miss Chadwick. 'Net nu miss Bulstrode weg is.' Ze barstte in tranen uit. 'Dit betekent de ondergang van de school,' zei ze. 'De ondergang van Meadowbank... Dit is te erg. Dit kan ik niet verdragen. Dit kan ik werkelijk niet verdragen.'

Kelsey ging naast haar zitten. 'Dat begrijp ik best,' sprak hij vol meegevoel. 'Het is een meer dan verschrikkelijke ontdekking voor u geweest. Maar u moet flink zijn, miss Chadwick, en mij eens alles vertellen wat u weet. Want hoe eerder we de dader kunnen pakken, des te minder last en ruchtbaarheid brengt het mee.'

'Ja ja, dat begrijp ik wel. Ziet u, ik was vroeg naar bed gegaan, omdat ik een lange nacht wilde maken. Maar ik kon niet in slaap komen. Ik lag maar te tobben.'

'Over de school?'

'Ja. En over de verdwijning van Shaista. En toen begon ik over miss Springer te denken en of haar dood van invloed zou zijn op de houding van de ouders... zodat ze hun dochters het volgende semester misschien niet meer zouden sturen. Dat vond ik allerellendigst voor miss Bulstrode. Ze heeft deze school gemaakt tot wat hij is. Dat is zo'n bijzondere prestatie geweest.'

'Dat is het. Maar gaat u door. U maakte zich zorgen en kon niet in slaap komen.'

'Nee, ten einde raad ben ik opgestaan om wat aspirientjes te nemen, maar toen ik weer naar bed wou gaan, trok ik toevallig het gordijn even opzij. Ik weet niet waarom. Ik denk doordat ik aan miss Springer had liggen denken. En toen zag ik... toen zag ik daar licht.'

'Wat voor licht was dat?'

'Een schijnsel dat zich heen en weer bewoog. Net als van een zaklantaarn, precies zoals ik dat de eerste keer ook met miss Johnson had gezien.'

'Precies hetzelfde?'

'Ja, ik geloof van wel. Misschien iets flauwer, maar dat zou ik toch niet zeker durven zeggen.'

'Juist. En toen?'

'En toen,' nu werd Chaddy's stem klankrijker, 'besloot ik dit keer te weten te komen wie daar 's nachts rondliep en wat ze daar deden. Dus heb ik vlug een mantel aangetrokken en een paar schoenen en toen ben ik naar buiten gehold.'

'U dacht er niet aan nog iemand anders te waarschuwen?'

'Nee, daaraan heb ik helemáál niet gedacht. Ik was veel te gehaast om nog op tijd bij de sporthal te komen. Anders waren ze misschien weg.'

'Juist. Ga door, miss Chadwick.'

'Ik heb zo hard ik kon gerend, maar vlak bij de deur gekomen ben ik op mijn tenen gaan lopen om voorzichtig en onopgemerkt naar binnen te kijken. De deur stond namelijk op een kier. Ik heb hem verder opengeduwd. En daar lag ze. Voorover op haar gezicht... dóód!'

Miss Chadwick trilde weer over al haar leden.

'Kalm nu maar, miss Chadwick. Maar à propos, er lag nog een golfclub bij de deur. Had u die meegenomen? Of miss Vansittart?'

'Een golfclub?' vroeg miss Chadwick. 'O ja, nu herinner ik het me. Ja, die had ik meegepakt, uit de hal... ik moest toch iets hebben ter zelfverdediging. Die heb ik zeker van schrik uit mijn handen laten vallen, toen ik Eleanor daar zag liggen. Toen ben ik, zo goed en zo kwaad als dat ging, naar huis teruggelopen en heb miss Johnson gewekt. O, dit kan ik werkelijk niet verdragen. Dit is te erg. Dit is het einde van Meadowbank...'

Miss Chadwicks stem sloeg over van de zenuwen. Nu kwam miss Johnson dichterbij. 'Twee moorden te ontdekken is ook te veel voor een mens,' sprak ze. 'U hoeft haar verder niets meer te vragen, is het wel?'

Inspecteur Kelsey schudde zijn hoofd.

Toen hij de trap afliep merkte hij in een zijkamertje een stapel zandzakken en emmers op, die zeker nog uit de oorlogsjaren dateerden. Er kwam een nare gedachte bij hem op. Het hoefde geen beroepsmisdadiger met een ploertendoder te zijn geweest. Iedereen in dit gebouw, ieder die ditmaal niet het geluid van een schot wilde riskeren en die hoogstwaarschijnlijk het verdachte vuurwapen na de vorige moord had doen verdwijnen, zou zich hier gemakkelijk hebben kunnen voorzien van een er onschuldig uitziend, maar net zo dodelijk wapen... en dit eventueel ook weer tijdig op zijn plaats hebben teruggebracht.

Het raadsel van de sporthal

'Mijn hoofd is bebloed, maar ongebogen,' citeerde Adam bij zichzelf. Hij keek daarbij naar miss Bulstrode. Nooit had hij meer bewondering voor een vrouw gevoeld dacht hij. Daar zat ze, kalm en onbewogen, op het moment dat haar levenswerk om haar heen instortte.

Van tijd tot tijd kwamen telefoontjes binnen, meldend dat weer een leerlinge naar huis terug moest komen. Miss Bulstrode had ten slotte haar besluit genomen. Zich tegenover de politieambtenaren verontschuldigend, had ze Ann Shapland laten komen en haar een korte verklaring gedicteerd. Het internaat werd tot aan het einde van het semester gesloten. Ouders wie het niet schikte dat hun dochter thuiskwam, konden hen zonder enig bezwaar onder haar hoede laten. Hun opleiding zou worden voortgezet.

'Je hebt de lijst met adressen en telefoonnummers?' vroeg ze.

'Ja, miss Bulstrode.'

'Begin dan met ze op te bellen. Zorg er daarna voor dat ieder een getypte mededeling ontvangt.'

'Ja, miss.' Toen Ann wegging draalde ze even bij de deur. Ze bloosde en de woorden kwamen als een stortvloed over haar lippen.

'Neemt u mij niet kwalijk, miss Bulstrode. Het zijn helemaal niet mijn zaken... maar is het niet jammer... niet wat voorbarig? Ik bedoel... na de eerste schrik komt men tot rustig nadenken... en dan zullen ze de meisjes toch zomaar niet naar huis halen? Dan bedenken ze zich wel.'

Geïnteresseerd zag miss Bulstrode haar aan. 'Je vindt dat ik te vlug capituleer?'

Ann kreeg een kleur. 'Ik weet... u zult het misschien brutaal vinden, maar ja, dat denk ik echt.'

'Je hebt een strijdersnatuur, kind, dat doet me plezier. Maar je vergist je in dit geval. Ik aanvaard geen nederlaag. Ik ga af op m'n mensenkennis. Dring er bij de ouders op aan dat ze hun kind terughalen, dwing hen ertoe... dan krijgen ze al dadelijk tegenzin. Dan bedenken ze argumenten om ze hier te laten. In het ergste geval besluiten ze hen het volgende semester toch maar weer te sturen... als er tenminste nog een volgend semester zal zijn,' voegde zij eraan toe.

Nu keek ze inspecteur Kelsey aan. 'Dat hangt helemaal van u af. Wanneer u deze moorden opheldert en degene oppakt die er aansprakelijk voor is, komt alles weer in orde.'

Kelsey keek ongelukkig en zei: 'Wij doen ons best.'

Ann Shapland verliet het vertrek. 'Bekwaam meisje,' zei miss Bulstrode. 'En trouw bovendien.' Dit zei ze slechts terloops. Direct zette zij haar aanval voort.

'Hebt u al enig idee wie twee van mijn leraressen in de sporthal van het leven kan hebben beroofd? Dat moest nu toch zo langzamerhand wel. En dan bovendien nog die ontvoering! Ik maak mezelf hierbij ook een ernstig verwijt. Het meisje heeft namelijk gezegd dat men haar wilde ontvoeren. Ik heb gedacht, God vergeve het me, dat ze alleen maar gewichtig wilde doen. Ik begrijp nu dat het de waarheid was. Iemand moet zich in die zin hebben uitgelaten of haar gewaarschuwd hebben.' Zij brak haar woorden af met de vraag: 'Hebt u nog iets nieuws te melden?'

'Nog niet. Maar ik geloof dat u zich over dat meisje niet bezorgd hoeft te maken. Scotland Yard heeft de zaak in handen. De politieke veiligheidsdienst is aan het werk gezet. Dan hebben ze het meisje binnen vierentwintig, hooguit zesendertig uur. Dat is het voordeel als je op een eiland zit. Alle havens en vliegvelden zijn gewaarschuwd. In elk district kijkt de politie goed uit. Het is vrij gemakkelijk om iemand te ontvoeren. Maar hem schuilhouden is veel moeilijker. Nee, dat meisje vinden we wel.'

'Maar dan levend, hoop ik,' voegde miss Bulstrode er ernstig aan toe. 'Alles wijst erop dat we met iemand te doen hebben die heel weinig om een mensenleven geeft.'

'Ze zouden de moeite niet hebben genomen haar te ontvoeren, wanneer zij haar uit de weg hadden willen ruimen,' gaf Adam als zijn mening te kennen. 'Dat hadden ze hier ook gemakkelijk kunnen doen.' Hij voelde dat zijn woorden ongelukkig gekozen waren. Miss Bulstrode keek hem eens aan.

'Daar ziet het wel naar uit,' merkte ze droogjes op.

De telefoon ging. Miss Bulstrode nam de hoorn op. 'Ja?'

Ze wenkte inspecteur Kelsey. 'Het is voor u.'

Adam en miss Bulstrode sloegen hem gade terwijl hij sprak. Hij gromde, krabbelde een paar woorden op een stukje papier, en zei toen: 'Juist. Alderton Priors. Dat ligt in Wallshire. Ja, we helpen natuurlijk. Ik werk er van mijn kant aan.'

Hij legde de hoorn neer en keek even peinzend voor zich uit. Toen sloeg hij zijn ogen op.

'Zijne Excellentie heeft vanochtend een schriftelijk verzoek om losgeld ontvangen. Getikt op een nieuwe Corona. Poststempel Portsmouth. Vast een afleidingsmanoeuvre.'

'Waar en hoe?' vroeg Adam.

'Een kruispunt twee mijl ten noorden van Alderton Priors. Verlaten heideveld. De envelop met geld moet onder een steen achter een meldpost van de Automobielclub worden gelegd, om twee uur morgenochtend.'

'Hoeveel?'

'Twintigduizend!' Hij schudde zijn hoofd. 'Het klinkt me amateuristisch in de oren.'

'Wat gaat u doen?' vroeg miss Bulstrode.

Inspecteur Kelsey keek haar aan. Hij leek een ander mens. Beroepsgeheim, daar ging het nu om.

'Het is mijn verantwoordelijkheid niet, miss ,' zei hij. 'We hebben zo onze methoden.'

'Ik hoop dat ze succes hebben,' zei miss Bulstrode.

'Het zou gemakkelijk moeten zijn,' zei Adam.

'Amateuristisch?' merkte miss Bulstrode op, bij wie dit woord was blijven hangen. 'Ik vraag me af...'

Toen zei ze scherp: 'En hoe moet het met mijn staf? Wat er dan van over is. Kan ik ze vertrouwen of niet?'

Toen inspecteur Kelsey aarzelde, zei ze: 'U bent bang om me te zeggen wie niet vrijuit gaat, omdat ik het dan met mijn optreden zou kunnen verraden. Maar u vergist zich. Dat zou ik niet doen.'

'Dat denk ik ook niet,' zei Kelsey. 'Maar ik mag geen risico's nemen. Op het eerste gezicht lijkt het niet alsof iemand van uw staf degene is die wij zoeken. Voor zover we hen tot nu toe hebben kunnen controleren. We hebben speciale aandacht geschonken aan de nieuwelingen van dit semester. Dat zijn mademoiselle Blanche, miss Springer en uw secretaresse, miss Shapland. Het verleden van miss Shapland blijkt precies te kloppen met haar beweringen. Zij is de dochter van een gepensioneerde generaal, zij heeft de betrekkingen bekleed die ze heeft opgesomd en haar voormalige werkgevers hebben zich zeer gunstig over haar uitgelaten. Bovendien heeft zij een waterdicht alibi. Op het tijdstip dat miss Vansittart van het leven is beroofd, zat zij namelijk in gezelschap van Mr. Denis Rathbone in een nachtclub waar zij beiden bekend zijn.

De antecedenten van mademoiselle Blanche laten niets te wensen over. Ook zij heeft prima getuigschriften van een school in Noord-Engeland en twee in Duitsland. Zij moet een bijzonder goede leerkracht zijn.'

'Niet naar de bij ons geldende maatstaven!' snoof miss Bulstrode.

'Haar Franse achtergrond is ook nagegaan. Wat miss Springer betreft luiden onze gegevens minder positief. Er blijven enkele onverklaarbare gapingen tussen haar werkzaamheden door. Maar zij is dood, zodat wij ons over haar eigenlijk niet druk hoeven te maken.'

'Ik ben het met u eens,' zei miss Bulstrode nuchter, 'dat miss Springer zowel als miss Vansittart als *hors de combat* zijn te beschouwen. Laten we verstandig praten. Wordt miss Blanche, ondanks haar onbesproken verleden, verdacht, alleen omdat zij in leven is?'

'Zij zou beide aanslagen hebben kunnen plegen. Ze was ook in de afgelopen nacht hier aanwezig. Wel zegt zij dat zij vroeg is gaan slapen en pas wakker is geworden toen er alarm is geslagen. Bewijs van het tegendeel is er niet. Maar miss Chadwick vindt haar wat achterbaks!'

Met een ongeduldig gebaar wees miss Bulstrode deze bewering van de hand. 'Miss Chadwick vindt dat van iedere Franse lerares. Ze heeft iets tegen ze.' Toen keek ze Adam aan. 'Wat denkt ú van haar?'

'Ik vind haar nieuwsgierig. Ze loopt graag rond te neuzen,' gaf Adam langzaam ten antwoord. 'Het kan allemaal interesse zijn. Het kan ook een bedenkelijker karakter dragen. Dat zou ik niet precies weten te zeggen. Ze maakt op mij niet de indruk dat ze in staat zou zijn een collega te doden... maar hoe kan men zoiets weten?'

'Dat is het juist,' viel Kelsey in. 'We hebben hier te maken met een moordenaar die reeds tweemaal heeft toegeslagen... maar het is haast niet aan te nemen dat het een lid van de staf zou zijn. Miss Johnson die gisteravond laat is thuisgekomen, is reeds zeven jaar bij u. Miss Chadwick is hier al van de oprichting af. In elk geval hebben die niets te maken met de dood van miss Springer. Miss Rich is ruim een jaar bij u en logeerde de afgelopen nacht veertig kilometer hiervandaan in hotel Alton Grange. Miss Blake is bij vrienden in huis geweest, in Littleport. Miss Rowan is al een jaar hier en heeft zeer goede antecedenten. Van het dienstpersoneel kan ik ook niemand voor de dader aanzien. Ze komen hier allen uit de naaste omgeving.'

Miss Bulstrode knikte hem glimlachend toe. 'Ik ben het helemaal met u eens. Alles lijkt er dus op te wijzen' – ze keerde zich tot Adam – 'dat ú de dader moet zijn!'

Stomverbaasd keek Adam haar aan.

'Ja,' vervolgde ze, 'ter plaatse aanwezig... geheel vrij in komen en gaan... plausibele lezing ter verklaring van uw aanwezigheid. Achtergrond prima... maar u zou best beide partijen kunnen bedriegen, weet u dát wel?'

Adam had zich nu hersteld. 'Werkelijk, miss Bulstrode,' sprak hij vol bewondering, 'ik neem mijn petje voor u af. U denkt werkelijk aan alles!'

'Grote hemel!' riep Mrs. Sutcliffe aan het ontbijt. 'Henry!'

Ze had juist de krant opengeslagen. Tussen haar en haar echtgenoot bevond zich de gehele breedte van de tafel. De logés waren nog niet beneden.

Mr. Sutcliffe die de beurspagina van zijn ochtendblad bestudeerde en door de onverwachte koersschommeling van bepaalde aandelen gepreoccupeerd was geraakt, gaf niet dadelijk antwoord.

'Henry!!'

Deze kreet trof zijn trommelvlies. Verschrikt keek hij op.

'Wat heb je, Joan?'

'Alweer een moord! Op Meadowbank. Op Jennifers school!'

'Wat zeg je? Geef op. Laat zien!' Zonder acht te slaan op de opmerking van zijn vrouw dat hij het bericht ook wel in zijn eigen krant kon vinden, boog Mr. Sutcliffe zich over de tafel en rukte haar de krant uit handen.

'Miss Eleanor Vansittart... Sporthal... zelfde plek waar miss Springer, de sportlerares... Hm, hm!'

'Niet te geloven!' jammerde Mrs. Sutcliffe. 'Meadowbank, zo'n eersteklas internaat... de koninklijke familie en zo...'

Mr. Sutcliffe wierp de krant op tafel. 'Er rest ons slechts één ding!' sprak hij. 'Je rijdt er onmiddellijk heen en haalt Jennifer naar huis!'

'Je bedoelt... voorgoed daarvandaan?'

'Juist, precies!'

'Lijkt je dat niet wat al te drastisch? Rosamond heeft zo haar best gedaan om Jennifer geplaatst te krijgen...'

'Jij zult heus niet de enige zijn die haar dochter terughaalt. Binnenkort komt er plaats genoeg vrij op dat geweldige Meadowbank van jou!'

'Maar Henry, denk je dat werkelijk?'

'Dat weet ik wel zeker. Er is daar iets mis, iets heel ernstigs zelfs. Ga Jennifer vandaag nog halen.'

'Ja, natuurlijk, vermoedelijk heb je wel gelijk. Maar wat moeten we hier met haar beginnen?'

'We sturen haar naar een gewone middelbare meisjesschool. Dicht in de buurt. Daar heb je niet van die moordaanslagen!'

'Toch wel, Henry. Weet je niet meer? Van die jongen die zijn natuurkundeleraar heeft doodgeschoten? Het heeft in de laatste *News of the World* gestaan.'

'Waar moet dat met ons land heen?' riep Mr. Sutcliffe uit, gooide vol walging zijn servet op tafel en liep met grote stappen de kamer uit.

Adam was alleen in de sporthal. Met vlugge vingers doorzocht hij alle kleerkastjes van de meisjes. Het leek hem hoogst onwaarschijnlijk dat hij nog iets zou vinden dat de politie over 't hoofd zou hebben gezien, maar je kon nooit weten. Zoals Kelsey had gezegd: elke dienst had zijn eigen methoden.

Welk verband kon er toch bestaan tussen dit gloednieuwe bouwwerk en die twee die hier op gewelddadige wijze om het leven waren gekomen? Het idee van een ontmoetingsplaats leek hem uitgesloten. Trouwens, niemand zou toch een afspraakje maken op een plaats waar nog zo kort tevoren een collega doodgeschoten was!

Men moest hier iets hebben gezocht. Maar een geheime bergplaats voor juwelen of andere kostbaarheden kon je in zo'n hypermodern gebouw, zonder geheime kastjes of beweegbare panelen, moeilijk verwachten. De inhoud van alle kastjes was doodeenvoudig. Ze hadden hun geheimen, maar dat waren de gewone schoolgeheimpjes: foto's van filmhelden, pakjes sigaretten, hier en daar een gewaagd romannetje...

Adam doorzocht in 't bijzonder het kastje van Shaista. Voor dit kastje was miss Vansittart neergeslagen. Wat had ze gedacht daar te zullen vinden? Had ze iets gevonden? Had de moordenaar het misschien uit haar dode handen gerukt vlak voordat hij nog net op tijd was weggevlucht en miss Chadwick ter plaatse was verschenen?

In dat geval hoefde hij niet verder te zoeken. Wat het ook geweest was, was dan weg.

Het geluid van naderende voetstappen, buiten het gebouw, onderbrak zijn gedachtengang. In een wip stond hij midden in de hal een sigaret op te steken, op het moment dat Julia Upjohn in de deuropening verscheen. Ze aarzelde even.

'Zoekt u iets, miss ?' vroeg Adam.

'Ik wou graag mijn racket even weghalen.'

'Daar is geen enkel bezwaar tegen. De politieagent heeft mij hier even op wacht gezet,' loog Adam. 'Hij moest even naar het bureau terug.'

'Zeker om te zien of hij hier ook zou terugkomen,' zei Julia.

'De agent?'

'Nee, ik bedoel de moordenaar. Dat doen ze toch? Terugkeren naar de plaats van het misdrijf? Dat schijnt te moeten, uit innerlijke dwang, zeggen ze.'

'U kunt gelijk hebben,' zei Adam, in het rek naar de tennisrackets kijkend. 'Waar kan ik dat van u vinden?'

'Bij de U, helemaal aan het eind,' wees Julia. 'Kijkt u maar, de naam staat erop.' Ze toonde hem het stukje pleister op de handgreep toen hij haar het racket gaf.

'Het is een oud beestje, maar van beste kwaliteit,' prees Adam.

'Mag ik dat van Jennifer Sutcliffe tegelijk meenemen?' vroeg Julia.

'Da's een nieuwe!' zei Adam waarderend, toen hij het haar ter hand stelde.

'Spiksplinternieuw!' antwoordde Julia. 'Dat heeft ze pas van haar tante gekregen.'

'Wat 'n bof, zo'n tante!'

'Ja, maar ze heeft ook een goed racket nodig. Jennifer speelt heel goed. De laatste weken is haar backhand ook zo vooruitgegaan.' Julia keek nog eens rond. 'Zou u denken dat hij heus nog eens terugkomt?'

Adam moest even nadenken. 'O, de moordenaar, bedoelt u? Nee, ik denk niet dat daar veel kans op bestaat. Dat zou te riskant voor 'm zijn.'

'U gelooft niet dat moordenaars de drang krijgen terug te gaan?'

'Nee. Tenzij ze enige aanwijzingen hebben achtergelaten.'

'Heeft de politie al aanwijzingen gevonden?' informeerde Julia benieuwd.

'Dat zullen ze mij heus niet vertellen!'

'Nee, dat denk ik ook niet... Vindt u misdadigers ook zo interessant?' Ze keek hem onderzoekend aan. Hij beantwoordde haar blik. Dit meisje had nog niets van een volwassen vrouw. Ze zou wel ongeveer even oud zijn als Shaista, maar uit haar ogen sprak enkel maar nieuwsgierigheid, en dat op een sympathieke manier.

'Och, dat vinden we allemaal eigenlijk wel,' zei Adam.

Julia knikte instemmend. 'Ja, dat geloof ik ook... Ik heb ook allerlei verdenkingen bedacht... maar de meeste zijn te vergezocht. Toch vond ik het wel leuk.'

'Was u niet zo erg gesteld op miss Vansittart?'

'Och, ik heb eigenlijk nooit goed over haar nagedacht. Ze was heel geschikt... Een beetje zoals Bully... miss Bulstrode... maar toch ook niet helemaal. Net een invalster voor de hoofdrol. Ik bedoelde niet dat het leuk was dat ze dood is. Dat spijt me erg voor haar.'

Julia ging er met de twee rackets vandoor. Adam bleef nog wat in de sporthal rondneuzen. 'Wat in 's hemelsnaam, wat kan hier van zoveel betekenis zijn geweest?'

'Hemeltje, daar heb je mammie!' riep Jennifer verschrikt, terwijl ze een door Julia met kracht geslagen bal rustig liet passeren. Beide meisjes richtten hun blik op de geagiteerde Mrs. Sutcliffe, die, vergezeld van miss Rich, gesticulerend kwam aanstappen.

'Wat een onnodige drukte!' zei Jennifer gelaten. 'Dat is natuurlijk allemaal vanwege die moorden. Bof jij even, Julia, dat jouw moeder hoog en droog in een bus in de Kaukasus zit.'

'Ik heb altijd tante Isabel nog!'

'Tantes denken heel anders. Hallo, mam,' begroette ze haar moeder, toen deze bij de tennisbaan gekomen was.

'Je moet direct gaan pakken, Jennifer. Je gaat mee naar huis!'

'Ik mee naar huis? Waarom? Toch niet voorgoed?'

'Ja, dat is de bedoeling.'

'Nee, mam, dat kan heus niet. Mijn tennis wordt net zo reuzegoed. Ik maak grote kans dat ik het enkelspel win en Julia en ik halen misschíen het dubbelspel, al is die kans kleiner.'

'Nee kind, je gaat vandaag mee naar huis!'

'Waarom?'
'Vraag me niets!'
'Zeker vanwege miss Springer en miss Vansittart. Maar er is toch geen van de meisjes vermoord. Dat doen ze vast ook niet. En over drie weken hebben we de schoolwedstrijden. Ik zal met verspringen wel winnen. Bij de hordeloop maak ik ook een goede kans, mammie.'

'Er is geen sprake van, Jennifer. Je gaat vandaag nog mee naar huis. Je vader staat erop!'

'Maar mammie...' Nog voortdurend betogend wandelde Jennifer met haar moeder naar het hoofdgebouw. Toen draaide ze zich plotseling om en holde terug naar de tennisbaan.

'Dag, Julia! Met mammie valt niet te praten. Met paps evenmin, lijkt het wel. Misselijk, hè? Dag hoor, ik schrijf je nog wel.'

'Ik schrijf jou ook wel en zal je van alles op de hoogte houden.'

'Ik hoop niet dat ze nu miss Chadwick zullen vermoorden. Dan nog liever mademoiselle Blanche. Wat jij?'

'Ja, die zouden we best kunnen missen. Zag je dat boze gezicht dat miss Rich trok?'

'Nou! Ze zei geen stom woord. Ze is woedend dat mammie me komt weghalen.'

'Misschien kan ze haar overhalen het niet te doen. Ze heeft een sterke wil. Ik ken niemand zoals zij.'

'Ze doet me toch aan iemand denken,' zei Jennifer.

'Ze is heel apart. En altijd anders.'

'Ja, ze is bijzonder. Ik bedoelde wat uiterlijk betreft. Maar degene die ik bedoel was heel dik.'

'Ik kan me Rich niet dik voorstellen.'

'Jennifer!' riep Mrs. Sutcliffe.

'Wat zijn ouders toch lastig,' zei Jennifer nijdig. 'Ze blijven maar aan de gang. Jij boft maar dat...'

'Ja, dat zei je net ook al. Maar laat ik je vertellen dat ik nu best zou willen dat mammie maar wat dichterbij zat dan helemaal in Klein-Azië!'

Jennifer!

'Kom al!'

Julia liep daarna in haar eentje met gebogen hoofd heel langzaam naar de sporthal terug. Steeds langzamer liep ze. Ten slotte bleef ze volkomen stilstaan. Daar stond ze, met gefronst voorhoofd, in gedachten verzonken.

De bel voor de lunch werd geluid. Maar ze hoorde het niet. Ze keek naar haar tennisracket, deed nog een paar stappen op het tuinpad, maar draaide toen resoluut om en liep naar het hoofdgebouw. Daar ging ze door de voordeur naar binnen, iets dat eigenlijk niet mocht. Maar op die manier vermeed ze een ontmoeting met andere meisjes. De hal lag verlaten. Julia holde de trap op naar haar slaapkamertje, keek vlug rond, tilde vervolgens de matras van haar bed op en schoof het racket plat eronder. Daarna deed ze nog wat aan haar haar en liep zedig de trap af naar de eetzaal.

De grot van Aladdin

De meisjes gingen die avond rustiger dan ooit naar bed. Hun aantal was sterk verminderd. Er waren zeker dertig leerlingen naar huis teruggeroepen. De overgeblevenen reageerden ieder op hun eigen manier. Opgewonden, zenuwachtig, lacherig, kalm of beheerst, maar sommigen ook stil en nadenkend.

Julia Upjohn liep met de eerste ploeg rustig naar boven. Ze sloot de deur van haar kamertje, bleef nog even staan luisteren naar het gefluister, het gelach, de voetstappen en het welterusten-wensen. Daarna viel er een stilte – of bijna-stilte. Zwakjes klonken stemmen in de verte en ze hoorde nog voetstappen naar en van de badkamer gaan.

Maar er zat geen slot op haar deur. Daarom schoof Julia een stoel ertegenaan en zette de leuning klem onder de deurknop. Daardoor zou ze het dadelijk merken als er iemand binnen trachtte te komen. Niet dat zoiets waarschijnlijk was. Het was streng verboden. De meisjes mochten niet op elkaars kamer komen. Alleen miss Johnson mocht dat als er een meisje ziek of van streek was.

Julia liep naar haar bed, tilde de matras op en haalde het tennisracket te voorschijn. Even stond ze ermee in de hand. Ze was van plan het nu eens grondig te onderzoeken en wilde dat onderzoek niet uitstellen. Want als ze licht aanstak op een uur dat alle lichten uit moesten zijn, kon het schijnsel onder haar deur iemands aandacht trekken. Maar ze hadden tot halfelf de tijd om zich uit te kleden en nog wat te lezen in bed als ze dat wilden.

Julia bekeek het handvat. Hoe kon je in een tennisracket iets verstoppen? Toch moest dat wel zo zijn, dacht zij. Het móést wel! Eerst die inbraak bij Jennifer thuis, daarna die vrouw die met dat verzonnen verhaal een nieuw racket was komen brengen. Daarvoor moest je Jennifer zijn om dat allemaal voor zoete koek te slikken, dacht Julia met een tikje minachting. Nee, dat mens had 'oude lampen tegen nieuwe' willen ruilen, net zoals dat bij Aladdin het geval was geweest. Er móést dus iets bijzonders aan dit racket zijn. Jennifer en Julia hadden nooit aan iemand verteld dat ze hun rackets onderling hadden geruild... tenminste, zij had dat niet gedaan.

Dan moest dus iedereen in de sporthal naar dít racket hebben gezocht. En nu moest zij zien te ontdekken waarom. Ze bekeek het nauwkeurig. Het zag er doodgewoon uit. Het was van een goede kwaliteit, een beetje versleten, maar opnieuw bespannen en uitstekend bruikbaar. Jennifer had over de balans geklaagd.

Natuurlijk – de enige plaats om iets weg te stoppen in een racket was het handvat. Daarin zou je een uitholling kunnen maken die je naderhand weer kon dichtstoppen. Het klonk wat gezocht, maar het was mogelijk. En als er aan het handvat was geknoeid, dan was de balans natuurlijk bedorven.

Er zat aan de onderkant een leren bandje omheen, bedrukt met letters die nagenoeg onleesbaar waren geworden. Dat was er natuurlijk alleen op vastgeplakt en ze zou dat stukje leer er eerst maar eens afhalen. Julia ging aan haar toilettafel zitten en peuterde het leer met een zakmes los. Na enige pogingen slaagde ze erin het leertje weg te trekken. Daaronder zat een stukje hout. Dat leek daar niet op zijn plaats. Het was een rond schijfje, waarvan je duidelijk de rand kon zien. Julia stak haar mesje erin. Prompt brak het lemmet af. Haar nagelschaar was sterker. Het lukte haar het houten schijfje eruit te halen. Daaronder zag ze een half rode, half blauwe substantie. Julia porde erin en toen ging haar plotseling een licht op. *Plasticine!* Nou, dat was vast niet normaal. Ze pakte haar nagelschaartje stevig beet en bracht hompjes plasticine naar buiten. Dat goedje zat ergens omheen, het leken wel knoopjes of steentjes...

Een daarvan rolde op haar toilettafel... daarna nog een. Even later had zij een klein hoopje bij elkaar.

Julia leunde naar adem snakkend achterover. Met wijd open ogen keek ze maar. Ze deed niets dan kijken, met grote ogen kijken!

Vloeibaar vuur, diep rood en prachtig groen, glanzend blauw en verblindend wit... vonken schoten eruit...

In dat ogenblik werd Julia volwassen. Ze was opeens geen kind meer. Ze was een vrouw. Een vrouw die door juwelen was betoverd.

Alle mogelijke gedachten flitsten door haar hoofd. De grot van Aladdin... Gretchen en haar juwelenkistje. (Vorige week had ze de Faust in Covent Garden gehoord.) ...Noodlottige edelstenen... de Hope diamant... romantiek! Ze zag zichzelf in een avondjurk van zwart fluweel met een flonkerend collier om haar hals...

Zo zat ze daar te dromen en zich in allerlei fantasieën te verliezen. Ze liet de edelstenen door haar vingers glijden als een stroom van vuur, een glinsterend beekje van vreugde en verwondering. Maar toen was er iets, een of ander geluid dat tot haar doordrong, dat haar terugriep tot de werkelijkheid.

Ze dacht na, probeerde haar gezond verstand te gebruiken om tot een beslissing te komen om na te gaan wat haar te doen stond. Dat zwakke geluid had haar ongerustheid gewekt. Ze pakte alle juwelen vlug bijeen, nam ze mee naar haar wastafel, duwde ze in haar sponzenzakje en daarna de spons als een prop erbovenop, plus nog haar nagelborstel.

Vervolgens ging ze terug naar haar toilettafel, stopte alle

plasticine weer in het handvat van haar racket, duwde het houten plaatje weer netjes erbovenop en bevestigde het stukje leer met wat kleefpleister, want het bleef niet zitten.

Toen dat klaar was, kon je niets meer aan het racket zien. Het gewicht leek nauwelijks minder. Ze bekeek het geheel met voldoening en wierp het racket daarna achteloos op een stoel.

Julia keek naar haar bed dat keurig opengeslagen lag te wachten. Maar ze kleedde zich niet uit. In plaats daarvan luisterde ze gespannen of ze ook iets hoorde. Naderden daar soms voetstappen?

Opeens en volkomen onverwacht werd ze door angst bevangen. Er waren al twee mensen gedood. Als iemand wist wat ze gevonden had, zou het háár beurt zijn...

Er stond een vrij zware eikenhouten kast op haar kamer. Ze slaagde er met grote inspanning in die voor de deur te schuiven. Hadden ze op Meadowbank maar sleutels in de kamerdeuren! Vervolgens sloot ze het bovenraam en grendelde het. Er stond wel geen boom in de buurt en er groeide ook geen klimop tegen de muur, maar ook van die zijde wilde ze geen risico lopen.

Ze keek op haar wekkertje. Het was nu halfelf. Ze zuchtte eens diep en deed het licht uit. Niemand mocht iets ongewoons bij haar opmerken. Ze schoof het gordijn een beetje opzij. Nu scheen de volle maan naar binnen en ze kon duidelijk de deur onderscheiden. Daarna ging ze op de rand van haar bed zitten. In haar hand hield ze de stevigste schoen die ze bezat.

Als er iemand probeert binnen te komen, zei Julia bij zichzelf, sla ik zo hard als ik kan op de muur. Maria King slaapt hiernaast en die wordt dan wel wakker. Maar ik ga ook gillen... zo hard mogelijk gillen. En als dan allerlei mensen komen aanlopen, zeg ik gewoon dat ik een nachtmerrie heb gehad. Iedereen kan wel een nachtmerrie krijgen, na alles wat we hier hebben beleefd.

Zo zat ze daar. Het ene halfuur verstreek na het andere. Daar hoorde ze een zachte tred op de gang. Er bleef iemand voor haar deur stilstaan. Er volgde een lange stilte. Toen zag Julia dat de deurknop langzaam werd omgedraaid.

Zou ze gaan gillen? Nee, nóg niet!

De deur werd opengeduwd, doch slechts een klein kiertje, doordat de kast hem tegenhield. Dat zou degene die daar op de gang stond wel vreemd vinden.

Er volgde een tijdlang niets. Toen werd er zachtjes op de deur geklopt. Julia hield haar adem in. Even wachten... toen werd er weer geklopt... doch uiterst voorzichtig.

Ik slááp, zei Julia bij zichzelf. En ik hoor dus niets!

Wie zou het zijn die hier midden in de nacht op haar deur kwam kloppen? Als het iemand geweest was die bevoegd was op haar deur te kloppen, zou die wel harder hebben getikt of aan de knop hebben gerammeld. Maar degene die daar stond kon zich blijkbaar niet permitteren enig leven te maken...

Een hele tijd bleef Julia onbeweeglijk zitten. De klop op de deur werd niet herhaald, er volgde ook geen poging meer om de deur verder open te duwen. Gespannen en klaarwakker zat Julia op de rand van haar bed.

Zo bleef ze lange tijd zitten. Later wist ze niet meer wanneer precies ze door slaap overmand was. Maar toen de schoolbel werd geluid, werd ze pas wakker en lag in een krampachtige, hoogst ongemakkelijke houding gekleed op de rand van haar bed.

Na het ontbijt gingen de meisjes naar boven om hun bedden op te maken, vervolgens weer naar beneden voor het gebed en daarna verspreidden ze zich over de verschillende klaslokalen.

Bij die gelegenheid, toen de meisjes allerlei richtingen uitstoven, ging Julia een van de lokalen binnen, maar verliet het weer door een andere deur, voegde zich bij een clubje dat op een holletje om het huis liep, dook vervolgens achter de rododendronbosjes weg en wist, langs slinkse wegen, ongemerkt de muur te bereiken die om het terrein liep, op de plek waar een grote linde zijn takken tot op de grond liet afhangen.

Zonder moeite klom Julia in de boom. Ze had haar hele leven in bomen geklommen. Verborgen in het gebladerte bleef ze zitten. Ze keek zo nu en dan op haar horloge. Ze was er zo goed als zeker van dat het een hele tijd zou duren voordat haar verdwijning werd opgemerkt. De gewone gang van zaken op school was totaal in de war geraakt, twee leerkrachten ontbraken en de helft van de meisjes was naar huis gehaald. Daarom waren alle klassen gereorganiseerd. Pas bij de lunch zou men haar missen en tegen die tijd...

Julia keek nog eens op haar horloge, liet zich op haar gemak naar beneden glijden op de buitenmuur, ging er schrijlings op zitten en liet zich er vervolgens aan de buitenzijde afglijden. Dertig meter verder was een bushalte, waar binnen enkele minuten de bus hoorde te stoppen. Dat gebeurde ook. Julia hield hem staande en stapte in. Zij had nu een vilthoedje van onder haar katoenen jurk te voorschijn gehaald en over haar enigszins verwarde haardos getrokken. Bij het station stapte zij uit en nam de eerstvolgende trein naar Londen.

Op haar slaapkamertje had ze een briefje tegen de spiegel gezet, gericht aan miss Bulstrode.

Geachte miss Bulstrode,
Ik ben niet ontvoerd en ook niet weggelopen, maakt u zich dus maar niet ongerust. Ik kom zo spoedig mogelijk terug.
Hartelijke groeten,
Julia Upjohn.

Op Whitehouse Mansions, nummer 28, deed Georges, de onberispelijke huisknecht van Hercule Poirot, de voordeur open. Hij keek enigszins verbaasd naar een schoolmeisje, wier gezichtje er ietwat besmeurd uitzag.

'Zou ik Mr. Hercule Poirot alstublieft even kunnen spreken?'

Georges deed er een paar seconden langer over dan gewoonlijk voordat hij deze vraag beantwoordde. Dit was een onverwacht bezoek.

'Monsieur Poirot ontvangt nooit iemand zonder voorafgaande afspraak,' luidde zijn afgemeten antwoord.

'Het spijt me, maar ik heb geen tijd om daarop te wachten. Ik moet hem werkelijk ogenblikkelijk spreken. Het is heel dringend. Het betreft een paar moorden en een beroving en zo.'

'Ik zal even vragen of monsieur Poirot u wil ontvangen,' zei Georges.

Hij liet haar in de vestibule staan en ging zijn heer en meester raadplegen. 'Hier is een jongedame, meneer, die u dringend wenst te spreken.'

'Dat zal wel!' zei Hercule Poirot. 'Maar een afspraak kan niet zomaar worden gemaakt.'

'Dat heb ik haar ook al gezegd, meneer.'

'Wat is het voor een jongedame?'

'Nu, meneer, het is een héél jong kind.'

'Een heel jong kind? Of een jongedame? Wat bedoel je eigenlijk, Georges? Want dat is niet bepaald hetzelfde.'

'Het spijt me, meneer, dat ik niet duidelijk ben. Het is nog maar een schoolmeisje. Maar al is haar jurk gescheurd en smoezelig, het is toch echt een jongedame.'

'Sociaal bezien. Juist.'

'En ze wilde u raadplegen over een paar moorden en een beroving.'

Nu vlogen Poirots wenkbrauwen omhoog. 'Een páár moorden en één beroving! Origineel. Laat het kind... de jongedame... binnenkomen!'

Julia Upjohn trad de kamer binnen, maar een heel klein beetje verlegen. Ze sprak beleefd maar op heel natuurlijke toon.

'Dag, Mr. Poirot. Mijn naam is Julia Upjohn. Ik geloof dat u een heel goede vriendin van mammie kent. Mrs. Summerhayes. Wij hebben vorige zomer bij haar gelogeerd, weet u, en ze heeft ons van alles over u verteld.'

'Mrs. Summerhayes...' Poirot zag in herinnering weer een dorpje, tegen de helling van een heuvel gebouwd. En bovenop, een huisje.

Hij herinnerde zich een lief gezicht met zomersproeten, een divan met een gebroken veer, een heleboel honden en nog andere zaken, aangename zowel als minder aangename.

'Maureen Summerhayes,' zei hij. 'O, zeker!'

'Ik noem haar tante Maureen, maar ze is helemaal geen tante van me. Ze heeft ons verteld hoe wonderbaarlijk knap u een man die wegens moord was veroordeeld, uit de gevangenis hebt gered. En toen ik niet wist wat ik moest doen en wie ik om hulp zou kunnen vragen, heb ik dadelijk aan u gedacht.'

'Zeer vereerd,' sprak Poirot ernstig. Hij trok een stoel voor haar dichterbij. 'Vertel me maar eens alles. Georges, mijn huisknecht, zei dat je me wilde raadplegen over een beroving en meer dan één moord? Is dat juist?'

'Ja,' antwoordde Julia, 'miss Springer en miss Vansittart. En dan is er ook nog een ontvoering... maar daarmee heb ik, geloof ik, niets te maken.'

'Je verbijstert me, Julia. Waar zijn al deze opwindende dingen gebeurd?'

'Op school... op Meadowbank!'

'Meadowbank!' riep Poirot verwonderd. 'Ah!' Hij stak zijn hand uit naar een keurig stapeltje opgevouwen kranten, dat binnen zijn bereik lag. Hij pakte er een op en keek de voorpagina door. Toen knikte hij.

'Ik begin het te begrijpen,' zei hij. 'Vertel me maar eens alles, Julia, en begin bij het begin.'

Dat deed Julia. Het was een lang verhaal en vrij ingewikkeld, maar ze deed het duidelijk en in logische volgorde... slechts zo nu en dan zichzelf onderbrekend, wanneer ze iets vergeten was. Zo kwam ze ten slotte bij het moment waarop ze de vorige avond op haar slaapkamer het tennisracket had opengepeuterd.

'Ziet u, ik dacht aan Aladdin... en het brengen van nieuwe lampen ter wille van oude... en dat er beslist iets met dat racket aan de hand moest zijn!'

'En wás dat zo?'

'Ja.' Zonder een spoortje van valse schaamte trok ze haar rok op, rolde haar broek op tot aan haar dijbeen en liet daar een soort grijs verband zien dat met leukoplast op haar been was vastgeplakt.

Ze trok de reepjes leukoplast van haar been, onder het slaken van een kreetje: 'Au!' En nu ontwaarde Poirot dat het grijze verband in werkelijkheid een plastic sponzenzakje was.

Julia maakte het los en stortte, zonder enige waarschuwing, een bergje flonkerende edelstenen voor hem op tafel uit.

'Nom d'un nom d'un nom!' liet Poirot zich fluisterend, met ontzag, ontvallen.

Hij nam de juwelen op en liet ze door zijn vingers glijden. *'Nom d'un nom d'un nom!'* herhaalde hij. 'Die stenen zijn écht! Helemaal echt!'

Julia knikte. 'Dat moet ook wel. Anders zouden er geen mensen om zijn vermoord, denkt u ook niet? Maar nu begrijp ik dat iemand ertoe kan komen... ter wille van dít!'

En opeens, net als de vorige avond, was het een vrouw die met de ogen van het kind naar de juwelen keek. Poirot observeerde haar scherp en knikte.

'Juist... jij kunt het begrijpen... je voelt zelf de duivelse toverkracht. Ze kunnen ook voor jou niet louter speelgoed blijven... jammer genoeg!'

'Het zijn juwelen!' riep Julia in extase.

'En je hebt ze, zei je, in het tennisracket ontdekt?'

Julia voltooide haar verhaal.

'Heb je mij nu alles verteld?'

'Ik geloof van wel. Misschien heb ik hier en daar een beetje overdreven. Dat gebeurt me zo nu en dan. Maar bij Jennifer, mijn beste vriendin, is het net andersom. De meest opwindende dingen kan ze op een ontzettend saaie manier vertellen.' Weer keek Julia met bewonderende verrukking naar het flonkerende hoopje. 'Monsieur Poirot, aan wie behoren ze nu eigenlijk?'

'Dat is vermoedelijk moeilijk te zeggen. In elk geval niet aan jou noch aan mij. Maar nu moeten we een beslissing nemen ten aanzien van onze volgende stap.'

Julia zag hem vol spanning aan.

'Je laat de beslissing aan mij over? Best!'

Hercule Poirot sloot zijn ogen. Plotseling sloeg hij ze op

en kwam vlug in actie. 'Dit is een gelegenheid waarbij ik niet in mijn leunstoel kan blijven zitten, al geef ik daaraan meestal de voorkeur. Er moet regelmaat en orde worden geschapen, want in hetgeen je mij verteld hebt, zit totaal geen orde of regelmaat. Dat komt omdat hier vele draden bij elkaar komen. Maar alles op één plek: op Meadowbank. Daarom moet ik me naar Meadowbank begeven. Maar hoe staat het met jou? Waar is je moeder?'

'Mammie rijdt in een autobus door Klein-Azië.'

'Wel, wel, rijdt je moeder in een autobus door Klein-Azië! *Il ne manquait que ça!* Ik begrijp nu dat ze een goede vriendin van Mrs. Summerhayes moet zijn. Vertel me eens, hoe is de logeerpartij bij Mrs. Summerhayes je bevallen?'

'O, geweldig! Ze had veel enige honden!'

'O ja, die honden herinner ik me maar al te best.'

'Ze springen door alle ramen naar binnen en naar buiten... net als in een pantomime!'

'Dat zeg je heel juist. Maar het eten? Hoe vond je dát?'

'Och, soms was het weleens een beetje eigenaardig,' moest Julia toegeven.

'Eigenaardig, ja, beslist.'

'Maar tante Maureen kan verrukkelijke omeletten bakken!'

'Zo, bakt ze verrukkelijke omeletten!' zuchtte Poirot gelukkig. 'Dan heeft Hercule Poirot niet vergeefs geleefd. *Ik* ben namelijk degene die je tante Maureen geleerd heeft hoe ze een omelet moet bakken!'

Daarop greep hij de telefoon.

'We zullen nu eerst even je voortreffelijke directrice geruststellen en zeggen dat ik met jou in aantocht ben.'

'O, ze weet al dat er met mij niets gebeurd is! Ik heb een briefje achtergelaten waarin staat dat ik niet ben ontvoerd.'

'Niettemin zal zij graag nadere berichten willen ontvangen.'

Het duurde niet lang of hij kreeg verbinding en hoorde dat miss Bulstrode aan de lijn was. 'Ah, miss Bulstrode? U spreekt met Hercule Poirot. Ik heb uw leerlinge Julia Upjohn hier bij mij. Ik stel voor onmiddellijk naar u toe te komen. Maar ter informatie van de politieambtenaar die deze zaak leidt, zou ik u willen meedelen dat een zeker pakketje van waarde veilig bij de bank in bewaring is gegeven.'

Toen hij had afgebeld keek hij Julia eens aan. 'Heb je trek in een *sirop*?' vroeg hij.

'Keukenstroop?' Julia keek bedenkelijk.

'Nee, vruchtenstroop! Zwarte bessen, frambozen... *groseille*... dat zijn rode bessen.'

Julia koos rode bessen. 'Maar de juwelen zijn toch nog niet veilig bij de bank!' merkte ze op.

'Dat duurt geen kwartier meer,' gaf Poirot haar ten antwoord. 'Maar ter wille van ieder die op Meadowbank mocht meeluisteren leek het mij juister de indruk te bevestigen dat ze daar wèl zijn en dat jij ze niet langer in je bezit hebt. Om juwelen bij een bank weg te halen, daarvoor zijn tijd en de nodige formaliteiten vereist. En ik zou niet graag willen dat jou iets overkwam, kindlief. Ik moet zeggen dat ik een hoge dunk heb gekregen van je moed en vindingrijkheid.'

Julia keek verheugd, maar een tikje verlegen.

Beraadslaging

Hercule Poirot had zich erop voorbereid ieder vooroordeel weg te werken dat een Engelse directrice mocht koesteren tegen vreemdelingen op leeftijd met puntige lakschoenen en een flinke snor. Maar hij werd aangenaam verrast. Miss Bulstrode begroette hem met het gemak van een vrouw van de wereld. Tot zijn grote voldoening bleek ze ook volkomen op de hoogte te zijn van zijn persoon.

'Erg vriendelijk van u, monsieur Poirot,' sprak ze, 'dadelijk op te bellen om mij gerust te stellen. Dit des te meer, omdat we ons nog niet eens ongerust hadden gemaakt. Bij de lunch hadden we nog niet eens gemerkt dat jij er niet was, Julia,' richtte ze zich vervolgens tot het meisje. 'Er waren zoveel lege plaatsen dat de halve school ongemerkt had kunnen wegblijven zonder dat we direct ongerust waren geworden. Dit zijn wel zeer uitzonderlijke omstandigheden,' zo wendde ze zich weer tot Poirot. 'Ik verzeker u dat in het gewone doen zulke nalatigheden niet voorkomen. Toen u mij gebeld had, ben ik op Julia's kamer gaan kijken. Daar heb ik toen het briefje gevonden, dat ze had achtergelaten.'

'Ik wilde voorkomen dat u zou denken dat ik ook ontvoerd was, miss Bulstrode,' zei Julia.

'Dat stel ik op prijs, Julia, maar ik vind toch dat je mij tevoren van je plan in kennis had behoren te stellen.'

'Het leek mij voorzichtiger dat niet te doen,' antwoordde Julia, er onverwachts aan toevoegende: *'Les oreilles ennemies nous écoutent!'*

'Het lijkt me dat mademoiselle Blanche nog niet veel aan je uitspraak heeft verbeterd,' merkte miss Bulstrode ferm op. 'Maar ik zal je geen standje maken, Julia.' Zich weer tot Poirot wendende, vervolgde ze: 'Nu zou ik graag eens precies willen horen wat er gebeurd is!'

'Staat u mij toe?' vroeg Hercule Poirot.

Hij liep de kamer door, deed de deur open en keek in de gang. Op een overdreven wijze maakte hij het gebaar de deur weer te sluiten. Met een voldaan gezicht kwam hij terug.

'We zijn alleen,' zei hij geheimzinnig. 'Nu kunnen we beginnen!'

Miss Bulstrode keek hem aan, keek naar de deur en toen weer naar Poirot. Ze trok haar wenkbrauwen op. Hij beantwoordde haar blik heel rustig. Heel langzaam knikte miss Bulstrode. En zijn gezicht straalde weer. Toen, even zakelijk als altijd, zei ze: 'Kom, Julia, doe je verhaal eens.'

Julia begon te vertellen dat Jennifer en zij hun tennisrackets geruild hadden, dat een vreemde dame een nieuw racket was komen brengen en dat zijzelf ten slotte op het idee was gekomen het oude racket open te peuteren en wat daaruit te voorschijn was gekomen. Miss Bulstrode wendde zich tot Poirot.

'Mademoiselle Julia heeft alles goed uiteengezet,' zei hij. 'Wat ze mij gebracht heeft heb ik onder mijn hoede genomen en het ligt nu in een safeloket bij de bank. Daarom geloof ik dat u hier geen verdere onaangename ontwikkelingen te wachten staan.'

'Dat begrijp ik,' zei miss Bulstrode. 'Ja, dat begrijp ik...' Ze zweeg enkele ogenblikken en vervolgde toen: 'Acht u het wel verstandig dat Julia hier blijft? Zou het niet beter zijn dat we haar naar haar tante in Londen lieten gaan?'

'O, laat u mij alstublieft hier blijven!' smeekte Julia.

'Heb je het hier zo naar je zin?' vroeg miss Bulstrode.

'O, het is hier heerlijk,' zei Julia. 'En bovendien gebeuren er hier zulke opwindende dingen.'

'Dát hoort niet tot de normale verschijnselen op Meadowbank,' verklaarde miss Bulstrode droogjes.

'Ik denk niet dat Julia nu nog enig gevaar loopt,' zei Hercule Poirot. Hij keek daarbij weer naar de deur.

'Ik geloof dat ik u begrijp,' zei miss Bulstrode.

'Maar vóór alles is er discretie vereist!' zei Poirot. 'Ik vraag me af of je weet wat dat inhoudt.' Hij keek daarbij Julia aan.

'Monsieur Poirot bedoelt,' verklaarde miss Bulstrode, 'dat hij wenst dat je je mond dichthoudt over wat je gevonden hebt. En met geen van de meisjes erover spreekt. Kun je een geheim bewaren?'

'O ja,' verzekerde Julia.

'Het is zo'n pracht van een verhaal om aan je vriendinnen te vertellen,' zei Poirot. 'Wat je midden in de nacht hebt ontdekt in een tennisracket! Maar er zijn belangrijke redenen waarom het beter is dat verhaal niet te vertellen.'

'Dat begrijp ik,' verzekerde Julia.

'Kan ik je vertrouwen, Julia?' vroeg miss Bulstrode.

'Dat kunt u, dat zweer ik,' zei Julia.

Miss Bulstrode glimlachte. 'Ik hoop dat je moeder binnenkort thuiskomt,' zei ze.

'Mammie? O ja, dat hoop ik ook.'

'Ik heb van inspecteur Kelsey gehoord,' ging miss Bulstrode voort, 'dat alles in het werk wordt gesteld om met haar in contact te komen. Jammer genoeg rijden de bussen daar in Klein-Azië nooit zo precies op tijd.'

'Maar mammie mag ik het dan wel vertellen, nietwaar?'
'Dat spreekt vanzelf. Dus, Julia, dat blijft afgesproken. Je moest nu maar gauw gaan.'

Julia verliet het vertrek en trok de deur achter zich dicht. Miss Bulstrode keek Poirot doordringend aan. 'Ik heb u goed begrepen, geloof ik,' zei ze. 'Daarnet maakte u zoveel vertoning van het sluiten van de deur. Maar... in werkelijkheid hebt u hem expres op een kier laten staan.'

Poirot knikte.

'Zodat kon worden afgeluisterd wat we samen bespraken?'

'Ja... voor het geval hier iemand mocht zijn die daar prijs op stelt. Dit was een voorzorgsmaatregel voor het kind... het moet hier algemeen bekend raken dat wat ze heeft ontdekt nu op de bank in veiligheid is gebracht en zich niet meer in haar bezit bevindt.'

Miss Bulstrode keek hem even aan. Ze klemde haar lippen vastbesloten op elkaar.

'Er móét een eind aan dit alles komen,' zei ze.

'Het is de bedoeling,' zei de commissaris, 'dat we onze inzichten en inlichtingen uitwisselen en combineren. We verheugen ons zeer over uw aanwezigheid, monsieur Poirot,' liet hij erop volgen. 'Inspecteur Kelsey bewaart de beste herinneringen aan u.'

'Dat is lang geleden,' zei Kelsey, 'hoofdinspecteur Warrender had toen de zaak in handen en ik was nog een jong broekje.'

'Deze heer, die voor ons aller gemak Adam Goodman wordt genoemd, zult u wel niet kennen, monsieur Poirot. Maar u kent zijn onmiddellijke chef. De chef van de politieke veiligheidsdienst.'

'Kolonel Pikeaway?' vroeg Hercule Poirot nadenkend. 'O, zeker, al is het een tijdje geleden dat ik hem het laatst gesproken heb. Is hij nog altijd even slaperig?' vroeg hij aan Adam.

Adam schoot in de lach. 'Ik merk dat u hem goed kent, monsieur Poirot. Ik heb hem nog nooit klaarwakker gezien.

Als me dat overkomt, weet ik meteen dat het hem niet meer interesseert wat er in de wereld voorvalt.'

'Daar zit iets in, beste vriend. Je hebt opmerkingsgave.'

'Heren,' hernam de commissaris, 'ter zake! Ik zal niemand mijn mening opdringen en graag horen wat de ambtenaren die met het onderzoek in deze zaak belast zijn, mij te zeggen hebben. De zaak heeft vele kanten. Laat ik beginnen met te zeggen,' daarbij keek hij Poirot aan, 'dat ik hierover ook van hogerhand ben benaderd. En nu hoor ik van u dat een meisje... een leerlinge van Meadowbank... bij u is gekomen met een prachtig verhaal over iets dat ze gevonden had in het uitgeholde handvat van een tennisracket. Voor haar een hoogst opwindende ontdekking. Een verzameling, laten we zeggen, gesteenten, fraai gekleurd, similidiamanten, goede imitaties... iets dergelijks... of zelfs halfedelstenen, die vaak even prachtig zijn als echte. Het kind is er natuurlijk opgewonden over en kan een overdreven voorstelling hebben gehad van de waarde. Zoiets is zeer wel mogelijk, nietwaar?' De commissaris zag daarbij Hercule Poirot doordringend aan.

'Zoiets ligt inderdaad voor de hand,' bevestigde Hercule Poirot.

'Best,' vervolgde de commissaris. 'Aangezien degene die deze... gekleurde gesteenten hier heeft ingevoerd dat onbewust en onschuldig heeft gedaan, hoeven we niet te denken aan een geval van ontduiking van de douanevoorschriften. Maar wel doet zich de vraag voor naar onze buitenlandse betrekkingen.

Onze politieke betrekkingen zijn, naar men mij verzekerd heeft, juist op het ogenblik... uitermate delicaat. Wanneer het grote oliebelangen betreft of bepaalde ertslagen en dergelijke, hebben wij te maken met regeringen die nu aan het bewind zijn. We dienen ten koste van alles te voorkomen dat zich onaangename situaties voordoen. Een moord kunnen we natuurlijk niet buiten het nieuws houden. Maar er is in verband daarmee nog geen melding gemaakt van zoiets als edelstenen. In ieder geval hoeft daarvan voorlopig ook geen sprake te zijn.'

'Akkoord!' verklaarde Poirot. 'Men dient internationale verwikkelingen altijd zoveel mogelijk te voorkomen.'

'Juist, precies!' viel de commissaris hem bij. 'Ik geloof met recht te kunnen zeggen dat de vroegere heerser van Ramat als een vriend van Engeland mocht worden beschouwd en dat ons tegenwoordige bewind er dus prijs op zal stellen dat diens wensen of beschikkingen ten aanzien van eventuele eigendommen van hem die zich hier te lande mochten bevinden, stipt worden uitgevoerd. Wat dat precies wil zeggen, weet, geloof ik, op het ogenblik niemand. Zou evenwel de tegenwoordige regering van Ramat bepaalde eigendommen opeisen met de mededeling dat deze háár toekomen en niemand anders, dan lijkt het me beter dat we niet eens weten dat bedoelde eigendommen zich werkelijk hier te lande bevinden. Een botte weigering zou tactloos zijn.'

'In de diplomatie zijn rechtstreekse weigeringen niet gebruikelijk,' merkte Hercule Poirot op. 'In plaats daarvan zegt men dat de aangelegenheid alle aandacht zal worden geschonken die ze verdient, maar dat op het ogenblik niets met zekerheid bekend is omtrent enig – laat ons zeggen – appeltje voor de dorst dat aan wijlen de vroegere heerser van Ramat zou hebben toebehoord. Het zou zich nog in Ramat kunnen bevinden, wellicht onder de hoede van een vertrouweling van wijlen prins Ali Yusuf, dan wel uit het land kunnen zijn gebracht door ten minste een half dozijn lieden, of ook ergens in Ramat kunnen verstopt zijn.' Hij haalde de schouders op. 'Men weet zoiets eenvoudig niet.'

De commissaris slaakte een zucht. 'Dank u,' zei hij, 'dat is juist wat ik wilde zeggen. Monsieur Poirot, u bezit relaties in de hoogste kringen. Men stelt ook een welhaast onbeperkt vertrouwen in u. Men zou – niet officieel natuurlijk – zekere voorwerpen onder uw hoede kunnen laten, indien u daartegen althans geen bezwaar maakt.'

'Ik maak volstrekt geen bezwaar,' verklaarde Hercule Poirot. 'Laten we er niet verder over spreken. We hebben veel ernstiger zaken aan het hoofd, nietwaar?' Hij zag daarbij de kring eens rond. 'Of denkt iemand er anders over? Wat is tenslotte driekwart miljoen of een soortgelijk bedrag tegenover kostbare mensenlevens?'

'U hebt gelijk,' zei de commissaris.

'U hebt als steeds gelijk,' voegde inspecteur Kelsey eraan toe. 'We moeten de moordenaar op het spoor zien te komen. Daarbij willen we graag uw oordeel weten, monsieur Poirot, omdat we op het ogenblik hoofdzakelijk over gissingen en veronderstellingen kunnen praten. Het hele geval is trouwens zo verward als een paar door elkaar geraakte knotten wol.'

'Een zeer juiste vergelijking!' prees Poirot. 'Uit deze warboel moeten we draad van de juiste kleur te voorschijn halen: de kleur van de moordenaar. Ziet u het ook zo?'

'Precies.'

'Vertelt u me dan eerst eens, als u het tenminste niet al te vervelend vindt, alles opnieuw te herhalen wat er tot dusver aan het licht is gekomen.'

Hij ging er gemakkelijk voor zitten en luisterde met aandacht achtereenvolgens naar inspecteur Kelsey, naar Adam Goodman en naar de samenvatting die de commissaris daarna ten beste gaf. Toen leunde hij achterover, sloot zijn ogen en knikte langzaam.

'Twee moorden,' zei hij ten slotte, 'vrijwel onder gelijke omstandigheden op dezelfde plaats gepleegd. Een ontvoering... van een meisje dat de centrale figuur van het hele geval zou kunnen zijn. Laten we eerst zien vast te stellen om welke reden dat meisje kan zijn ontvoerd!'

'Ik kan u vertellen wat zij zelf zei,' merkte Kelsey op.

Dat deed hij en Poirot luisterde.

'Het klinkt niet erg acceptabel,' klaagde hij.

'Dat dacht ik eerst ook. Ik dacht dat ze zich gewichtig wilde voordoen.'

'Maar het feit bestaat dat ze ontvoerd ís. Waarom?'

'Er is een losprijs geëist, maar...' sprak Kelsey bedachtzaam.

'Maar u vertrouwt het niet erg, geloof ik? Denkt u dat die alleen maar bedoeld is om aan de ontvoeringstheorie een schijn van realiteit te geven?'

'Juist. Er is niemand komen opdagen om de gevraagde som in ontvangst te nemen.'

'Dan is Shaista dus om andere redenen ontvoerd. Maar welke?'

'Misschien om haar te dwingen mee te delen waar de... kostbaarheden waren verstopt?' veronderstelde Adam enigszins aarzelend.

Poirot schudde het hoofd. 'Ze wist zelf niet waar ze waren verstopt,' merkte hij op. 'Nee, er moet iets anders zijn...' Zijn stem zakte weg. Hij zweeg enige ogenblikken, in gedachten verdiept. Toen ging hij rechtop zitten en stelde een vraag.

'Haar knieën!' zei hij. 'Hebt u ooit op haar knieën gelet?'

Verbaasd keek Adam hem aan. 'Nee,' gaf hij ten antwoord. 'Waarom zou ik?'

'Er zijn allerlei redenen waarom een man op de knieën van een meisje let,' verzekerde Poirot in alle ernst. 'Jammer dat u dat niet hebt gedaan.'

'Was er dan iets bijzonders aan haar knieën te zien? Een litteken? Iets van dien aard? Ik zou 't echt niet weten. De meisjes dragen meestal kousen en hun rok komt net over de knie.'

'In 't zwembad, misschien?' veronderstelde Poirot, die alle hoop nog niet had opgegeven.

'Ik heb haar nooit naar het zwembad zien gaan,' zei Adam. 'Ze vond het zeker nog te koud. Ze was een warmer klimaat gewend. Maar waar doelt u op? Een of ander litteken?'

'O nee, dat is het volstrekt niet. Enfin, het is jammer.'

Poirot richtte zich vervolgens tot de commissaris. 'Met uw goedvinden zal ik mij in verbinding stellen met mijn oude vriend, de *préfet de police* in Genève. Ik denk dat die ons wel kan helpen.'

'Omtrent iets dat gebeurd is, toen ze daar op school was?'

'Dat is zeer wel mogelijk, ja. Vindt u het goed? Akkoord. Het is maar zo'n ideetje van me.' Hij wachtte even en ging toen voort: 'A propos, er heeft niets over die ontvoering in de krant gestaan, is 't wel?'

'Nee. Emir Ibrahim heeft daartegen ernstig geprotesteerd.'

'Toch heb ik een opmerking gelezen in zo'n roddelrubriek over een zekere buitenlandse jongedame die zeer plotseling van een kostschool was verdwenen. Een ontluikende romance, suggereerde de rubriekschrijver. Zeker met de bedoeling deze zo mogelijk in de kiem te smoren!'

'Zo dacht ik er ook over,' viel Adam in. 'Het leek me een heel juiste gedachtengang.'

'Prachtig. Laten we nu van een ontvoering overgaan tot iets veel ernstigers. Moord. Twee moorden nog wel. En dat op Meadowbank!'

Verder beraad

'Twee moorden op Meadowbank,' zei Poirot nog eens nadenkend.

'We hebben u nu alle feiten gegeven,' zei Kelsey. 'Als u enig idee hebt...?'

'Waarom in de sporthal?' vroeg Poirot. 'Dat vroeg u toch?' zei hij tot Adam. 'Daarop hebt u nu het antwoord gekregen. Eenvoudig omdat zich daar een tennisracket bevond waarin een fortuin aan edelstenen verstopt was. Iemand heeft van dat racket afgeweten. Maar wie? Het zou miss Springer zelf geweest kunnen zijn. Ze was, zoals u allen hebt verklaard, nogal overdreven waakzaam en beducht voor nieuwsgierige bezoekers van de sporthal. Argwanend zelfs. Vooral toen mademoiselle Blanche zich in de buurt van de sporthal vertoonde.'

'Mademoiselle Blanche,' herhaalde Kelsey peinzend.

Hercule Poirot wendde zich weer tot Adam. 'Vond u zelf ook niet dat de wijze waarop mademoiselle Blanche zich tegenover u over de sporthal uitliet, enigszins verdacht was?'

'Zeker, ze excuseerde zich veel te uitgebreid,' zei Adam, 'en gaf een omstandige verklaring van haar aanwezigheid. Ik zou nooit argwaan hebben gekregen, als ze mij niet zo opvallend veel tekst en uitleg had gegeven.'

'Juist. Zoiets geeft te denken,' bevestigde Poirot. 'Maar

het enige wat we met zekerheid weten is dat miss Springer in de sporthal is doodgeschoten, 's nachts om 1 uur, toen ze daar niets te maken had.'

Zich tot inspecteur Kelsey richtend vroeg hij: 'Waar werkte miss Springer voordat ze op Meadowbank kwam?'

'Dat weten we juist niet,' antwoordde de inspecteur. 'Vorige zomer heeft ze haar laatste betrekking verlaten.' Hij noemde een school met een klinkende naam. 'Maar het is niet bekend wat ze daarna heeft gedaan.' Nuchter liet hij erop volgen: 'Er bestond vóór haar dood ook geen enkele aanleiding om daarnaar te vragen. Ze blijkt geen bloedverwanten te hebben. Evenmin intieme vrienden.'

'Zij zóú dus in Ramat geweest kunnen zijn,' concludeerde Poirot nadenkend.

'Ik meen zelfs te weten dat daar tijdens de onlusten inderdaad een reisgezelschap van leraressen en leraren aanwezig was,' wist Adam mede te delen.

'Laten we eens aannemen,' vervolgde Poirot, 'dat ze daarbij is geweest en op een of andere wijze op de hoogte is geraakt van het feit dat er juwelen in het tennisracket waren verstopt. Laten we aannemen dat ze, toen ze eenmaal van de gang van zaken op Meadowbank op de hoogte was, in de bewuste nacht naar de sporthal is gegaan. Ze heeft toen het racket opgepakt, maar voordat ze de juwelen kon verwijderen uit hun schuilplaats' – hij wachtte even – 'heeft iemand anders haar dat verhinderd. Iemand die haar had bespied? Of achterna was gegaan? In elk geval iemand met een revolver, die haar heeft doodgeschoten... maar geen tijd heeft gehad de juwelen te voorschijn te halen of het racket mee te nemen, want toen kwamen de mensen die het schot gehoord hadden naar de sporthal toe hollen.'

Poirot zweeg.

'Denkt u dat het zo gebeurd is?' vroeg de commissaris.

'Ik weet het niet, maar dat is één mogelijkheid! Een tweede is dat de persoon met de revolver reeds in de sporthal aanwezig was en door miss Springer is betrapt. Iemand tegen wie ze bijvoorbeeld reeds argwaan koesterde. Ze was van nature argwanend, heeft u verteld. Ze snuffelde graag om achter geheimen te komen.'

'Maar het tweede slachtoffer?' vroeg Adam.

Poirot keek de aanwezigen beurtelings aan. 'Weet ú het? Ik weet het niet. Het zou een buitenstaander kunnen zijn geweest...'

Zijn stem klonk vragend.

Kelsey schudde het hoofd. 'Dat geloof ik niet. De omgeving is zorgvuldig onderzocht. In het bijzonder met betrekking tot alle buitenlanders. Er heeft een madame Kolinsky in de buurt gelogeerd... daar weet Adam meer van. Maar ze kan onmogelijk bij een van de beide aanslagen betrokken zijn geweest.'

'Dus komen we vanzelf weer bij Meadowbank terug. En dan kunnen we alleen achter de waarheid komen door te gaan elimineren,' concludeerde Poirot.

Kelsey slaakte een zucht. 'Ja, daar komt het op neer. Bij de eerste moord is alles mogelijk. Haast iedereen heeft gelegenheid gehad miss Springer dood te schieten. De enige uitzonderingen vormen miss Johnson en miss Chadwick en dat meisje dat oorontsteking had. Maar bij de tweede moord zijn de mogelijkheden geringer in aantal. De dames Rich, Blake en Shapland waren, met een overtuigend alibi, niet aanwezig. Miss Rich logeerde in het Alton Grange Hotel, op ongeveer veertig kilometer afstand. Miss Blake was in Littleport en miss Shapland was in Londen, in een nachtclub die "Le Nid Sauvage" heet, samen met Denis Rathbone.'

'En miss Bulstrode was ook afwezig, heb ik begrepen?'

Adam grinnikte. De inspecteur en de commissaris keken verontwaardigd.

Op strenge toon zei Kelsey: 'Miss Bulstrode logeerde bij de hertogin van Welsham.'

'Daarmee is ook zij dus afgeschreven,' zei Poirot ernstig. 'Wie houden we dan over?'

'Twee inwonende huishoudelijke krachten, Mrs. Gibbons en een meisje, Doris Hogg, die geen van beiden serieus in aanmerking komen. Blijven alleen miss Rowan en mademoiselle Blanche over.'

'Plus de leerlingen, natuurlijk.'

Verschrikt vroeg Kelsey: 'U verdenkt toch zeker niet een van de meisjes?'

'Nee, dat niet. Maar men dient ze volledigheidshalve niet uit te sluiten.'

Kelsey schonk geen aandacht aan dit vertoon van nauwkeurigheid en vervolgde: 'Miss Rowan is hier al een jaar en heeft een uitstekende staat van dienst. We weten niets in haar nadeel.'

'Zo komen we dan bij mademoiselle Blanche. En daar eindigt onze tocht!'

Er viel een stilzwijgen.

Daarna verklaarde Kelsey: 'We hebben geen enkel bewijs. Haar getuigschriften maken een volkomen echte indruk.'

'Dat moest ook wel,' zei Poirot.

'Ze heeft erg lopen rondneuzen,' zei Adam, 'maar dat bewijst nog geen moord of doodslag.'

'Wacht eens,' zei Kelsey opeens, 'er was nog iets met een sleutel. De sleutel van de sporthal was op de grond gevallen. Ze had die opgeraapt en wilde ermee weglopen toen miss Springer daar een stokje voor heeft gestoken.'

'Iedereen die 's nachts de sporthal wilde binnenkomen om naar dat racket te zoeken moest een sleutel bezitten. Daarvoor was het nodig een afdruk van de sleutel te verkrijgen,' merkte Poirot op.

'Maar dan zou ze toch zelf nooit dat sleutel-incident ter sprake hebben gebracht,' opperde Adam.

'Dat moet je niet zeggen,' bracht Kelsey naar voren. 'Miss Springer kan zich over dat sleutel-incident hebben uitgelaten. Als dat zo is, kan ze het verstandiger hebben gevonden er zelf terloops melding van te maken.'

'Het is in elk geval iets dat we moeten onthouden,' zei Poirot.

'Heel veel schieten we er anders niet mee op,' betoogde Kelsey die daarbij Poirot wat mistroostig aankeek.

'Er bestaat volgens mij nog een andere mogelijkheid,' sprak deze. 'Ik heb gehoord dat de moeder van Julia Upjohn op de openingsdag van de cursus iemand heeft herkend. Iemand die ze helemaal niet verwacht had hier te zullen aantreffen. Uit haar woorden, voor zover miss Bulstrode zich die herinnert, zou men kunnen afleiden dat die persoon in nauwe relatie heeft gestaan met buitenlandse spionage. Indien Mrs. Upjohn met name mademoiselle Blanche als die persoon zou aanwijzen, dan waren we er!'

'Makkelijker gezegd dan gedaan,' bracht Kelsey in het midden. 'We hebben al pogingen gedaan om met Mrs. Upjohn in contact te komen, maar dat is werkelijk iets om een punthoofd van te krijgen. Toen het meisje het over een bus had, heb ik eerst gedacht aan een reisgezelschap dat per touringcar een van tevoren vastgestelde route volgde. Maar niets daarvan! Het blijkt dat mevrouw, al naar gelang het haar zint, een busdienst ter plaatse kiest om van het ene stadje naar het andere te trekken. Ze heeft geen gebruik gemaakt van Cook of enig ander bekend reisbureau. Ze zwerft dus in haar eentje rond. Wat moet je met zo'n vrouw beginnen? Klein-Azië is me nogal wat!'

'Ja, dat maakt het enigszins moeilijk,' moest Poirot toegeven.

'Er zijn zoveel leuke busreizen,' zei de inspecteur wat klagend. 'Alles even gemakkelijk gemaakt: waar je overnacht en wat je ziet, en de prijzen zijn inclusief alles zodat je weet waar je aan toe bent.'

'Maar het is duidelijk dat Mrs. Upjohn niet van die manier van reizen houdt.'

'Maar zo komen we geen stap verder,' mopperde de inspecteur. 'Die Franse vrouw kan ieder ogenblik hier vandaan lopen. Wij hebben geen enkel middel om haar dat te beletten.'

Poirot schudde het hoofd. 'Dat dóét ze niet!'

'Dat kunt u niet met zekerheid zeggen!'

'Jawel. Als je een moord op je geweten hebt, doe je niet graag dingen die de aandacht op je vestigen. Daarom blijft mademoiselle Blanche rustig hier tot het einde van het semester.'

'Ik hoop dat u gelijk hebt.'

'O, daar ben ik zeker van. En vergeet niet dat degene van wie Mrs. Upjohn min of meer geschrokken is, niet weet dat ze door Mrs. Upjohn is herkend. Het wordt dus een volledige verrassing!'

Kelsey slaakte een verzuchting. 'Als dat het enige is waar we op af moeten gaan...'

'Er valt nog meer te doen. Een gesprek bijvoorbeeld...'

'Een gesprek?'

'O, een gesprek is zo ontzettend veel waard. Wie iets te verbergen heeft, zegt vroeg of laat net iets te veel.'

'Zou de dader zich daardoor blootgeven?' vroeg de commissaris enigszins sceptisch.

'Nee, zo eenvoudig gaat dat niet. Men is op zijn hoede ten opzichte van hetgeen men angstvallig wil verzwijgen. Maar toch zegt men dan ten opzichte van iets anders al gauw te veel. En gesprekken kunnen nog zoveel andere dingen aan het licht brengen. Een gesprek met volkomen onschuldigen bijvoorbeeld die zich er niet van bewust zijn dat ze bijzonderheden weten die werkelijk van belang zijn. Dat doet me eraan denken...'

Poirot stond op.

'Wilt u me even excuseren. Ik moet miss Bulstrode gaan vragen of hier ook iemand is die goed kan tekenen.'

'Tekenen?'

'Ja, tekenen.'

'Nou,' zei Adam, toen Poirot de kamer uit was, 'eerst die meisjesknietjes en nu een tekentalent! Wat nu weer? Dat zou ik graag eens willen weten.'

Miss Bulstrode toonde zich niet verwonderd, toen Poirot haar de vraag stelde. 'Miss Laurie is onze tekenlerares,' gaf ze ten antwoord, 'maar die is niet intern. Wat wilde u dat ze voor u tekende?' Ze vroeg dit op een vriendelijke toon, alsof ze een kind toesprak.

'Gezichten,' antwoordde Poirot.

'Miss Rich kan heel goed mensen tekenen. Zij treft de gelijkenis altijd heel knap.'

'Dat is net wat ik hebben moet.'

Miss Bulstrode, merkte hij goedkeurend op, vroeg hem niet naar de bedoeling die hij ermee had. Ze verliet haar kamer en keerde even later met miss Rich terug.

Na aan haar te zijn voorgesteld, vroeg Poirot haar: 'U kunt mensen uittekenen? Snel? Met potlood?'

Eileen Rich knikte.

'Dat doe ik vaak. Voor de grap.'

'Mooi zo. Wilt u dan alstublieft de overleden miss Springer voor me tekenen?'

'Dat is niet eenvoudig!' antwoordde Eileen Rich. 'Ik heb haar maar zo kort gekend. Maar laat ik 't proberen.'

Ze sloot even haar ogen en ging toen vlug aan het werk. Poirot bekeek het resultaat en knikte goedkeurend.

'Dat doet u knap. Wilt u nu ook eens anderen voor mij uittekenen, miss Bulstrode, miss Rowan, mademoiselle Blanche? Ja, en ook de tuinman Adam, alstublieft.'

Eileen Rich keek hem even weifelend aan en ging aan de slag. Toen ze klaar was, was Poirot uiterst tevreden.

'*Bien!*' zei hij. 'U doet dat goed, met enkele rake lijnen. En toch gelijkend. Maar nu vraag ik u iets moeilijkers: verander eens wat aan het haar van miss Bulstrode. En ook aan haar wenkbrauwen.'

Eileen keek hem met grote ogen aan, alsof ze vond dat hij niet goed wijs was. 'Nee,' zei Poirot, 'ik ben niet gek. Ik experimenteer alleen maar wat. Doet u alstublieft wat ik vraag.'

Enige tijd later zei ze: 'Klaar! Hier hebt u haar!'

'Uitstekend! En nu iets dergelijks bij mademoiselle Blanche en miss Rowan.'

Toen ze ook daarmee klaar was, zette hij de drie tekeningen naast elkaar. 'Nu zal ik u eens iets wijzen,' sprak hij. 'Miss Bulstrode is, ondanks de bijkomstige wijzigingen, toch nog duidelijk miss Bulstrode gebleven. Maar let eens op de twee anderen. Die lijken totaal niet meer op zichzelf. Dat komt doordat ze geen geprononceerde trekken hebben. Ze bezitten niet een zo duidelijk eigen karakter als miss Bulstrode.'

'Ik begrijp wat u bedoelt,' gaf Eileen Rich ten antwoord. Ze keek hem eens aandachtig aan toen hij haar schetsen opborg.

'Wat wilt u ermee doen?' informeerde ze.

'Ze gebruiken,' antwoordde Poirot eenvoudig.

Gesprekken

'Och, wat zal ik u zeggen,' gaf Mrs. Sutcliffe ten antwoord. 'Ik zou echt niet weten wat ik u zou kunnen vertellen...' Ze keek daarbij met kennelijke tegenzin naar Hercule Poirot. 'Henry is natuurlijk niet thuis, op 't ogenblik.'

De bedoeling van deze mededeling was niet geheel duidelijk, maar Poirot dacht wel te begrijpen wat er in haar omging. Henry, dacht ze, zou wel met hem weten om te springen. Hij deed zoveel zaken op internationaal gebied. Dan vloog hij naar het Midden-Oosten, dan naar Ghana, Zuid-Amerika of Genève en zelfs af en toe – al was het niet vaak – naar Parijs.

'De hele kwestie,' verzekerde Mrs. Sutcliffe, 'is bijzonder vervelend. Ik was zo blij Jennifer heelhuids met me mee naar huis te kunnen nemen. Hoewel ik zeggen moet,' liet ze er wat verdrietig op volgen, 'dat Jennifer wel erg moeilijk is geweest, deze dagen. Eerst al dat gesputter voordat ze naar Meadowbank toe wilde en maar zeuren dat ze het afschuwelijk zou vinden op zo'n deftig internaat... en nu de hele dag klagen omdat ik haar er vandaan heb gehaald. Het is niet om uit te houden!'

'Het is ontegenzeglijk een uitstekende school,' zei Hercule Poirot. 'Veel mensen noemen het zelfs het beste internaat van het hele land.'

'Dat is het ongetwijfeld gewéést,' verbeterde Mrs. Sutcliffe.

'En dat zal het weer worden ook!' zei Poirot.

'Dacht u dat?' Mrs. Sutcliffe keek hem vol twijfel aan. Zijn houding was zo meelevend dat ze haar stugge houding wat liet varen. Ze kon haar moederlijke bezorgdheid aan hem kwijt en dat deed haar beslist goed. Kinderen waren vaak ondankbaar en stelden je teleur, maar uit een soort trouw hield je toch je mond erover. Maar tegenover een buitenstaander als Hercule Poirot had Mrs. Sutcliffe het idee dat ze haar trouw opzij kon zetten. Dit was iets heel anders dan een gesprek met een andere moeder.

'O zeker, Meadowbank verkeert op 't ogenblik alleen in een minder gelukkige periode,' verzekerde Hercule Poirot.

Dit was wel wat al te zacht gezegd, en Mrs. Sutcliffe viel hem er dan ook onmiddellijk op aan. 'Minder gelukkig, zegt u? Twee moorden achter elkaar? En een van de leerlingen ontvoerd? Men kan zijn dochter toch niet naar een internaat sturen waar zulke dingen aan de orde van de dag schijnen te zijn?'

Dit leek een heel redelijk standpunt.

'Wanneer die moorden echter het werk van een en dezelfde persoon blijken te zijn,' hernam Poirot, 'en men heeft de dader eenmaal te pakken, dan verandert de zaak toch zeker?'

'Nou ja... in dát geval,' zei Mrs. Sutcliffe aarzelend. 'Tja, u bedoelt dat iemand als Jack the Ripper het gedaan zou hebben? Maar die vermoordde alleen een zeker soort vrouwen. Deze moordenaar schijnt het op leraressen voorzien te hebben. Zat hij maar vast veilig en wel in de gevangenis. En ze moeten hem ook ophangen. Je mag toch maar één moord plegen, dacht ik? Ja, als hij gepakt is, wordt het een andere zaak. Er zullen wel niet zoveel van die mensen rondlopen, is het wel?'

'Dat moeten we zeker hopen,' zei Poirot.

'Maar dan blijft nog die ontvoeringszaak bestaan,' vond Mrs. Sutcliffe. 'Je kunt je dochter toch niet naar een school sturen waar ze ontvoerd kan worden.'

'Nee, zeker niet, madame. Ik merk wel dat u dit alles goed hebt overwogen. Wat u zegt is ook allemaal volkomen waar.'

Mrs. Sutcliffe was hierdoor aangenaam verrast. Zoiets had men in lang niet tegen haar gezegd. Henry zei alleen maar:

'Waarom moest ze eigenlijk zo nodig naar Meadowbank?' en Jennifer zei niets. 'Ja,' gaf ze ten antwoord, 'ik heb er de laatste tijd veel over nagedacht. Dat is zo.'

'Maak u dan niet te zeer ongerust over die ontvoering, madame. *Entre nous*, als ik even vertrouwelijk mag zijn, wat die prinses Shaista betreft... dat is niet wat men noemt een eigenlijke ontvoering geweest... hier wordt een liefdesgeschiedenis achter gezocht...'

'Bedoelt u dat dat ondeugende kind er met een man vandoor is gegaan?'

'Er zit een slot op mijn mond,' zei Poirot. 'U begrijpt dat het niet gewenst is dat er een schandaal van wordt gemaakt. Dit was slechts een vertrouwelijke mededeling *entre nous*. Ik weet dat u er niet verder over zult praten.'

'Natuurlijk niet,' zei Mrs. Sutcliffe deugdzaam. Ze keek naar de brief die Poirot meegekregen had van de commissaris. 'Ik begrijp nog niet goed wie u bent, monsieur Poirot. Bent u wat men noemt een particulier detective?'

'Ik ben adviserend detective,' antwoordde Hercule Poirot hoogdravend.

Dit bijzonder specialistische tintje sterkte Mrs. Sutcliffe in haar vertrouwen.

'Waarover wilde u met Jennifer praten?' wilde ze weten.

'Over haar indrukken. Heeft ze een goede opmerkingsgave?' vroeg Poirot.

'Nee, dat kan ik tot mijn spijt niet beweren,' antwoordde Mrs. Sutcliffe. 'Ze is geen kind dat alles ziet en onthoudt. Maar ze is wèl zeer nuchter en zakelijk.'

'Dat is in elk geval beter dan dat ze dingen verzint die nooit zijn gebeurd,' zei Poirot.

'O, zoiets zal Jennifer nooit doen!' zei Mrs. Sutcliffe zeer beslist. Zij liep naar het raam en riep: 'Jennifer!'

'Ik wilde,' zei ze toen ze bij Poirot terugkwam, 'dat u haar aan het verstand kon brengen dat wat haar vader en ik willen ook werkelijk voor haar bestwil is.'

Jennifer kwam met een verveeld gezicht binnen en bekeek Poirot met zeer veel argwaan. 'Hoe gaat 't?' begon Poirot. 'Ik ben een goede vriend van Julia Upjohn. Ze is me in Londen komen opzoeken.'

'Is Julia naar Londen geweest?' vroeg Jennifer lichtelijk verrast. 'Waarom?'

'Om mijn raad in te winnen,' antwoordde Hercule Poirot.

Jennifer keek hem ongelovig aan.

'Ik heb haar kunnen helpen,' vervolgde Poirot. 'Ze is nu weer op Meadowbank terug.'

'Haar tante Isabel heeft háár dus niet van school genomen!' zei Jennifer, daarbij een woedende blik op haar moeder werpend.

Poirot zag haar moeder aan en deze stond op, misschien alleen maar omdat ze daarnet midden onder het uittellen van de was was gestoord, en verliet de kamer.

'Het valt niet mee,' hernam Jennifer, 'als je plotseling uit alles wat daar gebeurt wordt weggehaald. Waar was die drukte ook voor nodig! Ik heb mammie gezegd dat het grote onzin was. Er is toch geen van de leérlingen vermoord?'

'Heb je zo je eigen gedachten over die twee moorden?' informeerde Poirot.

Jennifer schudde haar hoofd. 'Misschien iemand die getikt is?' opperde ze. Bedachtzaam liet ze er op volgen: 'Ik denk dat miss Bulstrode nu wel een paar nieuwe leraressen zal moeten zoeken.'

'Dat is zeer wel mogelijk,' antwoordde Poirot. 'Wat mij interesseert, mademoiselle Jennifer, dat is iets naders te horen over die dame die je een nieuw tennisracket is komen brengen, in ruil voor het oude. Herinner je je haar?'

'Nou en of!' gaf Jennifer ten antwoord. 'Maar ik ben er nog altijd niet achter wie me dat prachtige racket heeft gestuurd. Tante Gina is het helemaal niet geweest.'

'Hoe zag die dame er eigenlijk uit?' vroeg Poirot.

'Die het racket heeft gebracht?' Jennifer dacht met halfgesloten ogen na. 'Precies zou ik het niet weten te zeggen. Ze was zo raar toegetakeld, met een soort pelerientje... blauw, met een grote flaphoed.'

'Zo? Maar ik bedoelde meer haar gezicht!'

'O, ze was geweldig opgemaakt,' zei Jennifer vaag. 'Veel te veel voor buiten, bedoel ik. Ze had blond haar. Ze leek me een Amerikaanse.'

'Had je haar ooit eerder ontmoet?' vroeg Poirot.

'Welnee,' verzekerde Jennifer. 'Ik geloof ook niet dat ze in de buurt woonde. Ze beweerde dat ze voor een lunch toevallig die kant uitkwam of iets dergelijks.'

Poirot zag haar nadenkend aan. Het trof hem dat Jennifer blijkbaar voetstoots aanvaardde wat men haar op de mouw wilde spelden. Vriendelijk hernam hij:

'Maar het kan toch wel niet waar geweest zijn wat ze je verteld heeft?'

'O,' zei Jennifer, 'daar heb ik niet aan gedacht.'

'Weet je zeker dat je haar gezicht nooit eerder gezien hebt? Zou het bijvoorbeeld niet een van de meisjes geweest kunnen zijn die zich alleen maar had verkleed, of een van de leraressen?'

'Verkleed?' herhaalde Jennifer wat verwonderd.

Toen legde Poirot de tekening voor haar neer die Eileen Rich van mademoiselle Blanche had gemaakt. 'Dit was die dame toch niet, hè?'

Jennifer bekeek de tekening en raakte in twijfel. 'Ze lijkt er wel een beetje op, maar ik geloof toch niet dat ze het is.'

Poirot knikte. Niets wees erop dat Jennifer had gemerkt dat de tekening eigenlijk mademoiselle Blanche moest voorstellen.

'Ziet u,' legde Jennifer uit, 'ik heb eigenlijk helemaal niet zo goed op haar gelet, omdat ze me een Amerikaanse leek en ze mij dat gloednieuwe racket in de handen stopte...' Het was duidelijk dat Jennifer daarna alleen maar oog had gehad voor deze zo vurig begeerde aanwinst.

'Ik begrijp het,' zei Poirot. 'Maar heb je op Meadowbank misschien iemand herkend die je ook al in Ramat had ontmoet?'

'In Ramat?' Jennifer dacht even na. 'Nee... nee, ik geloof het tenminste niet.'

Poirot schoot af op de lichte twijfel die uit haar woorden

sprak. 'Maar heel zeker ben je er toch niet van, geloof ik.'

'Nou,' Jennifer krabde zich achter het oor, 'ik bedoel, je ziet zo vaak mensen die je aan iemand doen denken. Alleen weet je niet meer aan wie. Soms ontmoet je ook mensen die je absoluut eerder hebt gezien, maar toch herinner je je niet wie het zijn. Het is dikwijls zo pijnlijk wanneer ze tegen je zeggen: "Ken je mij niet meer? We hebben elkaar toch al eens eerder ontmoet?" Dan heb je zo'n vage voorstelling van hun gezicht, maar je herinnert je de naam niet. Of wanneer en waar je ze gezien hebt.'

'Dat is volkomen waar,' stemde Poirot in. Hij wachtte nog even, maar peilde toen voorzichtig: 'Prinses Shaista bijvoorbeeld, waarschijnlijk zul je die hebben herkend, want die heb je toch zeker ook wel in Ramat gezien?'

'O, is zij dan ook in Ramat geweest?'

'Hoogstwaarschijnlijk wél,' antwoordde Poirot. 'Ze is toch familie van het vorstenhuis daar? Je kunt haar hebben gezien.'

'Nee, dat geloof ik toch niet,' antwoordde Jennifer, het voorhoofd fronsend. 'In elk geval zou ze daar met een sluier hebben gelopen. Ik bedoel, alle meisjes en vrouwen dragen daar zoiets voor hun gezicht. Maar als ze dan in Parijs komen, of in Cairo, dan doen ze die af. In Londen ook, natuurlijk.'

'Je had in elk geval op Meadowbank niet het gevoel dat je daar iemand gezien hebt die je al eens eerder had ontmoet?'

'Nee, daar ben ik zeker van. Och, de meeste mensen lijken wel een beetje op elkaar. Alleen mensen met zo'n vreemd gezicht als miss Rich bijvoorbeeld, die zou je onmiddellijk herkennen.'

'Dacht je miss Rich al eens ergens anders te hebben gezien?'

'Nee, dat niet. Wel iemand die op haar leek. Maar die was veel en veel dikker dan zij.'

'Iemand die veel en veel dikker was,' herhaalde Poirot nadenkend.

'Je kunt je miss Rich moeilijk dik voorstellen,' giechelde

Jennifer. 'Ze is zo mager en knokig. Maar bovendien kan ze niet in Ramat geweest zijn, want ze was het vorige semester ziek thuis.'

'Maar de andere meisjes?' hield Poirot nog aan. 'Had je een van hen al eens eerder ontmoet?'

'Alleen de meisjes die ik al kende, maar dat waren er maar een paar. U moet bedenken, ik ben er maar drie weken geweest en ken de helft nog niet eens van gezicht! Als ik ze morgen tegenkwam, zou ik de meesten niet eens herkennen!'

'Je moet beter uit je ogen kijken!' zei Poirot vermanend.

'Je kunt niet overal op letten,' protesteerde Jennifer. 'Als Meadowbank gewoon doorgaat, zou ik er graag naartoe teruggaan. Wilt u eens proberen wat u bij mammie kunt bereiken? Ofschoon pappie het eigenlijke struikelblok is. Hier vind ik het zo afschuwelijk. Ik krijg hier de kans niet mijn tennis te verbeteren.'

'Ik zal doen wat ik kan,' beloofde Poirot.

Draden bijeenvoegen

'Ik wilde je eens spreken, Eileen,' begon miss Bulstrode.

Eileen Rich volgde miss Bulstrode naar haar kamer. Meadowbank was nu vreemd stil. Er waren nog maar vijfentwintig leerlingen. Leerlingen wier ouders het blijkbaar niet gelegen was gekomen hun kinderen naar huis te halen. Ook was de eerste golf van paniek nu weggeëbd, dank zij het tactische optreden van miss Bulstrode zelf. Er bestond ook een algemeen gevoel dat tegen het begin van het nieuwe semester alles wel zou zijn opgehelderd. Men vond dat het heel verstandig van miss Bulstrode was de school tijdelijk te sluiten.

Geen van de leerkrachten was weggegaan. Miss Johnson zat ook met veel te veel hulp voor de huishouding, en een dag met weinig te doen beviel haar nu helemaal niet. Miss Chadwick zag er bepaald oud en diep-ongelukkig uit, zoals ze daar verstrooid en met een treurig gezicht rondliep. Het had haar veel sterker aangegrepen dan miss Bulstrode.

Miss Bulstrode was er werkelijk in geslaagd blijkbaar zonder veel moeite zichzelf te blijven, onverstoorbaar en met geen uiterlijke tekenen van spanning of instorting. De jongste twee leraressen hadden helemaal geen bezwaar tegen wat meer vrije tijd. Ze zwommen wat rond in het zwembad, schreven brieven aan familie en vrienden en vroegen brochures aan voor bootreizen die ze uitvoerig met elkaar vergeleken.

Ann Shapland had natuurlijk niet veel om handen, maar dat scheen haar niet te hinderen. Ze bracht uren in de tuin door en wijdde zich daar, niet zonder succes, aan tuinieren. Dat ze zich daarbij bij voorkeur door Adam liet instrueren en niet door de oude Briggs was op zichzelf niet meer dan natuurlijk.

'Ja, miss Bulstrode?' vroeg Eileen Rich.

'Ik heb al eens eerder met je willen praten,' begon miss Bulstrode. 'Of deze school kan worden voortgezet of niet valt nu nog niet te zeggen. De gevoelens van anderen zijn altijd min of meer onberekenbaar, en van ieder mens zijn ze weer anders. Maar degene die er de sterkste gevoelens op nahoudt, overtuigt tenslotte de rest. Dus óf het is met Meadowbank gedaan...'

'Nee!' viel Eileen Rich haar in de rede. 'Geen sprake van!' Ze stampte bijna met haar voet op de grond en haar haren raakten meteen los. 'Dat mag niet gebeuren. Dat zou een schande zijn... een misdaad.'

'Je drukt je heftig uit,' zei miss Bulstrode.

'Zo voel ik het ook. Er zijn zoveel dingen van minder groot belang, maar Meadowbank betekent te veel. Van het eerste moment dat ik hier kwam, leek het mij de grootste inspanning waard.'

'Je hebt een vechtersnatuur,' zei miss Bulstrode. 'Dat mag ik wel en ik verzeker je dat ik ook niet van plan ben het zomaar op te geven. Ik verheug me in zekere zin op de komende strijd. Weet je, wanneer alles van een leien dakje gaat, dan word je... hoe zal ik het zeggen... te veel met jezelf ingenomen? Of je gaat je vervelen. Misschien een combinatie van beide. Maar zover is het nog helemaal niet met mij en ik zal vechten tot mijn laatste krachten en ook tot m'n laatste cent. Maar wat ik je nu wilde voorstellen is dit: zou je, wanneer Meadowbank blijft voortbestaan, mijn compagnon willen worden?'

'Ik?' Eileen Rich keek haar met grote ogen aan. 'Ik?'

'Ja, lieve kind,' gaf miss Bulstrode ten antwoord, 'ik bedoel jou!'

'O, maar dat zou ik niet kunnen,' zei Eileen Rich. 'Daarvoor weet ik niet genoeg. Ik ben nog zo jong. O nee, ik mis de ervaring en de kennis die daarvoor nodig zijn.'

'Laat het maar aan mij over te weten wat ik wil,' zei miss Bulstrode. 'Weet je, op dit ogenblik is het ook allerminst wat je noemt een fraai aanbod. Misschien zou je zelfs elders iets beters kunnen aannemen. Maar ik wou je dit zeggen en je moet dat van me geloven: ik had voor mezelf al besloten, voordat miss Vansittart zo ongelukkig om het leven was gekomen, dat jij degene was die ik als opvolgster zou wensen.'

'Dacht u dat werkelijk? Maar ik dacht... we dachten allemaal dat miss Vansittart...' Eileen Rich staarde haar aan.

'Ik had nog geen enkele afspraak gemaakt met miss Vansittart,' vertelde miss Bulstrode. 'Ik had haar wel in m'n gedachten, dat wil ik eerlijk bekennen, de laatste twee jaren al. Maar iets heeft mij er altijd van weerhouden met haar erover te praten. Ja, ik geloof graag dat iedereen dacht dat ze mijn opvolgster zou worden. Misschien heeft ze dat zelf óók wel gedacht. Maar niet lang geleden ben ik tot de overtuiging gekomen dat ze toch niet degene was die ik moest hebben.'

'Maar ze was er zo geschikt voor, in alle opzichten,' betoogde Eileen Rich. 'Ze zou alles op dezelfde voet hebben voortgezet, helemaal in uw geest.'

'Ja, dat is zo, maar dat zou juist verkeerd geweest zijn. Je kunt het verleden niet vasthouden,' verzekerde miss Bulstrode. 'Een zekere mate van traditie is uitstekend, maar nooit te veel. Een school is voor de kinderen van vandáág, niet voor de kinderen van vijftig of zelfs dertig jaar geleden. Je hebt scholen waar traditie nummer één is. Maar Meadowbank is geen school met een lange traditie. Het is een schepping, als ik het zo noemen mag, van één bepaalde vrouw. Van mij. Ik heb daarbij bepaalde ideeën in praktijk gebracht, naar mijn beste vermogen, al heb ik ze zo nu en dan moeten wijzigen wanneer ze niet de gewenste resultaten hadden. Het is geen school van het conventionele type, maar toch ook niet een die helemaal los staat van de conventie. De school heeft het beste van het verleden willen combineren met het beste van de toekomst, maar daarbij de nadruk gelegd op het heden. Op die manier moet hij ook worden voortgezet. Onder leiding van iemand met een creatieve geest. Jij bent vrijwel van dezelfde leeftijd als ik toen ik Meadowbank ben begonnen, maar jij bezit iets wat ik niet meer bezitten kan. Je vindt dat in de Bijbel. "Hun ouden dromen zich dromen, maar hun jongelingen hebben visioenen." En om die vísie gaat het, niet om die dromen. Ik geloof dat jij die visie hebt, en daarom viel mijn keuze op jou en niet op miss Vansittart.'

'Wat zou het heerlijk geweest zijn. Meer dan heerlijk,' zei Eileen Rich. 'Ik zou niets liever hebben gewild!'

Miss Bulstrode verwonderde zich enigszins over deze manier van spreken, maar ze uitte deze verwondering niet. In plaats daarvan stemde ze onmiddellijk in: 'Ja, het zou prachtig geweest zijn. Maar is het nu niet meer zo prachtig? Ja, nou, ja, ik kan dat wel enigszins begrijpen!'

'O nee, zo bedoel ik het helemaal niet,' verzekerde Eileen Rich. 'Volstrekt niet. Ik... ik kan moeilijk in bijzonderheden treden, maar als u mij... als u mij een week of wat geleden had gevraagd... en zo tegen mij had gesproken, zou ik onmiddellijk hebben geantwoord dat het voor mij onmogelijk was. De enige reden waarom het nu misschien wel mogelijk zou zijn, is... ja, omdat het nu een kwestie wordt van vechten... Mag ik het in beraad houden, miss Bulstrode? Ik zou op het ogenblik niet weten wat ik moest zeggen.'

'Natuurlijk,' luidde het antwoord. Toch verwonderde het haar. Je wist nooit wat er precies in een ander omging, dacht miss Bulstrode.

'Daar loopt Rich weer met hangende haren!' zei Ann Shapland, zich oprichtend van een bloembed. 'Ze kon ze veel beter kort laten knippen. Ze heeft een goed gevormd hoofd en ze zou er veel netter uitzien.'

'Zeg het haar eens,' ried Adam aan.

'Zo goed zijn we niet met elkaar,' antwoordde Ann Shapland. Even later vroeg ze: 'Denk je dat deze school in stand zal blijven?'

'Dat is een moeilijk te beantwoorden vraag,' was Adams oordeel, 'en hoe zou ík dat kunnen beoordelen?'

'Ik geloof van wel,' zei Ann Shapland. 'De oude Bully, zoals de kinderen haar noemen, staat voor niets. Ze heeft het in zich. Om te beginnen een hypnotische invloed op de ouders. Hoe lang is het nu al geleden... het begin van de cursus... nog pas een maand? Het lijkt me een jaar. Maar ik zal blij zijn als het afgelopen is.'

'Kom je terug, als de school wordt voortgezet?'

'O nee!' zei Ann onomwonden. 'Ik heb voor mijn hele leven genoeg gekregen van scholen. Ik ben ook niet geschikt om de hele tijd met een hoop vrouwen op een kluitje te zitten. En, eerlijk gezegd, die moorden bevallen me allerminst. Het is leuk erover in de krant te lezen, of in een fijn boek in bed. Maar de werkelijkheid is niet zo prettig. Ik denk haast,' besloot ze peinzend, 'dat ik, wanneer ik hier aan het eind van de cursus wegga, maar met Denis ga trouwen en een rustig huishouden ga opzetten.'

'Met Denis? Die voor zijn werk van Burma naar Japan, Maleisië en Singapore vliegt? Dat lijkt er niet bepaald op dat je je dan ergens rustig gaat vestigen!'

Ann moest opeens lachen. 'Nee, nee, daar heb je wel gelijk in. Niet in geografische zin.'

'Ik denk dat je wel iets beters dan Denis kunt krijgen,' zei Adam.

'Doe je me een aanzoek?' vroeg Ann.

'O nee,' zei Adam. 'Je bent een eerzuchtig meisje; je wilt niet met een nederige tuinmansknecht zonder vast werk trouwen.'

'Maar misschien wel met iemand van de recherche.'

'Ik ben toch niet bij de recherche,' zei Adam.

'Natuurlijk niet,' hernam Ann. 'Laten we het leuk houden. Jij bent niet bij de recherche, Shaista is niet ontvoerd, alles is prima. De tuin ziet er ook prachtig uit,' voegde ze er aan toe terwijl ze rond keek.

'Ik begrijp er niets van dat Shaista plotseling in Genève is gevonden. Is dat praatje juist? Hoe kwam ze daar? Jullie dienst is toch blijkbaar niet zo competent dat ze niet ongemerkt het land kon uitkomen.'

'Ik heb een slot op mijn mond,' zei Adam.

'Ik denk dat je nergens van afweet,' zei Ann.

'Ik weet alleen dat we de ontdekking te danken hebben aan een heldere inval van monsieur Poirot,' vertelde Adam.

'Wat zeg je? Dat is toch dat grappige mannetje, dat Julia weer teruggebracht heeft?'

'Juist. Hij noemt zichzelf adviserend detective,' zei Adam.

'Hij lijkt me iemand uit een volmaakt verleden tijd,' meende Ann.

'Ik begrijp ook niet wat hij precies in z'n schild voert,' moest Adam toegeven. 'Hij is mijn moeder zelfs gaan opzoeken of een van zijn vrienden heeft dat voor hem gedaan.'

'Je moeder?' vroeg Ann verbaasd. 'Waarom?'

'Ik heb geen flauw idee. Hij heeft een bijna ziekelijke belangstelling voor moeders. Hij is ook al bij Jennifers moeder op bezoek geweest.'

Ann Shapland vroeg: 'En ook naar de moeder van miss Rich of van Chaddy?'

'Ik geloof dat miss Rich geen moeder meer heeft,' antwoordde Adam, 'anders had hij het vast wel gedaan.'

'Miss Chadwick heeft nog een heel oude moeder in Cheltenham, vertelde ze mij,' zei Ann. 'Maar die is al een jaar of tachtig. Arme Chaddy, ze lijkt zelf de laatste tijd wel tachtig. Kijk, daar komt ze juist naar ons toe!'

Adam keek op. 'Ja,' beaamde hij, 'ze is de laatste week wel verbazend oud geworden.'

'Omdat ze dol op de school is,' zei Ann. 'Die is de inhoud

van haar leven. Ze vindt het vreselijk dat hij in opspraak is gekomen.'

Miss Chadwick zag er inderdaad tien jaar ouder uit dan op de eerste dag van dit semester. Haar tred had alle veerkracht verloren. Ze liep niet langer bedrijvig en gelukkig heen en weer, zoals vroeger. Terwijl ze nu op hen toe kwam lopen, sleepte ze zelfs een beetje met haar voeten.

'Wil je even bij miss Bulstrode komen?' vroeg ze aan Adam. 'Ze heeft je een opdracht te geven voor de tuin.'

Ann en miss Chadwick liepen samen naar het huis terug.

'Het ziet er zo rustig uit, hè?' zei Ann en keek rond. 'Net een lege zaal in de schouwburg,' ging ze peinzend voort, 'met mensen die zo tactvol mogelijk hier en daar zijn neergezet, zodat het toch een groot publiek lijkt.'

'Het is vreselijk,' zei miss Chadwick, 'verschrikkelijk is het als je je realiseert dat Meadowbank zó is afgezakt. Ik kan er niet aan denken. Ik slaap er niet van. Alles weg. Al die jaren werk, al die inspanning om iets moois op te bouwen.'

'Misschien komt het allemaal wel weer in orde,' zei Ann opgewekt. 'De mensen zijn kort van memorie.'

'Maar niet zo kort,' vond miss Chadwick spijtig.

Ann gaf geen antwoord. In haar hart moest ze miss Chadwick gelijk geven.

Mademoiselle Blanche kwam het lokaal uit waar ze Franse letterkunde gedoceerd had. Ze keek op haar horloge. Ja, ze had tijd genoeg voor wat haar te doen stond. Nu er zo weinig leerlingen waren, was er tegenwoordig altijd tijd genoeg.

Ze ging naar boven, naar haar kamer, om een hoed op te zetten. Ze droeg altijd een hoed. Ze keek in de spiegel hoe ze eruitzag, maar was slechts matig tevreden. Geen opvallende persoonlijkheid! Och, zoiets heeft ook zijn voordelen! Er gleed een glimlach over haar gezicht. Daardoor had ze juist zo gemakkelijk de getuigschriften van haar zuster kunnen gebruiken. Zelfs de pasfoto hoefde niet te worden veranderd. Het zou zonde en jammer zijn geweest die uitstekende diploma's na de dood van Angèle ongebruikt te laten. Angèle was met hart en ziel lerares geweest. Maar zij, nee, zij vond het ondraaglijk vervelend. Maar het betaalde goed. Dat ging ver uit boven wat ze zelf ooit had verdiend.

En de toekomst zag er nog heel wat beter uit. O ja, totaal anders! De weinig fleurige mademoiselle Blanche zou dan een complete metamorfose ondergaan. Ze zag het allemaal reeds in gedachten. De Riviera! Ze zou chic gekleed zijn, en opgemaakt *comme il faut*. Het enige wat je in deze wereld nodig had was geld. O ja, er stond haar een heel prettig leventje te wachten! Het was dubbel en dwars de moeite waard geweest dat ze hier naar die afschuwelijke Engelse kostschool gegaan was.

Ze pakte haar handtasje op en wandelde de gang af. Haar oog viel op de vrouw die daar op haar knieën lag te wrijven. Een nieuwe daghulp. Natuurlijk een spionne van de politie. Stel je voor, wat 'n idee – alsof ze háár iets zouden kunnen wijsmaken.

Met een minachtend glimlachje om de lippen trad mademoiselle Blanche naar buiten en over de oprit naar de hoofduitgang. De bushalte was haast recht tegenover het hek. Daar bleef ze staan wachten. De bus kon elk ogenblik komen.

Er waren maar enkele mensen op deze rustige landweg. Een auto met een man die zich over de geopende motorkap heenboog. Een fiets stond tegen een heg aan. Er stond ook nog een man op de bus te wachten.

Een van die drie zou haar ongetwijfeld achternagaan. Dat zou hij handig doen, volmaakt onopvallend. Ze was zich volkomen bewust van dat feit en daar tobde ze ook geen moment over. Haar 'schaduw' mocht gerust zien waar ze heen ging en wat ze ging doen.

Daar kwam de bus. Ze stapte in. Een kwartier later stapte ze op het hoofdplein van het stadje uit. Ze nam niet de moeite achterom te kijken. Ze stak het plein over en ging de etalages bekijken van een tamelijk groot warenhuis, waarin de nieuwste modellen stonden geëtaleerd. Niet veel zaaks, echt voor een provinciaal publiek, dacht ze, met opgetrokken lip. Maar ze bleef staan kijken, alsof ze erg geïnteresseerd was.

Even later stapte ze naar binnen, deed een paar onbeduidende inkopen en ging daarna naar het damestoilet op de eerste verdieping. Daar bevond zich, behalve een schrijftafel en enige gemakkelijke stoelen, ook een telefooncel. Ze verdween in de cel, liet de nodige geldstukken in de gleuf vallen en draaide daarna het nummer dat ze wilde hebben. Ze luisterde even of de juiste stem antwoordde.

Ze knikte goedkeurend, drukte de knop in en sprak:

'U spreekt met Maison Blanche. Begrijpt u mij? Maison *Blanche*. Ik moet u herinneren aan een rekening die u nog moet betalen. U hebt nog tijd tot morgenavond. Morgenavond. Om over te boeken op de rekening van Maison Blanche bij het Crédit National te Londen, bijkantoor Ledbury Street; het bedrag zal ik u noemen.'

En dat deed ze.

'Wanneer dat bedrag níét wordt betaald, zie ik mij genoodzaakt te bevoegder plaatse te rapporteren wat ik in de nacht van de 12de heb ontdekt. U dient te verwijzen... let goed op... naar miss Springer. U hebt nog iets meer dan vierentwintig uur.'

Ze legde de hoorn op het toestel en trad uit de cel te voorschijn. Er was net een dame binnengekomen. Misschien ook een klant, of misschien niet. Zo niet, dan was ze in ieder geval te laat om nog iets te kunnen afluisteren.

Mademoiselle Blanche knapte zichzelf wat op voor de wastafel. Vervolgens verliet ze het warenhuis, met een lachje van voldoening om de lippen. Ze keek nog even in een boekwinkel en nam daarna de bus naar Meadowbank terug.

Toen ze de oprit weer opwandelde, speelde die glimlach van voldoening nog steeds om haar lippen. Ze had haar zaakjes goed geregeld. De gevraagde som was niet al te hoog... tenminste om op korte termijn te fourneren. Het was een goed begin. Want in de toekomst zouden er natuurlijk verdere eisen volgen...

Ja, dit beloofde een aardige bron van inkomsten te worden. Ze voelde niet het minste gewetensbezwaar. Ze beschouwde het in geen enkel opzicht als haar plicht aan de politie te vertellen wat zij wist en wat zij gezien had. Die Springer was een verfoeilijk mens geweest, onbeschaafd, *mal élevée*. Die haar neus had gestoken in zaken die haar niets aangingen. Nu ja, zij had haar verdiende loon gekregen.

Mademoiselle Blanche bleef nog even staan kijken bij het zwembad. Zij zag Eileen Rich een duik nemen. Daarna klom ook Ann Shapland naar de springplank... Ook zij maakte een zeer fraaie duiksprong. De meisjes lachten en juichten.

Er werd een bel geluid. Mademoiselle Blanche ging naar binnen om de jongste leerlingen les te geven. De meisjes letten niet goed op en waren vermoeiend druk, maar mademoiselle Blanche trok zich er weinig van aan. Het zou niet lang meer duren of dat lesgeven behoorde voorgoed tot het verleden...

Daarna ging ze naar haar kamer om zich op te knappen voor het avondeten. Zij was het zich nauwelijks bewust maar ze zag dat zij – in tegenstelling tot haar vaste gewoonte – haar mantel blijkbaar niet aan de kapstok had opgehangen, maar over de leuning van een stoel had gelegd, in een hoek van de kamer.

Zij boog zich voorover naar haar spiegel en bekeek haar gezicht. Zij gebruikte poederdons en lippenstift...

Er volgde een zo snelle beweging dat zij er compleet door werd verrast. Geluidloos! Dat was vakwerk. Haar mantel, die over de stoel hing, rees overeind en viel op de grond. Het volgende moment ging er achter de rug van mademoiselle Blanche een hand omhoog met een zak zand. En op het ogenblik dat zij haar mond opendeed om te gaan gillen, viel die zak dof en loodzwaar neer, achter in haar nek.

Incident in Anatolië

Mrs. Upjohn zat langs de kant van de weg en keek uit over een diep ravijn. Ze voerde half in het Frans en half in gebarentaal een gesprek met een grote, welgedane Turkse vrouw die haar, met zo veel details als maar mogelijk was onder deze moeilijke omstandigheden, vertelde over haar laatste miskraam. Ze had negen kinderen gekregen, legde ze uit, acht jongens en één meisje, en ze had vijf keer een miskraam gehad. Ze vertelde over de miskramen met evenveel genoegen als over de geboorten.

'En u?' Ze gaf Mrs. Upjohn een vriendschappelijk porretje in haar zij. *'Combien? – garçons? – filles? combien?'* Ze hield haar hand omhoog om ze op haar vingers af te tellen.

'Une fille,' zei Mrs. Upjohn.

'Et garçons?'

Mrs. Upjohn begreep dat ze sterk in de achting van de Turkse vrouw zou dalen als ze de waarheid vertelde, en besloot daarom in een opwelling van vaderlandsliefde maar te jokken. Ze stak vijf vingers op.

'Cinq,' zei ze.

'Cinq garçons? Très bien!'

De Turkse vrouw knikte goedkeurend en met respect. Ze voegde eraan toe dat het jammer was dat haar neef, die erg goed Frans sprak, er niet was, want dan zouden ze elkaar veel beter begrijpen. Vervolgens ging ze verder met het verhaal over haar laatste miskraam.

De andere passagiers zaten en lagen om hen heen, en aten wat uit de mandjes die ze meegebracht hadden. De bus, die er nogal aftands uitzag, stond langs de kant van de weg onder een overhangende rots, en de chauffeur en een andere man waren aan het werk onder de motorkap. Mrs. Upjohn had geen idee wat voor dag het was. Overstromingen hadden twee wegen geblokkeerd, ze hadden moeten omrijden, en één keer hadden ze zeven uur moeten wachten totdat het water van een rivier die ze moesten oversteken, gezakt was. Ankara lag in de niet geheel onmogelijke toekomst en iets naders wist ze niet. Ze luisterde naar het enthousiaste, onsamenhangende gepraat van haar metgezellin en deed haar best op de goede momenten bewonderend te knikken of meelevend haar hoofd te schudden.

Ze schrok op toen iemand haar aansprak met een stem die helemaal niet paste bij de omgeving.

'Mrs. Upjohn, geloof ik,' zei de stem.

Mrs. Upjohn keek op. Een eindje verderop stond een auto. De man die tegenover haar stond was ongetwijfeld uit die auto gekomen. Zijn gezicht was typisch Brits en zijn stem ook. Hij was uiterst correct gekleed in een grijs flanellen pak.

'Lieve help,' zei Mrs. Upjohn. 'Dr. Livingstone, neem ik aan?'

'Zo moet het u wel voorkomen,' zei de vreemdeling vriendelijk. 'Ik ben Atkinson van het consulaat in Ankara. We proberen al een dag of twee, drie met u in contact te komen, maar de wegen waren afgesloten.'

'U wilde met mij in contact komen? Waarom?' Plotseling stond Mrs. Upjohn op. Er was geen spoor meer over van de vrolijke reizigster. Ze was nu een en al moederlijke bezorgdheid. 'Julia?' zei ze scherp. 'Is er iets gebeurd met Julia?'

'Nee, nee,' stelde Mr. Atkinson haar gerust. 'Er is niets met Julia aan de hand. Er zijn wat moeilijkheden geweest op Meadowbank en we willen u zo snel mogelijk thuis zien te krijgen. Ik zal u naar Ankara terugrijden, en dan kunt u over ongeveer een uur in een vliegtuig stappen.'

Mrs. Upjohn deed haar mond open en sloot hem weer. Toen zei ze: 'Dan zult u mijn koffer even boven van die bus af moeten halen. Die donkerblauwe.' Ze draaide zich om, gaf haar Turkse reisgenote een hand, zei: 'Het spijt me, maar ik moet nu naar huis,' zwaaide naar de rest van het gezelschap, wenste hun in het Turks een goede reis, wat één van de dingen was die ze in het Turks kon zeggen, en liep achter Mr. Atkinson aan zonder verdere vragen te stellen. Hij constateerde, zoals andere mensen vóór hem dat ook geconstateerd hadden, dat Mrs. Upjohn een heel verstandige vrouw was.

Ontmaskering

In een van de kleinste klaslokalen keek miss Bulstrode naar de daar verzamelde aanwezigen. Al de leden van haar staf waren present. Miss Chadwick, miss Johnson, miss Rich en de jongste twee leraressen. Ann Shapland zat met haar stenoblok klaar, voor het geval miss Bulstrode wenste dat zij aantekeningen zou maken.

Naast miss Bulstrode zat inspecteur Kelsey en tegenover hen Hercule Poirot. Adam Goodman had zich in een soort niemandsland opgesteld, halverwege de staf en wat hij 'het uitvoerend comité' noemde.

Miss Bulstrode stond op en sprak met haar geschoolde, besliste stem.

'Ik voel mij tegenover u allen verplicht,' begon ze, 'als leden van mijn staf en belanghebbenden bij het wel en wee van de school, u op de hoogte te brengen van de stand van het onderzoek. Ik heb van inspecteur Kelsey verscheidene feitelijke gegevens verkregen. Monsieur Hercule Poirot, die over internationale connecties beschikt, heeft waardevolle hulp uit Zwitserland ontvangen en zal over dat gedeelte zelf verslag uitbrengen. Het onderzoek is nog niet ten einde, het spijt me dat te moeten zeggen, maar enkele punten zijn wel al tot klaarheid gebracht en ik was van mening dat het voor u allen een opluchting zou betekenen, wanneer u eens hoorde hoe de zaken op het ogenblik staan.'

Miss Bulstrode keek naar inspecteur Kelsey en deze stond op zijn beurt van zijn stoel op.

'Officieel ben ik niet bevoegd,' sprak hij, 'alles te onthullen wat ik weet. Ik kan u alleen de verzekering geven dat het onderzoek goed vordert zodat we ons reeds een beeld kunnen vormen wie aansprakelijk is voor de drie misdrijven die hier zijn gepleegd. Verder kan ik nog niet gaan. Mijn vriend, monsieur Hercule Poirot, aan wie geen ambtelijke geheimhouding is opgelegd, is volkomen vrij zijn eigen gedachten daarover te ontwikkelen. Hij zal u nader inlichten over bijzonderheden, die hem, dankzij zijn relaties, zijn verstrekt. Ik ben ervan overtuigd dat u Meadowbank en miss Bulstrode trouw zult blijven en geen ruchtbaarheid zult geven aan allerlei dingen die monsieur Poirot zal aanroeren en die niet van openbaar belang zijn. Hoe minder praatjes en verhalen hierover de ronde doen, des te beter voor Meadowbank. Daarom wilde ik u vragen alle bijzonderheden die u zult horen niet verder te vertellen. Is dat afgesproken?'

'Dat spreekt vanzelf,' zei miss Chadwick als eerste en met nadruk. 'We blijven allen trouw aan Meadowbank, tenminste dat hoop ik.'

'Natuurlijk,' zei miss Johnson.

'O ja,' zeiden de jongste twee leraressen.

'Daar ben ik het mee eens,' verklaarde Eileen Rich.

'Wilt u dan nu misschien... Monsieur Poirot?'

Hercule Poirot kwam overeind, keek zijn gehoor stralend van welwillendheid aan, en draaide zijn snor zorgvuldig op. De jongste twee leraressen voelden de neiging te gaan giechelen en wendden daarom met samengeperste lippen het hoofd af.

'Het is voor u allen een moeilijke en zorgelijke tijd geweest,' begon hij. 'Weest er allereerst van verzekerd dat ik mij dit ten volle bewust ben. Het is natuurlijk voor miss Bulstrode het allerergst geweest, maar u hebt er allen onder geleden. In de eerste plaats hebt u het verlies te betreuren van drie van uw collega's, van wie een hier een aanzienlijke tijd werkzaam geweest is. Ik bedoel miss Vansittart. Miss Springer en mademoiselle Blanche waren in zekere zin nieuwelingen, maar ook hun dood zal ongetwijfeld een vreselijke schok en een droevige gebeurtenis voor u zijn geweest. U zult ook bevreesd geweest zijn voor uzelf, omdat het erop leek dat er een soort vendetta op het docentenkorps van Meadowbank was gericht. Zowel inspecteur Kelsey als ik kan u echter de verzekering geven dat zulks niet het geval is.

Meadowbank is, door een min of meer toevallige samenloop van omstandigheden, het middelpunt van belangstelling geweest van uiteenlopende ongewenste elementen. Er is hier, zou men kunnen zeggen, een kat onder de duiven geweest. Er zijn hier drie moorden gepleegd en er is bovendien een leerlinge ontvoerd. Ik zal eerst over die ontvoering spreken, omdat het door deze hele zaak heen de grote moeilijkheid is geweest de niet bij het onderwerp behorende bijkomstigheden, misdadig op zichzelf, uit de weg te ruimen, omdat ze de hoofdzaak verduisterden: het optreden van een meedogenloos en vastberaden moordenaar in uw midden.'

Hij haalde een foto uit zijn zak. 'Allereerst zal ik deze foto laten circuleren.'

Kelsey pakte hem aan en overhandigde hem aan miss Bulstrode, die hem op haar beurt aan haar staf liet zien. Ten slotte kwam hij bij Poirot terug. Hij keek naar hun gezichten, die echter geen enkele uitdrukking vertoonden.

'Ik vraag u allen, hebt u dat meisje op de foto herkend?'

Allen schudden ontkennend het hoofd. 'Dat had eigenlijk wel moeten gebeuren,' hernam Poirot, 'want deze foto, die mij uit Genève is toegestuurd, is het portret van prinses Shaista.'

'Maar het is beslist Shaista niet!' riep miss Chadwick uit.

'Precies!' verzekerde Poirot. 'De draden van deze zaak lopen van Ramat uit, waar, zoals u weet, ongeveer drie maanden geleden een revolutionaire *coup d'état* heeft plaatsgevonden. De regerende vorst, prins Ali Yusuf, wist te ontvluchten in een toestel dat door zijn privévlieger werd bestuurd. Het vliegtuig is echter ten noorden van Ramat neergestort. Het is pas naderhand ontdekt. Een zeker voorwerp van grote waarde dat prins Ali altijd bij zich droeg, werd toen vermist. Het is niet in het wrak van het vliegtuig gevonden en het gerucht ging dat het naar Engeland zou zijn overgebracht. Verscheidene groepen van personen waren begerig dit uiterst kostbare voorwerp in handen te krijgen. Een van de verbindingen daarmee scheen de enig overgebleven bloedverwante van prins Ali Yusuf te zijn, zijn volle nicht, een meisje dat op dat moment op een Zwitserse kostschool zat. Het leek niet onwaarschijnlijk dat, wanneer het bewuste kostbare voorwerp uit Ramat in veiligheid was gebracht, het zou worden overhandigd aan prinses Shaista of aan haar familie of voogden. Enkele geheime agenten hadden opdracht haar oom emir Ibrahim in het oog te houden terwijl weer anderen prinses Shaista zelf moesten bespieden. Het werd bekend dat ze dit semester op dit internaat, Meadowbank, werd verwacht.

Nu zou het logisch geweest zijn dat men iemand had opgedragen hier in dienst te gaan teneinde een wakend oog te houden op de prinses en op ieder die haar bezocht, schreef, of opbelde. Maar een nog veel eenvoudiger en doeltreffender oplossing werd bedacht: Shaista ontvoeren en in haar plaats een handlangster naar Meadowbank sturen die zou doen alsof zij prinses Shaista zelf was. Dit kon met succes gebeuren, doordat emir Ibrahim in Egypte vertoefde en pas tegen het eind van de zomer van plan was hier te komen. Miss Bulstrode had de prinses nooit gezien, aangezien alle maatregelen voor haar komst via de ambassade te Londen waren getroffen.

Het plan was uitermate eenvoudig. De werkelijke Shaista heeft Zwitserland verlaten onder geleide van een vertegenwoordiger van de ambassade te Londen. Tenminste zo heette het. In werkelijkheid had de ambassade uit Zwitserland bericht ontvangen dat iemand van de Zwitserse school het meisje naar Londen zou vergezellen. De echte Shaista is naar een alleraardigst chalet in Zwitserland gebracht, waar ze sindsdien verblijft. Een heel ander meisje is in Londen aangekomen, daar afgehaald door een vertegenwoordiger van de ambassade en vervolgens hier op Meadowbank gebracht. De ondergeschoven Shaista moest vanzelfsprekend veel ouder zijn dan de prinses. Maar dat is bijna niet opgevallen, omdat het bekend is dat oosterse meisjes veel eerder volwassen zijn. Een jeugdige Franse actrice, die zich had toegelegd op het spelen van jongemeisjesrollen is de uitverkoren agente geweest.

Ik heb de vraag gesteld,' bracht Hercule Poirot in herinnering, 'of iemand ook op haar knieën gelet had, want knieën geven een heel juiste indicatie voor de leeftijd. De knieën van een jonge vrouw van drieëntwintig of vierentwintig jaar zal men nooit per ongeluk kunnen aanzien voor de knieën van een meisje van dertien, veertien jaar. Maar helaas had niemand haar knieën gezien.

Het plan heeft echter niet het verwachte succes opgeleverd. Er was niemand die met Shaista in contact probeerde te komen, geen brieven, geen telefoongesprekken heeft ze ontvangen. Maar naarmate de weken verstreken, werd de reden tot ongerustheid groter. Emir Ibrahim is, naar ik gehoord heb, altijd zeer onberekenbaar in zijn plannen. Op een goede avond zegt hij bijvoorbeeld: "Morgen ga ik naar Londen", en dan is hij er ook de volgende dag.

De ondergeschoven Shaista was zich dus ervan bewust dat er elk ogenblik iemand zou kunnen opdagen die de echte Shaista kende. Dit zou in het bijzonder het geval kunnen zijn na de moord op miss Springer. Vandaar dat ze toen tegenover inspecteur Kelsey begonnen is zich over de kans op een ontvoering uit te laten. Wat er toen gebeurd is, is natuurlijk geen echte ontvoering geweest. Zodra ze hoorde dat emir Ibrahim haar de volgende ochtend zou laten halen, heeft ze even opgebeld en een halfuur vóór het afgesproken uur is toen een dure auto verschenen met een valse plaat van het Corps Diplomatique. Zo is Shaista officieel "ontvoerd". In werkelijkheid is ze in de eerste grote stad die ze bereiken kon, uitgestapt en heeft daar haar eigen identiteit weer aangenomen. Door een amateuristisch briefje over een losgeld heeft men nog even de schijn proberen op te houden.'

Poirot wachtte even en vervolgde toen: 'Het was dus net zoiets als de truc van een goochelaar: je gedachten in een verkeerde richting leiden. Je richt alle aandacht op een ontvoering hier te lande, zodat niemand op het idee komt dat de eigenlijke ontvoering al drie weken eerder in Zwitserland heeft plaatsgevonden.'

Wat Poirot eigenlijk bedoelde, maar waarvoor hij te welgemanierd was om het uit te spreken, was dat hij als enige op dit heldere idee gekomen was.

'We komen nu tot een veel ernstiger aangelegenheid... Moord!

De ondergeschoven Shaista zou natuurlijk miss Springer hebben kunnen vermoorden. Maar dat zou ze miss Vansittart en mademoiselle Blanche nooit hebben kunnen doen. Bovendien had ze geen enkel motief om wie dan ook te vermoorden en men verlangde dat ook niet van haar. Haar enige taak was geweest een pakje van enorme waarde in ontvangst te nemen, dan wel enige aanwijzing daaromtrent te ontvangen.

Laten we nu terugkeren naar Ramat, waar de hele zaak begonnen is. In Ramat had zich het hardnekkige gerucht verspreid dat prins Ali Yusuf het pakje van grote waarde zou hebben toevertrouwd aan Bob Rawlinson, zijn particuliere vlieger, en dat Rawlinson maatregelen getroffen had om het veilig en wel in Engeland te krijgen. Op de bewuste dag toch was Rawlinson naar het voornaamste hotel van Ramat gegaan, waar zijn zuster, Mrs. Sutcliffe, met haar dochtertje Jennifer logeerde. Toen Mrs. Sutcliffe en Jennifer uit bleken te zijn, is Bob Rawlinson naar hun kamer gegaan en daar is hij ongeveer twintig minuten gebleven. Dat is nogal lang, onder deze omstandigheden. Hij zou natuurlijk een lange brief aan zijn zuster hebben kunnen schrijven. Maar dat is niet gebeurd. Hij heeft een heel kort briefje achtergelaten waarmee hij binnen een paar minuten klaar moet zijn geweest.

Het is dus een aannemelijke conclusie, waartoe verscheidene belanghebbenden los van elkaar zijn gekomen, dat hij in de tijd die hij op hun kamer heeft doorgebracht dat voorwerp van grote waarde tussen hun spullen verstopt heeft en dat het op deze manier naar Engeland is overgebracht. Nu komen we tot wat we zouden kunnen noemen het ontwarren van twee in elkaar gedraaide draden.

Eén groep belanghebbenden – of misschien meer dan één groep – heeft aangenomen dat Mrs. Sutcliffe het bewuste pakje mee naar Engeland had genomen. Daarom heeft men haar woning overhoop gehaald om te kijken of men ook iets kon vinden. Dit bewees echter alleen dat men niet heeft geweten waar het gezochte voorwerp precies was verstopt. Alleen dat het waarschijnlijk in het bezit moest zijn van Mrs. Sutcliffe.

Maar iemand anders heeft ongetwijfeld precies geweten waar het gezochte te vinden was. En ik geloof dat het nu geen kwaad meer kan, u te vertellen waar Bob Rawlinson het inderdaad had verborgen. Hij had het verborgen in het handvat van een tennisracket, dat hij daartoe had uitgehold en daarna weer zo knap dichtgemaakt dat het moeilijk te zien was dat er iets mee gebeurd was.

Dat tennisracket behoorde echter niet aan zijn zuster toe, maar aan Jennifer, haar dochtertje. Iemand die precies op de hoogte geweest is van die geheime bergplaats, is op een nacht naar de sporthal gegaan, na tevoren een afdruk van de sleutel te hebben gemaakt en daarvan een reservesleutel te hebben laten maken. Op dat nachtelijke uur had iedereen in bed horen te liggen. Maar dat is niet het geval geweest.

Miss Springer heeft het schijnsel van een zaklantaarn in de sporthal opgemerkt en is dadelijk op onderzoek uitgegaan. Ze was een gespierde, potige jonge vrouw, die geen ogenblik twijfelde aan haar eigen capaciteiten om hetgeen ze daar zou aantreffen het hoofd te bieden. De persoon in kwestie is daar waarschijnlijk bezig geweest met het zoeken naar het kostbare tennisracket. Toen deze persoon door miss Springer was betrapt en herkend, is er geen moment van aarzeling geweest... De bewuste persoon had vast al eens eerder een mens gedood en heeft miss Springer direct doodgeschoten. Maar na dit schot moest vliegensvlug worden gehandeld. Er kwamen mensen op af. Ten koste van alles moest de persoon in kwestie onopgemerkt de sporthal verlaten. Daardoor bleef het racket voorlopig waar het was.

Enige dagen later is er een andere methode gevolgd. Een vreemde dame met een nagemaakt Amerikaans accent, heeft Jennifer staande gehouden toen het meisje van de tennisbaan kwam en heeft haar een aannemelijk relaas gedaan van een tante die haar verzocht had Jennifer een nieuw tennisracket te brengen. De niets vermoedende Jennifer heeft dat relaas zonder meer aanvaard en graag het racket dat ze bij zich had ingeruild tegen het gloednieuwe dure exemplaar dat de onbekende dame voor haar had meegebracht. Maar er had zich een omstandigheid voorgedaan waarvan de dame met het Amerikaanse accent niet op de hoogte was. Dat was namelijk deze. Jennifer Sutcliffe en Julia Upjohn hadden enkele dagen tevoren onderling van racket gewisseld. Wat de onbekende dame dus had meegenomen was het oude racket van Julia, hoewel het strookje plakband de naam van Jennifer vermeldde.

Nu komen we bij het tweede drama. Miss Vansittart heeft, om onbekende redenen – die mogelijk wel in verband zullen hebben gestaan met de vermeende ontvoering van Shaista, die die dag had plaatsgevonden – nadat iedereen naar bed was een zaklantaarn gepakt en is toen naar de sporthal gegaan. Iemand die haar achterna was geslopen heeft haar daar met een ploertendoder of een zak zand neergeslagen, toen ze zich bij het kastje van Shaista voorovergebogen heeft. Opnieuw is het misdrijf bijna onmiddellijk ontdekt. Miss Chadwick had het licht in de sporthal opgemerkt en was naar buiten gesneld.

Weer legde de politie beslag op de sporthal en weer was de moordenaar verhinderd de tennisrackets die zich daar bevinden aan een nauwkeurig onderzoek te onderwerpen. Maar ditmaal was Julia Upjohn, een intelligent meisje, over het gebeurde gaan nadenken en daarbij tot de slotsom gekomen dat het racket dat ze op het ogenblik in gebruik had en dat oorspronkelijk aan Jennifer had toebehoord, op de een of andere manier van belang moest zijn. Dat heeft ze toen op eigen gelegenheid onderzocht. Toen haar veronderstelling bleek te kloppen is ze mij de kostbare inhoud komen brengen.

Deze kostbaarheden,' besloot Hercule Poirot, 'bevinden zich nu in verzekerde bewaring en daarover hoeven we ons dus niet langer bezorgd te maken.' Hij zweeg enige tijd en ging toen pas verder. 'Rest ons nog iets te zeggen over het derde drama.

We zullen nooit te weten komen wat mademoiselle Blanche precies vermoed of geweten heeft. Het is mogelijk dat ze iemand het huis heeft zien verlaten in de nacht dat miss Springer is doodgeschoten. Ze moet in ieder geval bekend zijn geweest met de identiteit van de moordenaar. Maar die wetenschap heeft ze voor zich gehouden. Ze had daarmee de bedoeling aan geld te komen, in ruil voor haar zwijgzaamheid.

Niets is gevaarlijker,' zei Hercule Poirot met stemverheffing, 'dan te proberen chantage te plegen op iemand die misschien reeds twee moorden op zijn geweten heeft! Het is mogelijk dat mademoiselle Blanche nog enige voorzorgsmaatregelen had getroffen, maar ze zijn onvoldoende gebleken. Ze heeft een afspraak met de moordenaar gemaakt en dat is haar noodlottig geworden. Ook zij is gedood.'

Weer wachtte hij even. 'Ziehier dus,' sprak hij, de kring rondkijkend, 'de toedracht van de hele zaak.'

Allen zaten hem met grote ogen aan te kijken. Alle gezichten hadden aanvankelijk grote spanning verraden en opgewondenheid. Nu leken ze star en bevroren. Het was alsof zij bang waren enige bewogenheid te verraden. Hercule Poirot knikte hen toe.

'Ja, ik begrijp wat er in u omgaat,' sprak hij. 'Het is alles erg dichtbij gekomen. U begrijpt dat daarom inspecteur Kelsey, Mr. Adam Goodman en ik het onderzoek in handen hebben gehouden. We moeten te weten komen, zoals u begrijpen zult, of de kat zich nog steeds onder de duiven bevindt. U begrijpt wat ik hiermee bedoel? De vraag is of zich onder ons nog steeds iemand bevindt die vaart onder valse vlag.'

Er voer een lichte huivering door allen die naar hem zaten te luisteren. Het was alsof allen stiekem naar elkaar keken, omdat ze het niet openlijk durfden te doen.

'Het doet mij genoegen u te kunnen verzekeren,' vervolgde Poirot, 'dat allen die hier op 't ogenblik bijeen zijn ook werkelijk zijn die ze zeggen te zijn. Miss Chadwick bijvoorbeeld is niemand anders dan miss Chadwick... die hier al is zolang Meadowbank bestaat. Miss Johnson, dat lijdt geen twijfel, is miss Johnson. Miss Rich is ook miss Rich. Miss Shapland is miss Shapland. De dames Rowan en Blake zijn inderdaad de dames Rowan en Blake. Als we zo verder gaan,' vervolgde Poirot, het hoofd afwendend, 'is Adam Goodman, die hier als tuinman werkzaam is, zoal niet Adam Goodman, dan toch in elk geval degene die in zijn getuigschriften is genoemd. We dienen dus niet te zoeken naar iemand die in een of andere vermomming optreedt, maar naar iemand die in eigen persoon een moordenaar is.'

Het was nu doodstil geworden in het vertrek. Er hing een onheilspellende dreiging in de lucht.

Poirot ging voort: 'In de eerste plaats dient het iemand te

zijn die drie maanden geleden *in Ramat is geweest*! De wetenschap dat de schat verborgen zat in een tennisracket kan slechts op één wijze verkregen zijn. Iemand moet hebben *gezien* dat Bob Rawlinson de schat in het racket heeft verstopt. Eenvoudiger kan het al niet. Wie van u allen is dus, drie maanden geleden, in Ramat geweest? De dames Chadwick en Johnson waren hier op Meadowbank.' Zijn ogen keerden zich naar de jongste twee leraressen. 'De dames Rowan en Blake waren ook hier aanwezig.'

Hij wees nu met zijn vinger naar miss Rich. 'Maar u, miss Rich, u bent het vorige semester niet hier geweest!'

'Ik, nee... ik ben ziek geweest.' Ze sprak gejaagd. 'Ik heb een semester overgeslagen.'

'Dat is iets dat we niet hebben geweten,' vervolgde Hercule Poirot, 'totdat iemand het ons enkele dagen geleden toevallig verteld heeft. Toen u oorspronkelijk door de politie bent ondervraagd, hebt u alleen maar gezegd dat u reeds anderhalf jaar op Meadowbank was. Dat is inderdaad juist. Maar het hele vorige semester bent u afwezig geweest. U zou dus in Ramat *kunnen* zijn geweest... ik geloof zelfs dat u in Ramat *bent* geweest. Wees voorzichtig. Het kan worden geverifieerd, weet u, door middel van uw paspoort.'

Er viel een stilte. Toen sloeg Eileen Rich haar ogen op. 'Ja,' gaf ze rustig ten antwoord. 'Ik bèn in Ramat geweest. Waarom niet?'

'Waarom bent u daarheen gegaan, miss Rich?'

'Dat weet u al. Ik was ziek geweest. Er was mij een rustperiode aangeraden... liefst in het buitenland. Ik heb toen aan miss Bulstrode geschreven dat ik een semester moest overslaan. Ze had daar alle begrip voor.'

'Dat is juist,' verklaarde miss Bulstrode. 'Er was een doktersverklaring bijgevoegd, luidende dat miss Rich er verstandig aan zou doen haar werkzaamheden niet voor het volgende schooljaar te hervatten.'

'En toen... bent u naar Ramat gegaan?' vroeg Hercule Poirot.

'Waarom zou ik níét naar Ramat zijn gegaan?' riep Eileen

Rich, met lichtelijk trillende stem. 'Voor leerkrachten bestaan er gereduceerde tarieven. Ik had rust nodig. En zonneschijn. Ik ben toen naar Ramat gegaan en heb daar twee maanden gelogeerd. Waarom niet? Waarom niet, vraag ik?'

'U hebt nooit verteld dat u in Ramat geweest bent tijdens de revolutie.'

'Waarom zou ik ook? Wat had dit te maken met iemand hier? Ik heb geen mens gedood, zeg ik u. Ik heb niemand gedood!'

'Iemand heeft u herkend, moet u weten,' vervolgde Hercule Poirot. 'Niet nadrukkelijk, weliswaar, maar toch wel in voldoende mate. Het meisje Jennifer heeft zich weinig positief uitgedrukt. Ze vermoedde dat ze u in Ramat had gezien, alleen, degene die ze had gezien was veel en veel dikker geweest, terwijl u juist mager bent.' Hij boog zich naar haar toe en zag haar doordringend aan. 'Wat hebt u daarop te zeggen, miss Rich?'

Ze draaide zich om. 'Ik begrijp best wat uw bedoeling is!' riep ze uit. 'U probeert aan te tonen dat het geen geheime agent of zo iemand is geweest die de moorden heeft gepleegd. Maar dat het iemand geweest moet zijn die toevallig in Ramat gezien heeft hoe de schat in een tennisracket is verstopt. Iemand die geweten heeft dat het meisje naar Meadowbank zou komen en iemand die daar dan de gelegenheid zou krijgen zich die schat toe te eigenen. Maar ik verzeker u: dat is niet waar!'

'En toch geloof ik dat het zo gegaan is. Ja,' hield Poirot vol, 'iemand heeft gezien dat de juwelen in het racket werden verstopt... iemand heeft toen alle morele plichten en maatstaven vergeten uit begeerte om die edelstenen in bezit te krijgen!'

'Dat is niet waar, zeg ik u! Ik heb niets gezien...'

Poirot draaide zich om en zei: 'Inspecteur Kelsey.'

Kelsey knikte... liep naar de deur en deed deze open. Mrs. Upjohn trad het lokaal binnen.

'Dag, miss Bulstrode, hoe maakt u het?' vroeg Mrs. Upjohn, die er een beetje gegeneerd uitzag. 'Het spijt me dat ik er zo slordig uitzie, maar gisteren was ik nog in de buurt van Ankara en ik ben net per vliegtuig aangekomen. Ik ben verschrikkelijk verreisd en heb nog helemaal geen gelegenheid gehad me wat op te knappen of ook maar iets te doen.'

'Dat hindert volstrekt niet,' sprak Hercule Poirot. 'Wij hebben u laten komen om u een vraag te stellen.'

'Mrs. Upjohn,' nam Kelsey nu het woord, 'toen u, op de eerste dag van het semester uw dochter hier hebt gebracht en in de kamer van miss Bulstrode voor het raam stond, het raam aan de voorkant dat uitzicht biedt op de oprit, hebt u een uitroep van verwondering geslaakt, omdat u bij die gelegenheid iemand heeft herkend die u buiten zag lopen. Dat is toch zo, nietwaar?'

Mrs. Upjohn keek de inspecteur met grote ogen aan. 'Toen ik in de kamer van miss Bulstrode voor het raam stond? Toen keek ik... o ja, natuurlijk. Zeker, toen heb ik iemand herkend.'

'Iemand die u niet verwacht had hier te zullen aantreffen?'

'Och, ik was enigszins... Ziet u, het was al zoveel jaren geleden.'

'U doelt op de periode toen u werkzaam was bij de Inlichtingendienst, op het eind van de oorlog?'

'Inderdaad. Ze was na vijftien jaar natuurlijk veel ouder geworden, maar ik heb haar toch herkend. En ik vroeg mezelf af wat ter wereld haar aanwezigheid hier kon verklaren.'

'Mrs. Upjohn, wilt u dit vertrek eens rondkijken en mij zeggen of die persoon zich op het ogenblik onder ons bevindt?'

'O zeker,' gaf Mrs. Upjohn ten antwoord. 'Ik heb haar dadelijk zien zitten toen ik binnenkwam. Dat is ze!'

Ze wees met haar vinger naar een van de aanwezigen. Inspecteur Kelsey was razendsnel en Adam eveneens, maar ze waren toch niet vlug genoeg. Ann Shapland was opgesprongen. In haar hand hield ze een kleine revolver die ze op Mrs. Upjohn richtte. Miss Bulstrode, nog vlugger dan beide mannen, sprong naar voren, maar nog sneller was miss Chadwick. Haar bedoeling was niet Mrs. Upjohn te beschermen, maar als schild te dienen voor de vrouw die tussen Ann Shapland en Mrs. Upjohn in stond.

'Nee, dat niet!' riep Chaddy en wierp zich op miss Bulstrode, juist op het moment dat het schot afging.

Miss Chadwick wankelde en zakte vervolgens langzaam ineen. Miss Johnson snelde haar te hulp. Toen hadden Kelsey en Adam zich al van Ann Shapland meester gemaakt. Deze rukte en beet als een wilde kat, maar de kleine revolver was haar reeds ontnomen.

Hijgend riep Mrs. Upjohn: 'Ze hebben altijd al gezegd dat ze mensen doodgeschoten had. Zo jong als ze was. Ze was een van de gevaarlijkste geheim agenten die ze hadden. Angelica was haar codenaam.'

'Vuile leugenaarster!' Het was alsof Ann Shapland haar deze woorden in het gezicht spuwde.

Hercule Poirot sprak met enige stemverheffing: 'Ze liegt niet! U bent hoogst gevaarlijk en hebt altijd een gevaarlijk leven geleid. Maar tot dusver bent u nooit in eigen persoon verdacht geweest. Alle baantjes die u hebt gehad onder uw eigen naam waren volkomen echt en werden uitstekend verricht... maar u hebt er altijd een bijbedoeling mee gehad, en die bedoeling was belangrijke informatie te kunnen inwinnen. U hebt bij een oliemaatschappij gewerkt, bij een archeoloog, waardoor u in een bepaald werelddeel kon verblijven, bij een actrice die onder protectie stond van een vooraanstaand politicus. Sinds uw zeventiende jaar bent u als geheim agente werkzaam geweest – zij het voor allerlei verschillende opdrachtgevers. Uw diensten waren te huur en werden heel goed betaald. U hebt daarbij een dubbelleven geleid. De meeste taken hebt u onder uw eigen naam uitgevoerd, maar verschillende functies hebt u onder een andere naam vervuld. Dat was dan in de perioden dat u zogenaamd naar huis ging om uw oude moeder te verplegen.

Maar ik heb een sterk vermoeden, miss Shapland, dat de oudere vrouw die met een verpleegster-gezelschapsdame in een klein dorpje woont en werkelijk geestelijk gestoord is, uw moeder helemaal niet is. Ze is slechts het voorwendsel voor u geweest om u aan uw werkkring of aan de kring van uw vrienden te onttrekken. De drie wintermaanden die achter ons liggen en waarin u zogenaamd uw "moeder" hebt verpleegd, die een van haar slechtere periodes had, hebt u in Ramat doorgebracht. Niet als Ann Shapland, maar als Angelica de Toredo, een Spaanse of half-Spaanse cabaretdanseres. U hebt in hetzelfde hotel gelogeerd als Mrs. Sutcliffe, in de kamer naast de hare. Op de een of andere manier hebt u toen gezien hoe Bob Rawlinson het heeft klaargespeeld de juwelen in het tennisracket te verstoppen. U hebt toen geen gelegenheid gehad u het racket toe te eigenen, door de plotselinge gedwongen evacuatie van alle Britse onderdanen. Maar u hebt het adres van Mrs. Sutcliffe genoteerd. Dat stond op de labels van haar koffers. Toen is het u niet moeilijk gevallen verdere informatie in te winnen. Het is evenmin moeilijk gebleken op Meadowbank een functie als privésecretaresse te krijgen. Ik heb daarnaar een onderzoek ingesteld. U hebt de vorige secretaresse van miss Bulstrode een aanzienlijke som betaald om haar betrekking tijdelijk eraan te geven onder het voorwendsel van een "zenuwinzinking". En tegenover haar had u een aannemelijk verhaal opgehangen. U had opdracht gekregen een serie artikelen te schrijven over beroemde meisjeskostscholen "vanbinnen uit".

Het leek u allemaal even gemakkelijk, nietwaar? Als er een tennisracket van een van de meisjes werd vermist, wat dan nog? Of nog eenvoudiger: op een nacht zou u naar de sporthal kunnen gaan en daar de juwelen uit het racket verwijderen. Maar u had buiten miss Springer gerekend. Misschien had ze u al eens betrapt terwijl u met de tennisrackets bezig was. Of misschien kon ze die nacht toevallig niet slapen. In elk geval is ze u gevolgd naar de sporthal. Daar hebt u haar doodgeschoten. Naderhand heeft mademoiselle Blanche geprobeerd chantage op u te plegen. Toen hebt u ook haar gedood. Het gaat u heel gemakkelijk af een medemens te doden, nietwaar?'

Hij zweeg. Op ambtelijke toon waarschuwde inspecteur Kelsey zijn gevangene dat alles wat ze zeggen zou naderhand als bewijs tegen haar zou kunnen gelden.

Maar daar luisterde ze niet naar. Op giftige wijze stortte ze een vloed van scheldwoorden over Hercule Poirot uit waarvan iedereen in het lokaal verschrikt opkeek.

'Allemachtig!' zei Adam later tegen Kelsey. 'Ik dacht nog wel dat het zo'n keurige vrouw was!'

Miss Johnson, die naast miss Chadwick was neergeknield, zei: 'Ik ben bang dat Chaddy ernstig gewond is. Het lijkt mij daarom beter haar stil te laten liggen tot de dokter komt.'

Verklaringen van Poirot

Toen Mrs. Upjohn door de gangen van Meadowbank liep te dwalen, vergat ze het opwindende toneel waarvan ze daareven getuige geweest was. Ze was niet anders dan een moeder die op zoek is naar haar kind. Ze vond Julia ten slotte in een leeg klaslokaal. Ze zat voorovergebogen, het puntje van haar tong kwam tussen haar lippen te voorschijn, verdiept als ze was in het schrijven van een opstel.

Toen ze opkeek zette ze heel grote ogen op. Vlug stormde ze op haar moeder af en sloot haar liefkozend in haar armen. 'Mammie!' riep ze.

Daarna maakte ze zich vlug los uit deze omhelzing, met de verlegenheid aan haar jaren eigen, enigszins beschaamd over deze onbeheerste gevoelens, en zei met geforceerd onverschillige intonatie, bijna verwijtend: 'Maar ben je dan *nu* al terug, mammie?'

'Ik ben terug komen vliegen,' gaf Mrs. Upjohn haast verontschuldigend ten antwoord, 'uit Ankara.'

'O!' zei Julia. 'Nou... ik ben blij dat je terug bent.'

'Ja, dat ben ik ook,' verzekerde Mrs. Upjohn.

Ze keken elkaar een beetje verlegen aan. 'Waar ben je mee bezig?' vroeg haar moeder, dichterbij komende.

'Met een opstel voor miss Rich,' antwoordde Julia. 'Ze geeft soms van die interessante onderwerpen op.'

'Waar gaat het over?' informeerde haar moeder belangstellend. Ze boog zich over het papier. Het onderwerp stond bovenaan de bladzijde. Daaronder volgden ongeveer tien regels in Julia's onregelmatige handschrift. 'Stel tegenover elkaar de houding van Macbeth en die welke Lady Macbeth aanneemt tegenover het plegen van een moord,' las Mrs. Upjohn.

'Nou, nou,' sprak ze wat weifelend, 'je kunt niet zeggen dat dit geen actueel onderwerp is.'

Vervolgens las ze het begin van wat Julia geschreven had.

'Macbeth voelde wel voor een moord en had er lang over nagedacht, maar hij had een zetje nodig om ertoe over te gaan. Toen hij er eenmaal aan begonnen was, genoot hij ervan mensen te doden, zonder enig spoor van vrees of wroeging. Lady Macbeth was een en al hebzucht en ambitie. Ze had gedacht dat het haar niets zou kunnen schelen wat ze deed, als ze haar doel maar bereikte. Maar toen ze het eenmaal bereikt had, merkte ze dat ze er toch niet zo van genoot.'

'Je woordkeus is nog weinig elegant,' zei Mrs. Upjohn. 'Die moet je nog wat bijschaven. Maar je hebt de tegenstelling zeker wel begrepen.'

Inspecteur Kelsey sprak op een enigszins klagende toon.

'Voor jou is dat allemaal vrij gemakkelijk, Poirot. Je kunt zoveel méér zeggen dan wij! Maar ik moet toegeven dat je de zaak voortreffelijk had geënsceneerd. Eerst dat mens op een dwaalspoor brengen door net te doen of we verdenking koesterden tegen miss Rich – en haar toen opeens dol maken door Mrs. Upjohn ten tonele te voeren. Het is een bof dat ze haar revolver heeft gehouden na de moord op miss Springer. Als de kogel blijkt te passen...'

'Daar is geen twijfel aan, *mon ami*!' zei Poirot.

'Nu, dan hebben we haar wegens moord op Springer. En ik heb gehoord dat ook miss Chadwick er zeer ernstig aan toe is. Maar luister eens, Poirot, ik begrijp nog niet goed hoe zij miss Vansittart neergeslagen kan hebben. Daar was ze helemaal niet toe in staat. Haar alibi is volkomen waterdicht... tenzij de jonge Rathbone en het hele personeel van "Le Nid Sauvage" zouden liegen!'

Poirot schudde het hoofd. 'Geen sprake van. Haar alibi is echt. Ze heeft zowel miss Springer als mademoiselle Blanche gedood. Maar miss Vansittart...' Hij aarzelde een ogenblik. Zijn ogen dwaalden naar de plaats waar miss Bulstrode zat te luisteren. 'Miss Vansittart is door miss Chadwick vermoord.'

'Wát? Door miss Chadwick?' riepen miss Bulstrode en Kelsey vrijwel tegelijkertijd.

Poirot knikte. 'Dat lijdt geen twijfel,' zei hij.

'Maar waarom?'

'Ik geloof,' vervolgde Poirot, 'dat haar liefde voor Meadowbank haar te veel is geworden. Zijn blik richtte zich op miss Bulstrode.

'Ik begrijp u...' zei zij. 'Ja ja, ik begrijp het... Dat had ik kunnen weten. U bedoelt dat ze...'

'Ja,' legde Poirot uit, 'ze heeft dit internaat met u opgezet. Ze heeft Meadowbank altijd beschouwd als een onderneming van u beiden.'

'Dat wás het ook in zekere zin,' bevestigde miss Bulstrode.

'Zeker! Maar dat gold alleen de financiële kant van de zaak. Toen u erover bent gaan praten uw werk neer te leggen, heeft ze zichzelf als uw opvolgster beschouwd.'

'Maar daar is ze veel te oud voor,' wierp miss Bulstrode tegen.

'Dat óók,' beaamde Poirot, 'maar bovendien zou ze niet geschikt zijn geweest voor directrice. Maar zo dacht ze er zelf niet over. Ze had zich in het hoofd gezet dat zij als u weg zou gaan, directrice van Meadowbank zou worden. En toen heeft ze opeens gemerkt dat dit niet het geval zou zijn. Dat u uw gedachten had laten gaan over iemand anders, en waarschijnlijk wel Eleanor Vansittart als opvolgster zou aanwijzen. Ze hield van Meadowbank, en ze mocht Eleanor Vansittart niet. Ik geloof dat haar gevoelens ten slotte in blinde haat zijn omgeslagen.'

'Ja, dat kan ik mij wel voorstellen,' zei miss Bulstrode langzaam. 'Ja, Eleanor Vansittart was een beetje... hoe zal ik het zeggen... met zichzelf ingenomen, en ze deed uit de hoogte. Zoiets valt niet gemakkelijk te verdragen wanneer je toch al jaloers bent. Want dat is toch wat u bedoelt, nietwaar? Chaddy wás jaloers.'

'Ja,' bevestigde Poirot, 'angstvallig bezorgd voor Meadowbank en jaloers op Eleanor Vansittart. De gedachte dat die twee bij elkaar zouden gaan behoren is haar onverdraaglijk geworden. En toen is er misschien iets in uw houding veranderd, waardoor ze dacht dat u wat verslapte.'

'Ja, maar toch niet in de zin waarin misschien Chaddy dacht dat ik verslapte. In werkelijkheid heb ik zelfs aan een jonger iemand dan miss Vansittart gedacht... Ik heb er dagenlang over lopen denken en zelf gezegd: "Nee, die is nog te jong en onervaren"... Chaddy was erbij, dat herinner ik me!'

'Toen heeft ze natuurlijk gedacht dat u miss Vansittart bedoelde. Dat u miss Vansittart nog te jong vond. Daarmee was ze het volkomen eens. Haar eigen inzicht en ervaring vond ze veel belangrijker. Maar toen bent u ten slotte toch naar uw oorspronkelijke beslissing teruggekeerd. U koos Eleanor Vansittart als de juiste persoon om u op te volgen en u hebt haar dat weekeinde de leiding van de school toevertrouwd.

Toen is waarschijnlijk het volgende gebeurd. Op die zondagavond, toen miss Chadwick niet in slaap kon komen, is ze opgestaan en heeft licht in de sporthal zien branden. Ze is erheen gegaan, precies zoals ze gezegd heeft. Met uitzondering van één detail. Ze heeft geen golfclub meegenomen, maar een van de zakken zand die in huis nog voor het grijpen lagen. Ze verwachtte met een inbreker te doen te krijgen, met een dief die voor de tweede maal een inbraak in de sporthal pleegde. Met die zak zand dacht ze zichzelf te kunnen verdedigen tegen mogelijke belagers. Maar wie vond ze daar? Eleanor Vansittart, geknield voor het kastje van Shaista... Misschien heeft ze een moment gedacht (tussen haakjes: ik kan me goed in de gedachten van een ander verplaatsen): als ik een inbreker of een dief was, zou ik haar nu van achteren besluipen en eenvoudig neerslaan... Niet helemaal bewust, misschien, van wat ze deed, heeft ze op dat moment toegeslagen. En Eleanor Vansittart was dood, uitgeschakeld. Maar toen ze zag wat ze had gedaan, moet ze onmiddellijk dodelijk verschrikt en totaal van streek zijn geraakt. Het heeft haar sindsdien niet meer losgelaten. Miss Chadwick is van nature niet tot iets dergelijks in staat. Ze werd voortgedreven door jaloezie: ze was erdoor bezeten. Bezeten door haar liefde voor Meadowbank. Nu Eleanor Vansittart dood was, had ze zekerheid, dat ze uw opvolgster op Meadowbank zou worden. Daarom heeft ze haar mond gehouden. Ze heeft de politie verteld wat er was gebeurd. Maar met verzwijging van het kardinale punt: dat *zij* degene geweest was die Eleanor Vansittart had doodgeslagen. Toen haar iets gevraagd werd over die golfclub die ter plaatse werd gevonden en die vermoedelijk door miss Vansittart bij wijze van voorzorgsmaatregel was meegenomen, heeft ze vlug verzonnen dat ze die, voor eigen bescherming, had opgepakt... om niet te hoeven spreken over de zak met zand.'

'Maar hoe komt het dan dat Ann Shapland ook al een zak met zand gebruikt heeft om mademoiselle Blanche te vermoorden?' wilde miss Bulstrode weten.

'In de eerste plaats omdat ze in het schoolgebouw haar revolver niet kon gebruiken. Maar in de tweede plaats omdat ze een sluwe vrouw is. Daardoor wilde ze opzettelijk verband leggen tussen die derde moord, en de tweede, omdat ze voor die tweede zo'n geldig alibi had!'

'Ik begrijp nog altijd niet wat Eleanor Vansittart daar in de sporthal is gaan doen,' zei miss Bulstrode.

'Als ik er een slag naar mag slaan, dan geloof ik dat ze allesbehalve gerust is geweest na die plotselinge verdwijning van Shaista. Al hield ze zich groot, zij zal er net zo van overstuur zijn geraakt als miss Chadwick. Voor miss Vansittart was het zelfs nog een graadje erger, omdat ze de volle verantwoordelijkheid droeg tijdens uw afwezigheid. En de ontvoering was gebeurd terwijl zij de verantwoordelijkheid voor de school droeg. Bovendien had ze het voorval zo lang mogelijk minachtend afgewezen, omdat ze onplezierige feiten het liefst vermeed.'

'Dus er school zwakheid achter dat onbewogen uiterlijk,' zei miss Bulstrode peinzend. 'Ik heb haar daarvan weleens eerder verdacht.'

'Ik denk dat ze dus ook niet in slaap kon komen. En dat ze toen eens in het kastje van Shaista is gaan kijken of daarin misschien ook enige verklaring was te vinden voor de plotselinge verdwijning van het meisje.'

'U lijkt overal wel een aannemelijke verklaring voor te kunnen geven, monsieur Poirot.'

'Daarin is hij altijd al sterk geweest!' merkte Kelsey ietwat boosaardig op.

'Maar met welk doel hebt u Eileen Rich gevraagd die tekeningen te maken van enkele leerkrachten hier?'

'Daarmee wilde ik bij Jennifer nagaan of ze in staat was een gezicht te herkennen. Maar ik wist al gauw dat dit meisje zo egocentrisch is ingesteld dat ze maar heel oppervlakkige indrukken opdoet van haar omgeving. Ze herkende de tekening van mademoiselle Blanche waarbij iets aan haar haardracht was veranderd, niet eens. De kans was dus veel kleiner dat ze uw secretaresse Ann Shapland zou hebben herkend, omdat ze met haar veel minder contact gehad had.'

'Denkt u dan dat die vrouw met het racket Ann Shapland geweest is?'

'Dat spreekt vanzelf. Het is helemaal de affaire van één vrouw geweest! U zult zich trouwens herinneren dat u haar op een keer tevergeefs hebt gebeld en toen een van de leerlingen erop hebt uit gestuurd om Julia Upjohn te gaan halen. Ann was gewend zich snel te vermommen. Een blonde pruik, geheel anders getekende wenkbrauwen, een hoed en wat 'opzichtige' kleding... en klaar was ze. Ze is misschien geen twintig minuten van haar schrijfmachine weg geweest. Uit die knappe schetsen van miss Rich hebt u kunnen zien hoe gemakkelijk het is een vrouw een totaal andere indruk te laten maken, alleen door een paar uiterlijke veranderingen aan te brengen.'

'Eileen Rich... ja, dat zou ik wel eens willen weten...' Miss Bulstrode keek peinzend.

Poirot keek Kelsey eens aan en de inspecteur verklaarde dat het nu tijd voor hem werd om op te stappen.

'Maar Eileen Rich?' herhaalde miss Bulstrode.

'Laat u haar even bij u komen,' raadde Poirot aan. 'Dat is het allereenvoudigste.'

Toen Eileen Rich verscheen zag ze wel wat bleek, maar ze keek een beetje uitdagend.

'U wilt zeker weten wat ik in Ramat ben gaan doen?' vroeg ze aan miss Bulstrode.

'Ik geloof dat ik het wel begrijp,' antwoordde miss Bulstrode.

'Zeer juist,' zei Poirot. 'Kinderen hoef je tegenwoordig niets meer te vertellen... maar toch straalt hun de onschuld nog altijd uit de ogen.'

Hij voegde eraan toe dat het nu ook voor hem de hoogste tijd was geworden om op te stappen en verdween onopvallend.

'Dus dát is het geweest?' vroeg miss Bulstrode aan Eileen Rich. Ze sprak levendig en zakelijk. 'Jennifer had het alleen maar beschreven als "veel en veel dikker". Ze heeft niet geweten dat ze een vrouw had gezien die een kind verwachtte.'

'Ja, dat is het geweest,' gaf Eileen toe. 'Ik heb mijn baan daarvoor niet willen opgeven. In de herfst had ik het nog kunnen volhouden, maar daarna werd het al te zichtbaar. Ik heb toen een doktersverklaring gekregen dat ik niet in staat was mijn werk te blijven doen en heb me toen ziek gemeld. Ik ben opzettelijk zo ver mogelijk weggegaan om niemand tegen te komen die me kende. Mijn kindje is dood ter wereld gekomen... Ik had gehoopt dat niemand er ooit van zou weten...

Dit semester ben ik teruggekomen. Maar begrijpt u nu waarom ik gezegd heb dat ik uw aanbod van een compagnonschap moeilijk kon aanvaarden? Alleen... op het ogenblik, nu de school min of meer in elkaar stort, nu dacht ik dat ik uw aanbod per slot van rekening toch wèl mag aannemen.'

Ze wachtte en liet op zakelijke toon erop volgen: 'Heeft u liever dat ik nú wegga? Of zal ik wachten tot het eind van dit semester.'

'Je blijft hier tot het eind van dit semester,' sprak miss Bulstrode, 'en wanneer er daarna weer een nieuwe cursus mocht volgen, wat ik nog altijd vurig hoop, dan kom je hier terug.'

'Kom ik dan terug? Bedoelt u dat u me nog altijd wilt hebben?' vroeg Eileen.

'Dat spreekt vanzelf,' zei miss Bulstrode. 'Jij hebt toch niemand vermoord en je bent ook niet gek geworden bij het idee dat er een fortuin aan edelstenen viel te bemachtigen. Ik zal je zeggen wat jij gedaan hebt. Je hebt je instincten vermoedelijk te lang verdrongen. Toen kwam er een man op wie je verliefd bent geworden, en je kreeg een kind. Jullie konden zeker niet trouwen.'

'Dat heeft hij mij ook nooit voorgespiegeld,' zei Eileen Rich. 'Dat wist ik allemaal. Hem treft geen verwijt.'

'Goed dan. Jij hebt een liefdesverhouding gehad en een kind daaruit. Wou je dat kind hebben?' vroeg miss Bulstrode.

'Ja,' verzekerde Eileen, 'ik wilde dat kind.'

'Zo, zo. Is het dat?' zei miss Bulstrode. 'Laat ik je dan nu iets mogen zeggen. Ik geloof, ondanks die liefdesgeschiedenis, dat jouw ware roeping het onderwijs is. Ik geloof dat je beroep veel meer voor jou betekent dan het normale leven van een vrouw, met man en kinderen, voor je betekenen zou.'

'O ja, daar ben ik zeker van,' zei Eileen Rich. 'Dat heb ik steeds beseft. Dat is wat ik eigenlijk nodig heb... het is de grote liefde van mijn leven.'

'Neem dan geen beslissing waar je later spijt van krijgt. Ik doe je een goed aanbod,' zei miss Bulstrode. 'Dat wil zeggen: als alles hier terechtkomt. Het zal ons misschien twee à drie jaren kosten voordat Meadowbank weer is wat het is geweest. Jij zult je eigen ideeën er op na houden, die ongetwijfeld anders zijn dan de mijne. Maar ik zal naar je voorstellen luisteren. Misschien zal ik mijn ideeën op sommige punten ervoor prijsgeven. Jij zult natuurlijk veel anders wensen, of niet?'

'In sommige opzichten wel, ja,' bekende Eileen Rich. 'Ik zou het accent veel meer willen verleggen naar leerlingen die werkelijk de moeite waard zijn... die later in de maatschappij iets zullen betekenen.'

'Aha, ik begrijp je,' zei miss Bulstrode. 'Het snobistische element staat je niet aan, hè?'

'Zo is het,' zei Eileen, 'dat bederft zo veel.'

'Maar laat ik je dit vertellen, lieve kind. Om het soort meisjes te krijgen dat jou voor ogen staat, heb je dat snobistische element tóch nodig. Dat element is bovendien maar erg klein, weet je. Een paar buitenlandse meisjes van koninklijken bloede, een paar klinkende namen... en alle malle ouders van hier en van overal willen hun dochters op Meadowbank hebben. Verdringen elkaar om hun dochtertje geplaatst te krijgen. En wat heb ik daarmee bereikt? Een reusachtige wachtlijst, waaruit ik kan kiezen. Je volgt je eigen keus. Snap je? Ik heb mijn leerlingen ook altijd met zorg gekozen. Enkelen om hun karakter, enkelen om hun goede aanleg, anderen omdat ze inderdaad voor hoger onderwijs waren bestemd.

Je bent nog jong, Eileen, en vol idealen. Je vindt het onderwijs belangrijk, en de ethische kant daarvan. Je visie is juist. En het gaat ook echt om de bestwil van de leerlingen. Maar als je wilt slagen in het leven, moet je ook commercieel zijn. Ook ideeën moet je aan de man weten te brengen. Het zal ontzaglijk veel van ons vergen om Meadowbank weer op de been te helpen. Ik zal enkele goede relaties persoonlijk moeten bewerken om ze ertoe te brengen hun dochters weer naar me toe te sturen. En dan zullen de anderen wel volgen. Laat mij daarbij maar begaan, dan zul jij ook je zin kunnen krijgen. Meadowbank komt er bovenop en wordt vast wel weer een pracht van een school!'

'De beste van heel Engeland!' riep Eileen vol geestdrift uit.

'Uitstekend,' zei miss Bulstrode, 'en, Eileen, ga naar de kapper en laat je haar kort knippen en neem een ander kapsel. Maar nu,' de toon van haar woorden veranderde op slag, 'nu moet ik naar Chaddy.'

Miss Bulstrode ging daarop naar de kamer van miss Chadwick en nam plaats naast haar bed. Miss Chadwick lag daar doodsbleek en onbeweeglijk. Ze leek bijna levenloos. Een politieambtenaar zat met een notitieboekje voor zich naast haar bed. Aan de andere zijde van het bed zat miss Johnson. Zij zag miss Bulstrode aan en schudde zachtjes haar hoofd.

'Hallo, Chaddy!' groette miss Bulstrode vriendelijk. Ze

nam haar slappe hand in de hare. Miss Chadwick keek haar aan. 'Ik moet je zeggen,' begon zij, 'Eleanor... dat heb *ik* gedaan.'

'Ja liefje, dat weet ik,' zei miss Bulstrode.

'Jaloers,' vervolgde Chaddy. 'Ik wilde...'

'Ik weet het,' zei miss Bulstrode nogmaals.

Langzaam rolden er een paar tranen over het gezicht van miss Chadwick.

'Ik vind het zo afschuwelijk van mezelf... Ik was het helemaal niet van plan... ik weet nóg niet hoe ik ertoe gekomen ben!'

'Denk er maar niet meer aan,' troostte miss Bulstrode.

'Maar dat kan niet... ik zal 't mezelf nooit vergeven...' klonk het zacht.

Miss Bulstrode drukte de slappe hand wat steviger in de hare.

'Hoor eens, lieve. Jij hebt mijn leven gered. Mijn leven en dat van die aardige Mrs. Upjohn. Dat heeft óók iets te betekenen!'

'Ik heb maar één wens,' fluisterde Chaddy. 'Mijn leven te geven voor jullie beiden... Dan zal alles weer goed gemaakt zijn.'

Miss Bulstrode keek haar medelijdend aan. Miss Chadwick haalde diep adem, glimlachte, toen bewoog ze haar hoofd een eindje opzij en stierf.

'Je hebt je leven gegeven, lieverd,' zei miss Bulstrode zachtjes. 'Ik hoop dat je dat – nu – beseft.'

Een legaat

'Er is een zekere Mr. Robinson voor u, meneer!'

'Ah!' zei Hercule Poirot, zijn hand uitstrekkende naar een brief die voor hem op zijn bureau lag. Hij las die brief nog eens door. Daarop zei hij: 'Laat meneer binnenkomen, Georges!'

De brief bevatte maar enkele zinnen.

Beste Poirot,
Een zich Robinson noemende heer komt je dezer dagen bezoeken. Misschien heb je al eens eerder van hem gehoord. Een zeer gezien man in bepaalde kringen. Er is in de tegenwoordige wereld behoefte aan mannen van zijn slag.

Ik meen te mogen zeggen dat hij in het onderhavige geval een goede zaak voorstaat. Dit is een alleszins gerechtvaardigde aanbeveling, als je daaraan nog mocht twijfelen. Het spreekt vanzelf, en dit zeg ik nadrukkelijk, dat wij er absoluut geen notie van hebben waarover hij je zou willen spreken.

Ha ha! en eveneens ho ho!

Als altijd je
Ephraim Pikeaway.

Poirot stond op, toen Mr. Robinson de kamer binnentrad. Hij boog, drukte hem de hand en bood hem een stoel aan.

Mr. Robinson nam plaats en haalde een onberispelijke zakdoek te voorschijn, waarmee hij zijn brede, okerkleurige gezicht afveegde. Hij maakte daarbij de opmerking dat het een warme dag was.

'U bent met deze warmte toch niet komen lopen?' Van afschuw vervuld bij de gedachte alleen al, zag Poirot hem aan. Onwillekeurig vlogen zijn vingers naar zijn snor. Gelukkig, deze vertoonde geen enkel teken van slapte.

Mr. Robinson keek alsof hij niet minder gechoqueerd was. 'O nee, o nee! Ik ben met de Rolls gekomen. Maar die enorme verkeersopstoppingen tegenwoordig... die bezorgen je soms uren vertraging.'

Poirot knikte vol meegevoel. Daarna viel er een pauze. Deze diende ter inleiding van een volgende gedachtenwisseling, die van geheel ander karakter zou zijn.

'Ik heb met belangstelling gehoord... men hoort natuurlijk zo vaak iets... de meeste dingen zijn meestal volkomen onjuist... dat u zich de laatste tijd hebt beziggehouden met bepaalde toestanden op een meisjesinternaat.'

'Ah!' zei Poirot. 'Bedoelt u dát?' Hij leunde achterover in zijn stoel.

'Meadowbank,' ging Mr. Robinson bedachtzaam voort: 'Een van de beste scholen van het land.'
'Het is een pracht van een school.'
'Is? Of was?'
'Ik hoop het eerste.'
'Dat hoop ik ook,' beaamde Mr. Robinson. 'Ik ben anders bang dat het misschien een dubbeltje op zijn kant zal zijn. Maar ja, je moet doen wat je kunt! Een financieel steuntje om over een onvermijdelijke inzinking heen te komen... En dan een paar met zorg uitgekozen leerlingen... Ik heb wel enige invloed in continentale kringen.'

Poirot zei: 'Ik heb ook al een goed woordje gedaan in bepaalde milieus. Het gaat inderdaad om een overbruggingsperiode, juist zoals u zegt. Gelukkig zijn de meeste mensen heel kort van memorie.'

'Dat hopen we tenminste maar in dit geval. Maar ja, er zijn daar in een zeer kort tijdsbestek dingen gebeurd die wel in staat zijn op de zenuwen te werken van liefhebbende mama's en papa's. De sportlerares, de lerares Frans... en dan nog een derde lerares... alle drie vermoord.'

'Inderdaad.'

'Ik heb gehoord,' vervolgde Mr. Robinson, 'je hoort zoveel tegenwoordig... dat die ongelukkige jonge vrouw die hiervoor aansprakelijk is, van jongsaf een abnormale angst voor onderwijzeressen moet hebben gehad. Een diep-ongelukkige schooltijd... Psychiaters weten daarvan wel wat te maken. Zij zullen in elk geval wel aansturen op een verminderde toerekeningsvatbaarheid, zoals ze dat tegenwoordig noemen.'

'Die keus lijkt me ook niet slecht!' zei Poirot. 'U wilt me wel verontschuldigen als ik zeg dat ik evenwel van harte hoop dat ze daarmee geen succes zullen oogsten.'

'Daarmee stem ik van ganser harte in. Wat een afschuwelijk koelbloedige moordenares! Maar men zal natuurlijk alle mogelijke goeds wat betreft haar karakter vertellen, haar eervolle staat van dienst in de oorlog... ik meen zelfs contraspionage...'

Dit laatste woord kreeg speciale betekenis door de halfvragende toon waarop het werd uitgesproken. 'Ze moet zelfs héél goed zijn geweest in die functie,' ging hij iets levendiger voort. 'Erg jong nog, maar briljant, heel nuttig... naar twee zijden. Dat was haar vak. Had ze zich daar maar aan gehouden. Maar ik kan de verleiding wel begrijpen, de kans om dit keer zelf lang aan slag te blijven en een fikse prijs te winnen.' Zachtjes herhaalde hij: 'Een bijzonder fikse prijs zelfs!'

Poirot knikte.

Nu boog Mr. Robinson zich naar hem toe. 'Waar zijn ze, monsieur Poirot?'

'Ik denk dat u wel zult begrijpen waar ze zijn!'

'Och ja, dat wel. Banken zijn hoogst nuttige instellingen, vindt u ook niet?'

Poirot glimlachte alleen maar.

'Kom, wij hoeven heus geen verstoppertje te spelen, waarde heer. Wat bent u van plan ermee te doen?'

'Ik heb even gewacht.'

'Waarop?'

'Laten we zeggen... op hints, op ideeën en voorstellen.'

'Juist, dat begrijp ik.'

'U begrijpt, ze horen mij niet toe. Ik zal het bijzonder op prijs stellen wanneer ik ze kan overdragen aan de rechthebbende. Maar dat valt niet zo dadelijk vast te stellen, als ik de situatie juist taxeer.'

'Regeringen verkeren tegenwoordig in een moeilijke positie,' verzekerde Mr. Robinson. 'Ze zijn kwetsbaar, zal ik maar zeggen. Door al die olie, uranium, kobalt en de rest zijn de buitenlandse betrekkingen een uitermate delicate aangelegenheid geworden. Hoofdzaak blijft dat Hare Majesteits regering naar waarheid kan verklaren op geen enkele wijze kennis te hebben gekregen van de zaak.'

'Maar ik kan dit hoogst belangrijke artikel natuurlijk niet onbeperkte tijd op mijn bank laten staan.'

'Precies! Daarom kom ik u het voorstel doen het aan mij ter hand te stellen.'

'Ah!' zei Poirot. 'En waarom, als ik vragen mag?'
'Ik kan u enkele voortreffelijke redenen opsommen. Deze juwelen... gelukkig zijn we geen ambtenaren en kunnen we de dingen bij hun naam noemen... zijn het onbetwistbaar eigendom geweest van wijlen prins Ali Yusuf.'
'Dat heb ik ook vernomen.'
'Zijne Hoogheid heeft ze ter hand gesteld aan majoor Rawlinson van de luchtmacht, met een bepaalde opdracht. Zij moesten buiten Ramat worden gebracht en aan *mij* worden toevertrouwd.'
'Kunt u het bewijs daarvan leveren?'
'Zeker.'
Mr. Robinson bracht een lange envelop te voorschijn en haalde daaruit enige documenten, die hij voor Poirot op diens bureau neerlegde.
Poirot boog zich over de stukken en bestudeerde ze aandachtig.
'Alles wijst erop dat het precies zo is als u zegt,' zei hij.
'Nu dan?'
'Vindt u het goed dat ik u nog een vraag stel?'
'Uitstekend.'
'Wat brengen ze u op?'
Mr. Robinson keek verrast. 'Geld natuurlijk, waarde heer, een hele hoop geld.'
Poirot zag hem peinzend aan.
'Het is een zeer oude en een zeer winstgevende handel,' vertelde Mr. Robinson. 'Er zijn nog vrij veel van ons soort handelaren. We vormen een web over heel de wereld. We zijn zoveel als de regelaars achter de schermen. Ten behoeve van vorsten, presidenten, politici, feitelijk voor ieder die in het felle licht der openbaarheid treedt, zoals de dichter eens zei. We werken samen, en vergeet niet: we houden ons woord. Onze winsten zijn groot, maar we zijn eerlijk. Onze diensten zijn kostbaar, maar het zijn ook werkelijk diénsten.'
'Ik begrijp het,' zei Poirot. '*Eh bien!* U krijgt ze.'
'Ik geef u de verzekering dat deze beslissing aan alle betrokkenen grote voldoening zal schenken.' De ogen van Ro-

binson bleven daarbij rusten op de brief van kolonel Pikeaway die dicht bij Poirots rechterhand lag.

'Eén moment nog. Ik ben ook maar een mens. En dus nieuwsgierig. Wat bent u van plan ermee te doen?'

Mr. Robinson keek hem aan en zijn brede, gelige gezicht ontspande zich tot een glimlach. Hij boog zich voorover. 'Dat zal ik u vertellen!'

En toen vertelde hij het.

Kinderen speelden overal op straat. Hun schelle kreten vervulden de lucht. Mr. Robinson kwam zwaarwichtig uit zijn Rolls Royce gestapt en prompt vloog een van hen tegen hem op. Mr. Robinson duwde het kereltje niet onvriendelijk opzij en keek naar het huisnummer.

Nummer 15. Dat was het. Hij duwde het hekje open en stapte drie treetjes op naar de voordeur. Hij zag keurige witte gordijntjes voor de ramen en een glimmend gepoetste koperen klopper. Een onbetekenend huisje in een onbetekenende straat in een onbetekenende stadswijk van Londen. Maar alles was goed onderhouden en men bemerkte toch een zeker gevoel van eigenwaarde.

De deur werd geopend. Een jonge vrouw van ongeveer vijfentwintig jaar, blond, aardig om te zien, al was het een enigszins zoetelijke schoonheid, verwelkomde hem met een glimlach.

'Mr. Robinson? Komt u binnen.'

Ze bracht hem naar een kleine zitkamer. Er hingen cretonnen gordijnen en er stonden een televisietoestel en een klein model piano. Ze droeg een donkere rok en daarboven een grijs truitje.

'Wilt u een kopje thee? Ik heb het water op staan.'

'Nee, dank u wel. Ik drink nooit thee. Ik kan trouwens maar even blijven. Ik kom u alleen maar datgene brengen waarover ik u heb geschreven.'

'Van Ali?'

'Juist.'

'Is er dan... bestaat er dan geen enkele hoop meer? Ik bedoel... is het werkelijk waar dat hij is omgekomen? Kan er geen sprake zijn van een vergissing?'

'Het spijt mij zeer, maar er is geen vergissing mogelijk,' verzekerde Mr. Robinson op vriendelijke toon.

'Nee, nee, dat dacht ik ook wel. Toen hij terugging heb ik ook echt niet gedacht dat ik hem ooit zou weerzien. Ik bedoel niet dat ik dacht dat hij daar om het leven zou komen of dat er een revolutie zou uitbreken. Ik bedoel meer dat hij zijn plicht zou moeten vervullen en doen wat er van hem verwacht werd. Met een vrouw van zijn eigen volk trouwen en zo.'

Mr. Robinson legde een pakje voor haar op tafel neer. 'Wilt u dat eens openmaken?'

Met onhandige vingers scheurde ze het papier open en ontvouwde ten slotte het laatste omhulsel. Haar adem stokte. Daar lagen ze, de rode, blauwe, groene en witte edelstenen, fonkelend van licht en levend vuur dat de enigszins donkere kamer herschiep in een ware grot van Aladdin.

Mr. Robinson sloeg haar aandachtig gade. Hoeveel vrouwen had hij al naar juwelen zien kijken? Ten slotte begon ze, bijna ademloos:

'Zijn die... dat kán toch niet... allemaal echt?'

'Ja, die zijn allemaal echt!'

'Maar die vertegenwoordigen een waarde... een ontzaglijke waarde...' Haar voorstellingsvermogen schoot hierbij te kort.

Mr. Robinson knikte. 'Als u ze verkoopt, krijgt u er op zijn minst een half miljoen pond voor.'

'Nee nee, dat is onmogelijk!' Opeens schepte ze de juwelen met beide handen van tafel en deed ze met trillende vingers weer in hun omhulsel. 'Ik ben er bang voor,' zei ze. 'Ik krijg er werkelijk een angstig gevoel van. Wat moet ik ermee beginnen?'

De deur vloog open. Een jongetje stormde de kamer binnen. 'Mam, ik heb een reuzentank van Billy gekregen. Hij...' Hij hield op en keek verbaasd naar Mr. Robinson. Het was een olijfkleurig, donkerogig jongetje. Zijn moeder zei: 'Ga maar naar de keuken, Allen, daar staat je thee klaar. Melk en koekjes en ook een plak koek.'

'O fijn!' De knaap verdween met veel lawaai.

'Noemt u hem Allen?' informeerde Mr. Robinson.

Zij kreeg een kleur. 'Dat leek nog het meest op Ali. Ik kon hem onmogelijk Ali noemen... veel te lastig voor hemzelf, tegenover de buren en iedereen.'

Ze hernam, terwijl haar gezicht weer betrok: 'Maar wat moet ik doen?'

'Eerst dient u mij uw trouwboekje even te laten zien. Want ik behoor mij ervan te overtuigen dat u degene bent die u zegt te zijn.'

Eerst zette ze grote ogen op, maar daarna liep zij naar een schrijfbureautje. Uit een van de laden pakte zij een envelop en haalde er een akte uit die ze aan Mr. Robinson overhandigde.

'Hm... juist... burgerlijke stand van Edmondstown... Ali Yusuf, student... Alice Calder, ongehuwd... Ja, dat is in orde.'

'Och,' zei ze, 'wettelijk is alles in orde... voor zover dat geldig is. Niemand is ooit op het idee gekomen wie hij eigenlijk was. Er zijn hier immers zoveel buitenlandse islamitische studenten. We wisten dat deze formaliteit voor ons van geringe betekenis was. Hij was moslim en zou dus meer vrouwen kunnen nemen. Hij wist ook dat hij naar zijn land terug moest en daar met een moslim vrouw zou moeten trouwen. We hebben daar samen over gesproken. Maar Allen was toen al op komst en voor ons kind zou dit huwelijk voor de wet alles in orde maken... Als we in dit land maar wettig getrouwd waren, dan zou Allen ook wettig zijn. Dit was het beste wat hij voor mij heeft kunnen doen. Hij heeft echt van mij gehouden, weet u. Hij hield veel van me.'

'Ja,' verklaarde Mr. Robinson, 'daarvan ben ik overtuigd.'

Levendig liet hij erop volgen: 'Wat zou u ervan zeggen, als ik uw belangen eens verder behartigde? Dan zorg ik voor de verkoop van deze juwelen. En ik geef u het adres van een betrouwbare notaris die u, denk ik, de raad zal geven het overgrote gedeelte van uw vermogen onder te brengen in een trust. Maar omdat er nog allerlei andere zaken te regelen vallen, de opvoeding van uw zoon, uw veranderde levensomstandigheden... daarom zult u op maatschappelijk terrein goede voorlichting nodig hebben. Want u bent nu een zeer vermogende vrouw geworden. Alle mogelijke zwendelaars, oplichters en dergelijke, vliegen daar altijd op af. Uw leven zal er heus niet gemakkelijker op worden, behalve dan in strikt materiële zin. Rijkelui hebben werkelijk geen rustig leventje, dat kan ik u wel vertellen. Dat is een illusie. Maar u bezit karakter. U zult er zich wel doorheen slaan. En uw zoon zal waarschijnlijk gelukkiger worden dan zijn vader.'

Hij wachtte even. 'Zegt u: ja?'

'Ja. Neem ze maar mee!' Zij schoof hem het pakje toe, maar vroeg toen opeens: 'Dat schoolmeisje? Dat die juwelen gevonden heeft... ik zou graag willen dat u haar er een van gaf... welke kleur zou ze het mooiste vinden, denkt u?'

Mr. Robinson dacht even na. 'Een smaragd, vermoed ik. Groen betekent mysterie. Dat is een goede gedachte van u. Dat zal ze beslist geweldig opwindend vinden.'

Hij stond op. 'Ik breng u mijn diensten in rekening, natuurlijk. En mijn rekeningen zijn tamelijk hoog. Maar ik bedrieg u niet.'

Ze keek hem rustig aan. 'Nee, dat geloof ik ook niet. Maar ik heb iemand nodig met zakelijk inzicht, want dat heb ik niet.'

'U lijkt mij, als ik het zeggen mag, een hoogst verstandige vrouw. Zal ik ze dus maar meenemen? Wilt u er heus niet één van houden?'

Gespannen keek hij haar aan. Even ontwaarde hij nog een vonk van begeerte in haar ogen, doch die doofde onmiddellijk weer.

'Nee,' zei Alice met vaste stem, 'ik wil er geen voor mezelf. Dat zal u misschien wel erg vreemd lijken: om niet één enkele robijn of smaragd als aandenken te willen houden. Maar ziet u... hij en ik... hij was wel moslim, maar hij wou toch dat ik hem zo nu en dan uit de bijbel voorlas... En we hebben dat stuk gelezen over die vrouw wier prijs verheven was boven robijnen. En daarom zou ik geen van die edelstenen willen houden. Liever niet.'

'Een hoogst uitzonderlijke vrouw,' zei Mr. Robinson bij zichzelf toen hij het hekje uitliep en weer in zijn Rolls stapte.

En hij herhaalde nog eens: 'Een hóógst uitzonderlijke vrouw!'